**Gerlinde Marquardt**

# Die andere

# Seite

# der

# Perlen

<u>**Lahr- Krimi**</u>

Impressum
Texte: © copyright by Gerlinde Marquardt
Umschlag © copyright by
Jasmin Reinhardt und Elke Obenland
Verlag
G. Marquardt
Im Münchtal 37
77933 Lahr
hanjo2017regen@gmail.com
Druck: epubli,
ein Service der neopubli GmbH, Berlin

**Liebe Leserinnen und Leser,** diese, zeitlich nicht immer angepassten Geschehnisse, ob im Gelände, in der Stadt Lahr oder in und zwischen eingemeindeten Ortsteilen sowie deren Beschreibungen, werden manchmal als frei erfunden auffallen. Auch alle Personen und Namen sind genauso wie Handlungen der Fantasie entsprungen. Übereinstimmungen oder Ähnlichkeiten wären rein zufällig und keinesfalls gewollt.

**Für ortsunkundige Personen:**
In Lahr und in seinen Stadtteilen treffen Vergangenheit und Zukunft aufeinander und bestätigen den Reiz der Stadt. Schnell findet sich die geschichtliche Verbindung zwischen dem mittelalterlichen „Storchenturm" - einer ehemaligen Wasserburg - und der trutzigen Burgruine „Hohengeroldseck", die sich in näherer Umgebung hoch über dem Vorgebirge zeigt und das mittelalterliche Ritterleben verdeutlicht.
Im Herbst blüht Lahr durch die **„Chrysanthema"** ganz besonders auf. Die gesamte Innenstadt ist durch diese Blumen farbenprächtig geschmückt und zeigt fantasievolle Arrangements. Doch nicht nur deshalb ist Lahr immer einen Besuch wert. Auch der Lahrer Stadtpark und der rebenreiche Schutterlindenberg sind für schöne erholsame Spaziergänge ideal. Rund um die Stadt liegen gut beschilderte Wanderwege, die zu vielen beliebten Ausflugszielen führen. Schwarzwaldberge im Osten mit Tannenbestand lassen, wie auch die lichtdurchzogenen Laubbaumhänge, immer wieder herrliche Ausblicke auf einladende Täler zu. Westlich liegt die Rheinebene mit dem Naturschutzgebiet „Taubergießen", das mit Altrheinarmen durchzogenen Auen, seiner Tierwelt und seinen verwunschenen Plätzen verzaubert. Fast genau auf der gegenüberliegenden Rheinseite lockt Frankreich mit der interessanten Stadt Straßburg und seinem Münster.

**Damals**
gab es sie gerade noch. Selbst nach den Eingemeindungen wurden sie für einige Vorkommnisse noch aufrechterhalten, die kleinen Polizeidienststellen im Außenbereich der Kernstadt Lahr. So auch zwischen den östlich liegenden Stadtteilen mit dem Wohnsitz des Kommissars Moller. Diese frühere Dienststelle war bisweilen von ihm für Organisationsarbeiten belegt. Ansonsten war sein Arbeitsplatz im „Lahrer Gefängnis", das einst im Zuge seiner Auflösung diese gewichtige Belegung durch die Kriminalpolizei gefunden hatte.

Aber nun war – extra für diesen Roman – ein Fall eingetreten, der die Aktivierung der kleinen Dienststelle wieder nötig machte. Mit ruhigem Gewissen konnte man erwähnen, dass diese Amtsstube schon stark „in die Jahre gekommen" war. Nicht nur äußerlich, auch im Innern fanden sich noch Utensilien und Einrichtungen, die längst nicht mehr zeitgemäß waren. Und trotzdem brachte dieses Haus ein einzigartiges Wohlgefühl, dem man, die Moderne ignorierend, sich gerne hingab. Und es gab in den Stadtteilen noch etwas aus jener Zeit. Mitten im Ortskern, nahe der Kirche, stand zumindest ein heimeliges Wirtshaus, in dem sich gemütliches sowie auch geselliges Leben abspielen konnten. Trotz eines neu angesiedelten kleinen Supermarkts fanden tägliche Treffs in der Bäckerei, der Metzgerei oder beim Gemüsehändler statt. Denn in den Einzelhandelsgeschäften konnte man am besten den interessanten Gesprächsstoff erfahren. Rund um den Ortskern waren bereits einige neue Wohngebiete entstanden. Schwärmerisch kann jedoch betont werden, dass die Welt hier sehr idyllisch war und noch ist. Zumal diese Stadtteile zwischen den ersten lockenden Vorbergen des schönen Schwarzwalds liegen.

**Rache?**
Er sah sie stur an. Sie hielt seinem unbeschreiblichen Blick stand. Weil er nicht blinzelte, konnte sie sein Auge genau betrachten, das von sehr dunklen Wimpern umrahmt war. Es schien, als hätte der Mann einen kleinen Silberblick. Seine Augenfarbe war ein sanftes Braun. Sie hatte schon immer für Männer mit braunen Augen geschwärmt. Die kleinen von der Pupille über die Iris nach außen laufenden farblichen Unterbrechungen schimmerten im Abendlicht golden. Ihr Herz klopfte heftig.
Er veränderte seinen Blick nicht. Sie auch nicht. Eigentlich schaut er mich sehr liebevoll an, dachte sie, obwohl sie nur eine Gesichtshälfte von ihm sehen konnte. Die andere war durch das Gras der Wiese verdeckt, auf der sie kurze Zeit – sich seitlich zugewandt – lagen. Nein, sie wollte ihn nicht berühren, aber sie musste ihn jetzt anlächeln. Sie konnte nicht anders. Auch, wenn er ihr Lächeln nicht erwiderte.
Deshalb schweifte ihr Blick ab, um über das längst eingesetzte Dämmerlicht des Abendhimmels zu gleiten. Sie sah nach Westen. Dunkle Wolken schoben sich langsam durch eine nur noch dünn am Horizont liegende rötliche Färbung. Sicher wird es bald regnen, dachte sie.
Sie wusste, dass sie jetzt einfach aufstehen und so, wie sie auf die Wiese gekommen war, gehen musste. Ihre Füße waren zwischenzeitlich klamm geworden. Sie zog dem Mann Schuhe und Socken aus und schob ihren Rucksack großflächig über die Stelle, wo

sie selbst eben noch gelegen hatte.
Die Schuhe sowie auch die Socken verstaute sie im Rucksack. In eine Hand nahm sie danach ihre eigenen Schuhe und Socken, die total durchnässt waren. Mit der anderen Hand umklammerte sie die Weinflasche. Ein kleiner Rest Rotwein war noch übrig. Sie trat in die kleine mit Wasser gefüllte Rinne, bei der sie sich dicht daneben niedergelassen hatten. Dort blieb sie kurz stehen. Sie fühlte das morastige flache Wasser, das unter ihren Fußsohlen kalt durchzog und sich durch ihren Tritt etwas vertiefte. Als sie ebenfalls durch die Rinne gehend hierhergekommen war, hatte sie noch ihre Socken und Schuhe an den Füßen.
Ihr Begleiter hatte sie deshalb ausgelacht.
Jetzt kippte sie den restlichen Wein ins Wasser, das sich kurz rötlich färbte und schnell wieder verblasste. Sie wusch die Flasche außen gründlich ab und überquerte das Rinnsal nicht, sondern schritt - gegen seinen Lauf - auf der Glashalde hinauf zum Waldrand.
Den Rucksack schleifte sie seitlich daneben, sorgfältig auf Spurenbeseitigung achtend, weiterhin mit. Erst ganz oben beim Querweg verließ sie das Wasser. Ihre Füße waren nun eiskalt. Diese Kälte zog über die Fußgelenke nach oben und ließ auch ihre Beine schmerzen. Ihre Schritte waren beschwerlich geworden. Einige Male drückte sie sich auf die Fußballen und wieder zurück auf die ganze Sohle. Danach stellte sie sich nochmals kurz in das Rinnsal und rutschte mit nassen, aber peinlich sauber abgespülten Füßen in ihre Schuhe. Und ihre nassen Socken stopfte sie dann

schnell in ihre feucht-starr gewordene Jackentasche.
Sie fröstelte.
Noch einmal ließ sie ihren Blick auf seinen Körper fallen. Dann ging sie mit einer fast zufriedenen Fröhlichkeit sowie sicheren Schrittes durch die einsame hügelige Graslandschaft, die sich seitlich des Orts hinaufzog. Dass er ihr nicht nachsah berührte sie nicht mehr. Sie würde ihr Leben ab jetzt selbst bestimmen. Bevor sie in einen Waldweg einbog, sah sie sich zögerlich um. Sollte sie nochmals zurück?
Was für ein Gedanke, rügte sie sich. Es gab Zeiten, in denen sie alles für ihn getan hätte. In jenen Zeiten, als sie stets Herzklopfen bekam, wenn sie nur an ihn dachte. Diese lagen jedoch in einer für sie schon nicht mehr wichtigen Vergangenheit. In einer Vergangenheit, die ihr nun überhaupt so unlogisch und misstönend erschien, wie sie es sich früher nie hätte vorstellen können.
Ihre Augen verengten sich zu einem schmalen Strich. Sie konnte durch die Dämmerung die Gestalt kaum noch erkennen. Sein Gesicht war blau angelaufen, das wusste sie. Doch das hatte der Rotwein nicht bewirkt. Ihre Finger umklammerten die Flasche. Ich werde sie irgendwo loswerden, dachte sie.
Unwillkürlich musste sie laut auflachen. Sie war sich ganz sicher: Niemand würde herausfinden, dass sie ihn umgebracht hatte.

## Bäckerei- und weitere Gespräche

Es hatte stark geregnet. Wenn man aus dem Haus ging, war die Feuchtigkeit der letzten zwei Tage noch auf der Haut fühlbar. Langsam, fast zaghaft nur, schälten sich hellblaue Flecken zwischen den noch dichten Wolkenknäueln hervor. Liana Mader stand früh morgens wartend in der Bäckerei Brodel. Es standen noch Kunden vor ihr. Diese ließen ihr etwas Zeit zum Überlegen.

Eigentlich habe ich noch nie eine so freundliche Verkäuferin getroffen, dachte Liana, alle Achtung Frau Doern! Denn diese hatte, obwohl sie erst zwei Wochen hier tätig war, immer für jeden Kunden abschließend zum Verkauf ein privates Wort parat. Während der ersten Woche nach ihrem Arbeitsantritt hatte sie sich stets vorgestellt. „Guten Tag, mein Name ist Isolde Doern", war ihr Wortlaut gewesen, wenn ein ihr noch unbekannter Kunde den Laden betreten hatte. Frau Doern sah sich ihre Kundschaft aufmerksam an. Sie gab allen das Gefühl, dass es ihr wichtig ist, sie bestens zu beraten und zu bedienen. Zudem hatte sie ein phänomenales Personengedächtnis.

Deshalb konnte sie nach wenigen Tagen bereits viele Kunden gefällig mit Namen ansprechen. Selbst Frau Doerns Wunsch: „Schönen Tag noch" klang viel freundlicher als in anderen Geschäften. Und das, obwohl ihre Gesichtszüge seltsam herb aussahen und sie eine auffallend bleiche Gesichtsfarbe hatte. Ihr ganz offensichtlich schwarz gefärbtes Haar, war an der linken Kopfseite etwas kürzer geschnitten. Durch

einen sauber gezogenen Scheitel schob sich längeres Haar zur rechten Seite, das dort gut erkennbar durch Haarspray gefestigt, bis über das Ohr hinunterreichte. Allein diese Frisur bewirkte im Ort bereits Gesprächsstoff.
Frau Doern trug, ihr striktes Erscheinungsbild ergänzend, eine sehr große schwarze Hornbrille. Doch allein durch ihr Lächeln ging die Strenge ihrer Gesichtszüge fast verloren. Wenn sie laut lachte, verzogen sich ihre Augen zu zwei kleinen Schlitzen und blitzten geradezu schelmisch ihre Kundschaft an. Sobald sich Isolde Doern etwas vorbeugte, zeigte der Haaransatz am Oberkopf bereits einen dünnen weißlichen Rand. Liana dachte, dass die Angestellte ungefähr gleichaltrig wie sie selbst und trotzdem aber schon ergraut war. Das ist in diesem Alter selten, fand sie.
Doch sie war überzeugt, dass die Doern ohne ihre weiße Schürze hinter der Theke ganz bestimmt nicht so farblos wirken würde! Liana schloss ihre Gedanken mit: Die Doern bringt Schwung in den Laden, das ist gut! Dann dachte sie noch: Der Brodel kann von Glück reden, dass er diese Verkäuferin eingestellt hatte.
Jetzt konzentrierte sich Liana wieder auf die Kaufwilligen, die vor ihr standen. Mit Frau Doerns freundlichen Worten bedacht, verließ eine Kundin vollbepackt die Bäckerei. Gleich darauf räumte ein junges Mädchen, das nur eine Brezel gekauft hatte, die Ladentheke.
Auch hier wurde „Einen schönen Tag noch" hinterher gerufen. Das Mädchen blickte scheu um sich und murmelte beim Hinausgehen einige sehr leise Worte,

die niemand verstehen konnte.

Nun war Liana an der Reihe. Doch da wurde so heftig die Tür aufgerissen, dass sich der Klingelton wie gekappt anhörte.

Ein junger Mann drängelte sich eilends zur Theke. „Tschuldigung, darf ich bitte vorgehen, ich habe es eilig!" Liana nickte perplex. Sie war nicht fähig zu widersprechen, obwohl sie solch ein Benehmen geradezu als ungehörig empfand. Sein Anblick ließ sie trotzdem leicht schmunzeln, aber gleichzeitig staunte sie auch. Dieser Mann hier war bewundernswert schlank. Sein Pulli schien, als wäre er etwas zu groß ausgefallen. Die Länge jedoch stimmte, also fehlten am Körper einige sonst üblichen Muskel- oder Fettpolster, entschied Liana. Seine weißen Turnschuhe waren unschön verfärbt, völlig durchnässt und mit Grasteilen übersät. Über beide Fersen hingen schlapp zerschlissene Teile der Jeans herunter. Auch diese waren mit Feuchtigkeit überzogen, fast bis Mitte Wade.

Wo der wohl heute Morgen schon war, es regnet doch längst nicht mehr, wunderte sich Liana. Allerdings zeigte dieser forsche Kunde vom Kopf her ein ganz anderes Bild. Er hatte dunkles, sehr gut in Stufen geschnittenes, leicht gewelltes Haar, was Liana trotz der zerzausten Haare erkannte. Als er den Kopf drehte, konnte Liana sein sehr markantes Gesicht auch ausgiebig im Profil betrachten. Sie hatte diesen Mann niemals zuvor gesehen, das wusste sie genau.

Denn die kleine Tätowierung seitlich an seinem Hals wäre ihr sicher noch im Gedächtnis. Und doch rief sein Anblick bei ihr eine diffuse Erinnerung an irgendwen wach; nur an wen? Jemand im Ort hat eine gewisse Ähnlichkeit!

Ihre Gedanken glitten nun in die Vergangenheit. Ihr strenger Vater hätte ihr niemals ein Tattoo erlaubt. Wahrscheinlich habe ich deshalb den geruhsamen Gustl geheiratet, sinnierte sie. Er würde mir nie etwas aufzwingen. Sie schüttelte ihren Kopf und holte sich wieder in die Gegenwart.

Zwischenzeitlich bediente Frau Doern diesen eiligen Kunden mit ihrem ergebensten Lächeln. Für ihn ließ sie besonders auffällig ihre Augen erstrahlen. Frau Doern schob zwar die verlangten Brötchen in die Papiertüte, ihren Blick ließ sie aber dabei wie hingerissen auf dem Kunden haften. Der junge Mann war unruhig. Er verlagerte sein Gewicht von einem Fuß auf den anderen. Auch das Bezahlen war von einer seltsamen Hast geprägt. Mit fahrigen Fingern zog er aus seinem Portemonnaie einen Geldschein. Das Wechselgeld verstaute er nicht mehr in der Geldbörse, sondern stopfte das lose Geld schnell in seine Jackentasche.

„Einen besonders schönen Tag Ihnen, junger Mann!", rief die Verkäuferin diensteifrig hinterher. Der Kunde gab keine Antwort, sondern hob nur flüchtig eine Hand. Dann schob er sich stürmisch an Liana vorbei und war weg, bevor sich die Ladentür vollständig geschlossen hatte. Frau Doern hatte ihm sehr entzückt nachgesehen. Sie schüttelte dann kurz ihren Kopf.

Lianas beharrlicher Blick war ihr nicht entgangen. Nun zog sie die Augenbrauen in die Höhe und gackerte:

„Ein richtig hübscher Mann, nicht wahr, Frau Mader, aber für seine Jugend unverständlich nervös! Schade, dass ich altersmäßig nicht mehr in seine Interessen passe!"
Liana lachte: „Ich sah schon, dass sie ihm schöne Augen gemacht haben! Ist er denn neu hier?"
„Ich glaube ja! Jedenfalls habe ich ihn heute zum ersten Mal gesehen", plapperte die Verkäuferin.
Liana schob ihre Stirn in Falten: „Frau Doern, warum haben Sie denn nicht nach seinem Namen gefragt? Dann wüssten wir etwas mehr über ihn."
Frau Doern war verblüfft und brachte nur ein „Oh!" heraus und nochmals ein zweites „Oh!", sie verhielt sich jedoch still. Nur ihre Augenlider zwinkerten mehrmals kurz. Liana verlangte vier Salzbrötchen.
Draußen heulte ein Motor auf. Beide Frauen sahen erschrocken zur Straße, aber das Auto war schon ihrem Blickfeld entschwunden. Das laute Motorgeräusch wurde schnell leiser und verstummte dann. Abgefahren, leider in die andere Richtung, überlegte Liana und sagte: „Verpasst!"
„Ja, schade", meinte Frau Doern.
„Sie haben einen interessanten Beruf, Sie dürfen mit jungen Männern flirten, Frau Doern", ließ Liana noch lächelnd verlauten und trat auf die Straße.
Die Verkäuferin sah ihr verständnislos hinterher und dachte: Wirklich schade!
Doch auch Liana dachte: Ja, schade, dass er schon weg ist! Aber mit wem hat er nur Ähnlichkeit?
Da der nette Gemüsehändler von nebenan soeben die

Bäckerei betrat, konnte Frau Doern nicht länger über Lianas Worte nachdenken.

„Hallo, Herr Gommler", kam Frau Doern dem Gruß ihres Geschäftsnachbarn zuvor.

„Hallo, Doernchen", antwortete Herr Gommler gemütlich grinsend. Er hatte eine Figur, die stark vermuten ließ, dass er sich nicht ausschließlich von Gemüse ernährte. Sein Körper zeigte nahezu rundum den gleichen Umfang. Wenn man ihn aufmerksam betrachtete, verfiel man dem Gedanken, dass er wohl nie seinen Babyspeck verloren hatte.

Vor seinem rundlichen Bauch wackelte bei jedem Schritt eine kurze grüne Schürze von einer Seite zur anderen. Diese musste Herr Gommler wegen seiner fehlenden Taille öfters nach obenhin zurechtrücken. Auch ein herzhaftes Lachen des Gemüsehändlers oder bereits leichtes Hüsteln veranlasste die Schürze zu Bewegungen.

Doch gerade wies Otto Gommlers Gesicht eine äußerst wichtige Mine auf. Es zeigte sogar eine gewisse Ernsthaftigkeit. Frau Doern nahm die Veränderung erstaunt wahr.

„Liebes Doernchen, hat es sich schon bis zu Ihnen herumgesprochen, dass heute Morgen auf der Glashalde ein Toter gefunden wurde?"

Isolde Doern hatte zweifellos schwache Nerven. Ihre etwas bleiche Gesichtsfarbe veränderte sich schlagartig in käseweiß bis ausgelaugt.

„Ei-ein Toter? Ein, ein Mann?", stotterte sie angstvoll.

„Oh, ich wollte Sie nicht erschrecken. Kommen Sie,

setzen Sie sich!"

Herr Gommler schob beflissen einen im Verkaufsraum stehenden Stuhl seitlich neben die Ladentheke. Frau Doern ließ sich tatsächlich mit weichen Knien darauf nieder.

Der Gemüsehändler fuhr sogleich wissensbeschwingt fort: „Ja, Hauptkommissar Zissel war vorhin bei mir. Beiläufig hat er von dem Toten berichtet. Und mich natürlich so ganz nebenbei sehr unbeholfen und unverhohlen ausgefragt. Nun, von mir konnte er jedenfalls nichts erfahren!"

Dann bemerkte er: „Oh, oh, Frau Doern, Sie sind ja wie versteinert! Ist Ihnen nicht gut? Ich wollte Sie nicht beunruhigen! Bitte geben Sie mir ein kleines Weißbrot!"

Frau Doern schnellte in die Höhe. Sie war blitzartig wieder in ihrem Element, doch ihre Gesichtsfarbe normalisierte sich nur allmählich wieder.

„Bitte schön, macht Einsfünfzehn!"

Dann konnte sich Frau Doern nicht verkneifen, diese eine Frage zu stellen: „Wie heißt der Tote denn? Hat der Kommissar einen Namen genannt?"

Es schien, als würde ihr Gesicht erneut blutleer.

„Ne, mein Doernchen, hat er nicht."

„Wo ist denn die Glashalde?"

„Ach, Doernchen, Sie kennen sich ja hier noch nicht aus. Ich zeige Ihnen gerne die Gegend. Die Glashalde liegt oberhalb vom Rückhaltebecken. Wie wäre es heute Abend? Ich würde mich sehr freuen, wenn Sie Zeit haben!" Den letzten Satz betonte er noch extra.

Die Verkäuferin überging Gommlers letzte zwei Sätze. Sie deutete mit ihren Lippen nur ein „Ah" an. Das war das Zeichen, dass sie Bescheid wusste.

„Wie sieht der Tote denn aus?" Die Frage kam für Gommler unerwartet.

„Wie schon? Halt starr!" Zuerst war er über seine Antwort erheitert. Doch nach wenigen Sekunden runzelte er die Stirn und sah Frau Doern fragend an. Sie wich seinem Blick aus. Der Gemüsehändler schritt zur Tür: „Also, ich muss, Tschüs!"

Jetzt vergaß Frau Doern seltsamerweise ihr „Schönen Tag noch!" zu wünschen. Sie musste sich erst erholen. Sie hatte kein Verlangen mehr nach Tragödien. Vielleicht ziehe ich das Schlimme an? Ist er mir nachgereist? Und eventuell auch seine Frau? bangte sie.

Rasend schnell hat sich die schreckliche Neuigkeit verbreitet. Auch Frau Doern hatte zweifellos, nachdem sie wieder beruhigt war, erheblichen Anteil daran.

Sie sah es nun als ihre Aufgabe, jeden noch Unwissenden beim Einkauf zu informieren. Natürlich nach ihrer Denkweise und mit mancher klitzekleinen Abschweifung. Wenn mehrere Kunden im Laden standen, meisterte sie diese Aufgabe entsprechend dröhnend. Sie hatte eine ausgezeichnete Gabe, gewisse Dinge in ein bedeutungsvolles Licht zu setzen.

Nur wenn ihr Chef, Bäcker Brodel, den Laden betrat, unterdrückte Isolde Doern ihren Mitteilungsdrang. Aber freundlich blieb sie. Und das gefiel Brodel.

Solch eine gute Verkäuferin hatte er noch nie!

## Wichtig- und Heimlichtuer

Die Behelfsdienststelle war sofort wieder aktiviert. Hauptkommissar Zissel und Hauptkommissar Mölle waren dorthin beordert. Die beiden Kriminalbeamten sprachen sich nie mit Vornamen an. Du Zissel und du Mölle, das musste genügen. Nicht selten begrüßten sich die Einwohner untereinander auf die gleiche Weise. Ein „Herr" vor Namen zu setzen war, wo fast jeder jeden kannte, sowieso nicht üblich. Die meisten duzten sich.

Zissel, der Vorgesetzte von Mölle, war ein gutmütiger, etwas behäbiger Mann mit stattlicher Größe. Er hatte seine Ellbogen auf dem Schreibtisch aufgestützt und massierte mit seinen wulstigen Fingern die Schläfen, an denen eine üppige Haarfülle auffiel. Bei intensiven Überlegungen rutschte sein graumeliertes Haar stets zwischen seinen Fingern hindurch. Dann glichen die Kopfseiten nahezu einer Clown-Perücke, zumal sich eine schmale haarlose Rundung länglich von Zissels Stirn fast über den ganzen Oberkopf hinzog. Jedoch verlängerte diese kahl gewordene Stelle das Gesicht des Kommissars so, dass es etwas schmaler wirkte. Durch die Bewegungen seiner Finger an den Schläfen zuckte stets sein dichter, noch dunkler Oberlippenbart als farblich krasser Gegensatz zu seinem Haupthaar.

Man konnte leicht die Vermutung zulassen, dass der Bart nur durch eine Friseurbehandlung so andersfarben ist. Allerdings zeigten Zissels Augenbrauen diese gleiche dunkle Färbung und unterstrichen damit die farbliche Echtheit der Gesichtsbehaarung. Ein weiterer markanter Teil von seinem Gesicht war das Kinn. Hier hatte sich ein starkes Grübchen eingekerbt.

Der Hauptkommissar wohnte in der Stadtmitte. Er war ein eifriger Radfahrer, jedoch nur während der Sommerzeit. Punkt Septembermitte wurde Zissel, ungeachtet eventuell noch hoher Temperaturen, zum eingefleischten Fußgänger. Nur in seltensten Fällen benützte er sein Auto oder einen Bus. Manchmal saß er über Monate nicht ein einziges Mal in seinem Wagen.

Kommissar Mölle war ebenfalls bewegungshungrig. Sein Gesicht war leicht rundlich. Seine dunklen Augen konnten sehr tiefgründig blicken. Oft ähnelten seine leicht gewellten dunklen Haare besonders im Nacken einer Damenfrisur, weil er das Schneiden lange hinauszögerte. Er hatte eine Abneigung gegen Frisöre.

Mölle war um einige Jahre jünger als sein Vorgesetzter. Weil er gegenüber der hiesigen Dienststelle am Ortsrand wohnte, hatte er keinen langen Arbeitsweg. Nach kurzem Fußmarsch erreichte er die Hauptstraße, die er überqueren musste. Dann benötigte er nur noch wenige Minuten, bis zu seinem derzeitigen Dienstraum, der nahe einer Holzschnitzerei lag.

Mölle war wie ein buntes Huhn. Er suchte stets das Gefühl, sich aus seinem früheren Leben endgültig gelöst zu haben. Dies bedingte auch seine äußerst farbenfrohe Kleidung, auf die er vor langer Zeit, als er in diese Gegend gezogen war, umgestellt hatte.

Er grenzte sich in gewisser Weise damit auch von seinen Mitbürgern ab. Sogar sein Brillengestell hatte eine auffallend rote Färbung und zog schnell den Blick auf

sich. Mit mehrfarbigem lose gebundenem Schal bedeckte er gerne seinen Hals. Beim zweiten Hinsehen erkannte man Mölles Umfang, der aber durch seine Kleidung gut kaschiert war. Danach rückten seine Füße ins Blickfeld. Die meist sonderbar unmännlich anmutenden farbig glänzenden Schuhe wurden oft belächelt. Längere Zeit schon trug er seine roten Lieblingsschuhe. Die groben Nähte an den Seiten waren deutlich zu sehen. Sie waren in gelber Farbe gehalten. Für Kriminalbeamte waren diese Schuhe kein sogenanntes gängiges Modell.
Hinter vorgehaltener Hand nannte man Mölle „Pfau". Diesen Spitznamen gebrauchten lediglich einige Frauen im Ort. „Pfau" wurde nie laut ausgesprochen, sondern immer nur belustigend getuschelt. Aber nicht wenige Einwohner bewunderten Mölles Mut zur Farbe.

Liana war schon bei der Arbeit. Sie war hübsch. Ihr schmales Gesicht war von seidiger Haut überzogen und ihr halblanges blondes Haar war großstufig geschnitten. Manchmal hatte sie ihre Haare hinten am Kopf zusammengebunden, was aber nur ein dünnes Büschel am Nacken ergab. Lianas Gesichtsausdruck zeigte meistens Fröhlichkeit.
Deshalb war sie sehr beliebt und wurde von vielen Frauen beneidet, weil sie schon über lange Jahre ihr Aussehen behielt, nämlich ein makellos gutes!
Die Missgunst gründete sich aber auch auf jene diversen Männerblicke, die Liana unwillkürlich auf sich zog. Ihre wohlgeformten Waden zeigte sie gerne mit kürzeren Röcken und eleganten farblich abgestimmten

Schuhen. Stets baumelte noch eine Schultertasche lässig an ihrer Hüfte. Liana ging gerne zu Fuß durch den Ort, wobei ihre Schritte durch das Klappern der hohen Absätze stets ihr baldiges Erscheinen ankündigten.

Jetzt entwarf sie gerade ein Muster für eine neue Kollektion, als ihre Arbeitskollegin Rosi eintrat.

Diese war heute äußerst nervös, ja sogar etwas zittrig. Sie schob den Fingernagel eines Daumens unruhig zwischen zwei Schneidezähnen am Unterkiefer auf und ab.

Liana sah erstaunt zu Ihr auf. „Rosi, was ist mit dir?"

Diese schüttelte leicht den Kopf und presste hervor: „Liana, ein Toter lag auf der Glashalde. Er hatte weder Schuhe noch Socken an. Und er war total durchnässt. Kannst du dir das vorstellen? Eklig! Man sagt, er hätte wohl schon seit gestern Abend da oben gelegen. Meinst du, er ist in der Nacht erfroren? Ich habe vorhin schnell beim Gommler Gemüse eingekauft, weil mein Mann heute Abend nach Hause kommt. Dabei hat mir Gommler alles erzählt."

Liana wunderte sich über Rosis absonderlich lange Rede und wollte bereits antworten. Aber unvermittelt erklärte Rosi weiter: „Gommler ist über den aufgefundenen Toten ziemlich gut informiert. Aber das ist er ja jederzeit, wenn etwas Besonderes los ist. Wie der Mann zu Tode gekommen ist, wusste er noch nicht. Wenn er es doch weiß, hat er es verschwiegen."

Jetzt hatte Rosi sich durch ihren Redeschwall erhitzt. Ihre Wangen waren gerötet und ihre Hände zitterten

unübersehbar.
Liana war offensichtlich schockiert.
„Was erzählst du da, Rosi? Hier bei uns ein Toter! Jemand vom Ort?"
Rosi Egger hob nichtwissend ihre Schultern und folgerte noch aufgeregter: „Ich denke nicht, das wäre sonst sofort bekannt geworden. Die Kripo war schon vor Ort. Gommler sprach jedoch nur von einem Toten. Er hätte den Namen genannt, wenn er ihn wüsste."
Liana lächelte trotz der schrecklichen Nachricht. „Tja, vollkommen richtig, der posaunt alles raus!"
Rosi zeigte ein weiteres für sie ungewöhnliches Verhalten, sie lachte unnatürlich und laut auf. Hinter ihrem Lachen stecken Probleme, ahnte Liana und fuhr fort: „Eventuell verschweigt die Kripo den Namen absichtlich. Dann weiß ihn Gommler wirklich nicht, Rosi."
„Aber weshalb sollte das sein? Nein, das denke ich nicht. Das wäre echt zu blöd. Die Kripo sucht sicher schon eifrig nach der Identität des Toten. Die Bevölkerung könnte doch möglicherweise zur Aufklärung beitragen", war Rosis andere Sichtweise.
„Oder aber auch verhindern! Hoffentlich ist der Tote niemand von hier", wünschte sich Liana und wunderte sich über Rosis Interesse sowie über ihre Redseligkeit. Normalerweise ließ sie sich nie zu längeren Erklärungen hinreißen.
„Das hoffe ich auch!" Nach dieser kurzen Antwort war sie urplötzlich verdächtig still. Liana wunderte sich.
Es ist, als hätte sich Rosi mit dieser Neuigkeit leergeplaudert, dachte sie.

Jetzt fiel ihr auf, dass ihre Kollegin sehr dunkle Augenringe hatte.

„Hast du schlecht geschlafen?"

„Ja schon. Oh, Liana, sieht man mir das an? Ich bin letzte Nacht mehrmals aufgewacht. Ich weiß nicht, warum. Vielleicht bin ich aufgeregt, weil mein Mann heute kommt."

„Ach, manchmal wache ich in der Nacht auch öfters auf, und mein Mann ist ständig zu Hause", wollte Liana etwas trösten. Kurz darauf fragte sie: „Schau mal, Rosi, wie findest du dieses Muster für die neue Kollektion?"

Rosi schien gerade etwas abwesend zu sein, denn Liana wiederholte zweimal ihre Frage. Doch ihre Kollegin musste sich unverkennbar erst von einem Gedankengang lösen, um zu antworten.

„Schöne Gestaltung, Liana, aber ich würde vielleicht die roten Querstreifen etwas verschmälern."

„Danke, ich versuche es." Damit hatten die beiden Kolleginnen für diesen Tag fast alles gesagt.

Liana versank nun lange in Gedanken an Rosis Mann. Er war sehr gut aussehend gewesen, sie hatte ihre Kollegin fast beneidet. Rosi zog damals in die Nähe des Taubergießens. Dort hatte Liana Rosis Mann vor langer Zeit einmal kennengelernt; und bei einem Spaziergang, auch dieses von Altrheinarmen durchzogene Naturschutzgebiet, wo flache Kähne durch die ruhig wirkenden Wasserkanäle fuhren. Kormorane hatten sich, wie gemalt, regungslos auf den grauen, im Sumpf stehenden Baumstämmen niedergelassen.

Zu gerne wäre Liana einmal mit einem Kahn über die lichtdurchfluteten Wasseradern gefahren. Aber es hatte sich nicht mehr ergeben.
Leider! Denn Rosis charmanter Mann musste vor etlichen Jahren unerwartet die Arbeitsstelle wechseln und somit auch seinen Wohnsitz. Ein Pendelverkehr zu der entfernt liegenden Firma war wegen Schichtarbeit nicht möglich.
Jeder Versuch Lianas, ihre Kollegin wieder einmal zu einem Spaziergang im Taubergießen zu bewegen, schlug fehl; sie verweigerte stets vehement.
Zu Anfang führte Rosi noch eine regelmäßige Wochenendehe. Allmählich flachte die Beziehung wegen zunehmender Arbeitsbelastung ab. Das brachte für Rosi häufiger einsame Wochenenden.
Komisch, sie hatte deshalb nie geklagt, dachte Liana, die schon lange Zeit argwöhnte, dass der Mann ihre Kollegin betrog. Rosi ist ein treues Heimchen am Herd! Sie sollte mehr Wert auf ihr Äußeres legen. Aber wenn ich sie darauf hinweise, würde ich ihr ohnehin geringes Selbstwertgefühl total zerstören.
Hoffentlich kommt er wirklich, gingen Lianas Gedanken weiter und sie sah mitfühlend zur Kollegin. Diese hatte sich jetzt mächtig in ihre Arbeit vertieft. Ihre dunklen, am Hinterkopf akkurat geteilten Haare, waren beiderseits locker zusammengebunden und fielen gelockt über die Schultern. Dadurch wurde Rosis auffallendes rechtes Ohr sichtbar. Es hatte eine ungewöhnliche fransige Einkerbung. Unfall! Das war Rosis damalige patzige Erklärung. Liana hatte diese Aussage

stark bezweifelt.

Rosis Wangen glühten komischerweise anhaltend. Liana wunderte sich: Ob das durch die Aufregung über den Toten kam? Dann bemerkte sie auch, dass die Hände ihrer Kollegin immer noch zitterten.

Rosis Schweigen überdauerte fast den ganzen Tag. Es schien, als würde sie etwas bedrücken. Liana überlegte, ob sie ihre Kollegin ansprechen sollte, unterließ es aber. Vielleicht frage ich sie später, ob sie nach der Arbeit mit zur Glashalde geht. Rosi braucht frische Luft, und gleichzeitig würde meine Neugier befriedigt, übte Liana Selbstkritik.

Das Interesse an dem Toten auf der Glashalde war anfangs enorm. An diesem Tag stand fast die gesamte Einwohnerschaft am oberen Rand der Wiese, weil der unterhalb verlaufende Weg durch ein rot-weißes Band abgesperrt war. Aber die Sicht von hier auf die Stelle des erschreckenden Vorfalls war einigermaßen gut. Der Tatort war großräumig abgesperrt.

Weißgekleidete Beamte waren zur Spurensicherung längst zur Stelle und verhinderten ein Vordringen des murmelnden Menschenbündels Richtung Tatort.

Ständig schoben sich weitere Ankömmlinge mühsam vor, um ebenfalls eine gute Sicht zu ergattern. Bald verflüchtigte sich jedoch die Wissbegierde. Warum sich hier die Füße platt stehen? Nein, dazu war die Zeit zu kostbar.

Da ist es doch bei einem guten Tropfen im Gasthaus „Zum Hopfen" viel, viel gemütlicher!

Nicht wenig Schaulustige waren längst auf dem

Heimweg.

In der Ortsmitte, neben einem Briefkasten, hing bereits ein etwas undeutliches Fahndungsfoto. Ein skurriler Schnurrbart schob sich spitz bis Mitte Wangen. Von den Schläfen liefen breite Backenbärte nach unten. Diese sahen fast abnormal aus. Und auf der Stirnmitte zeigte eine seltsam dicke dunkle Dreiecksspitze genau Richtung Nasenwurzel. Wer kennt diesen Mann? stand in großen Buchstaben darunter. Die weiteren geschriebenen Einzelheiten interessierten kaum.

Liana und Rosi wollten tatsächlich nach Arbeitsende zur Glashalde. Sie betrachteten erst das Plakat. Rosi blinzelte, um das bärtige Gesicht besser sehen zu können. Sie legte den Kopf zur Seite, verzog ihre Lippen und rümpfte etwas die Nase. Dann fiel ihr glasiger Blick ins Nirgendwo. Sie schob ihre zuckenden Lippen übereinander und ging noch näher zum Bild, um es genauer begutachten zu können. Nach einiger Zeit schüttelte sie Ihren Kopf und dann ihren Körper. „Mir ist kalt", sagte sie schließlich leise und sah mit seltsamem Blick abwartend zu Liana, die kurz bemerkte: „Ich kenne ihn auch nicht, Rosi."

Ab da war Rosi außergewöhnlich still. Sie war offenbar gedanklich abwesend und kaute nun an ihren Lippen. Liana musste manche Worte lautstark aussprechen, damit Rosi überhaupt reagierte.

Auf dem weiteren Weg kamen ihnen viele Neugierige entgegen, die durch ihr Abwinken zu verstehen gaben, dass sich der Weg kaum lohnte.

An dem Sandsteinkreuz bei einer Weggabelung verharrten die Kolleginnen kurz. Rosi betrachtete erst sorgfältig die Inschrift, als läse sie diese heute zum ersten Mal. Hier hatte sich vor vielen Jahren ein tödlicher Unfall ereignet. Ein kleiner künstlicher, schon sehr verblasster Blumenstrauß schmückte schon lange dieses alte wettergeplagte Kreuz.

„Rosi, wir müssen den steilen Weg hinauf, komm` doch!" Liana wurde ungeduldig. Sie musste Rosi zum Weitergehen zwingen. Irgendetwas beschäftigt sie sehr; vielleicht hat sie Angst, dass sie mit dem Kochen nicht fertig wird, dachte Liana.

„Rosi, wir gehen sofort wieder zurück", wollte Liana ihrer Kollegin wegen der vermeintlichen Zeitnot helfen. Als sie den Weg schließlich fortsetzen konnten, drehte sich Rosi noch wiederholt zu dem Kreuz um. Ihre Schritte wurden zögerlich, sogar tapsend. Und als der Weg steiler wurde, war ihr Atem hörbar.

„Ist was? Sollen wir umkehren?" Liana war besorgt.
„Nein, nein!" Rosi winkte abwehrend mit einer Hand und japste: „Lass mich nur einmal durchatmen, dann geht es schon wieder. Wir sind ja bald oben!"

Damit drehte sich Rosi weg und starrte gegenüber auf den Waldrand. Liana wartete. Schließlich unternahm sie den nächsten Versuch, um ihre Kollegin wenigstens etwas aufzumuntern: „Schau Rosi, es ist nicht mehr weit. Du, fehlt es dir etwa an Kondition?"

„Das würde dir wohl gefallen", war Rosis verhaltene Antwort. Sie lächelte gequält. Beim letzten Wegstück schwiegen beide in konträren Gedanken versunken.

Tatsächlich war der Blick von oben nicht spektakulär.
Gommler kam geradewegs auf sie zu. Er grinste, als er die beiden Frauen sah. „Na, ihr zwei, habt ihr den Mann auf dem Plakat erkannt? Wisst ihr vielleicht schon Näheres oder sogar seinen Namen?" Dabei rollte der Gemüsehändler seine Augen. Obwohl er seinen Mund nun geschlossen hatte, wackelte sein Bauch, als hätte er einen Witz erzählt.

„Nein, wir kennen ihn nicht", antwortete Liana.

Gommler sah neugierig zu Rosi. Diese sah stumm zur Seite und zuckte mit den Schultern.

„Tschüs!" damit ging Gommler. Liana sagte nur noch: „Hast du seinen gekullerten Blick gesehen? Was der sich womöglich alles zusammenreimt!"

Jetzt brachte Rosi sogar: „Ist mir doch egal, was der denkt!" hervor. „So ein blöder Kerl!" Rosi war verärgert.

„Du magst Gommler nicht", folgerte Liana, worauf sie keine Antwort mehr bekam.

Rosi hatte sich wieder in plagende Gedanken eingehüllt. Aber auch Liana überlegte angestrengt. Und zwar, wie sie den Abend am besten verbringen könnte oder sollte. Sie kam zu keinem befriedigenden Resultat. Auf Rosi konnte sie heute nicht mehr hoffen, das war ihr klar.

Bevor sich die Wege der Frauen beim Zurückgehen trennten, verabschiedeten beide sich kurz mit „Adieu!"

Als sich Liana nochmals umdrehte, erschrak sie sowohl über Rosis gebeugte Haltung als auch über ihre schwerfälligen Schritte.

Die Wirtschaft „Zum Hopfen" war bereits seit dem späten Nachmittag überfüllt.

Es war etwas geschehen, das die Bewohner zusammenscharte.

Etwas, an dem alle Interesse hatten, etwas, bei dem jeder mitreden und bedeutsam seine eigene Meinung bilden konnte.

„Er ist wieder hier!" rief ein Gast sehr laut in den Gastraum.

Die Köpfe drehten sich. „Wer?"

„Der Zissel! Er ist auch schon vor Ort!"

„Na, der soll bestimmt Mölle beaufsichtigen!"

„Ha, ha!" fast gleichzeitig gaben dies mit einem Schulterzucken einige grinsende Gäste von sich.

Jetzt mischte sich der Wirt ein, denn er fand es als den richtigen Zeitpunkt: „Mölle wünscht sich von Zissel sicher keine Bevormundung."

„Weiß jemand, was geschehen ist?" fragte jemand.

"Nee, aber der Tote ist zum Glück keiner von hier. Das scheint klar zu sein! Man hat auf der Wiese kaum Spuren von ihm gefunden! Und seine Socken und Schuhe sind seltsamerweise verschwunden!"

Diese Information gab der scheinbar gut unterrichtete Wirt zum Besten.

„Woher weißt du das?" misstraute ein Gast.

„Beim alten Polizeiposten waren Läden und Fenster offen. Zissel saß am Fenster und Mölle gegenüber."

„Du meinst, du warst dicht am Fenster! Du hast doch sicher die beiden ausgefragt", feixte ein anderer Gast.

In diesem Augenblick betrat Gommler das Wirtshaus.

Der Wirt hielt kurz stirnrunzelnd inne und fuhr dann fort: „Naja, auf jeden Fall kennt niemand den Toten! Seine Hosen- und Jackentaschen waren total ausgeräumt. Das Plakat ist viel zu undeutlich, schon allein durch den blöden großflächigen Vollbart!"

„Aber sein Haaransatz ist doch interessant! Von der Stirnmitte schiebt sich eine kleine Ecke nach unten, wie bei Micky Maus!" versuchte ein Gast auf das Markante aufmerksam zu machen.

„Für mich sieht es aus, als hätte sich jemand einen Scherz erlaubt. Dieses Dreieck und die Koteletten wurden bestimmt aufgemalt, das ist nicht echt", wehrte der Wirt dagegen.

Jetzt fiel Otto Gommler so großmäulig ein, als wäre er der Einzige, der das Genaueste wüsste.

„Es wird nach einem rotfarbigen Auto gesucht! Es wurde gestern hier gesehen. Man hat auch Ölspuren an den Fingern des Toten gefunden!"

Der Wirt zog fuchsig seine Augenbrauen in die Höhe. Wieder hatten seine Gäste eine Neuigkeit mehr, und das ausgerechnet von Gommler! Woher der immer seine Informationen bekam?

Die Brauen des Wirts sanken wieder. Er, als Lokalbetreiber, musste besser informiert sein, denn das brachte ihm zusätzlich neugierige Gäste, die sonst seltener in der Wirtsstube zu sehen waren. Er hasste es, wenn ihm jemand die Aufmerksamkeit entzog.

Geistesgegenwärtig setzte der Wirt eilfertig fort: „Otto, das wollte ich auch gerade ansprechen. Wir sollen die Augen offenhalten, hat Zissel gebeten."

Gommler grinste, wobei sein Gesicht breiter und seine Lippen flacher wurden.

„Ha, unser Zissel, unser lieber Zissel!" Der Kommissar war nicht unbedingt sein Freund. Obwohl Zissel dem Gemüsehändler schon oft geholfen hatte.

Gommler sah sich weiterhin wohlgefällig um.

„Wetten, dass unser pfiffiger Mölle wieder die ganze Arbeit machen muss. Er kennt sich in unserem Stadtteil viel besser aus. Der Zissel hätte ruhig im Lahrer Revier bleiben können. Wir wissen doch, wie unfähig er ist!"

Dann wollte er humorvoll sein: „Der Zissel kann doch kaum einen Hund von einem Wildschwein unterscheiden!" Dabei vergrub der Gemüsehändler seine oberen Schneidezähne in seiner Unterlippe. Und leicht hämisch lächelnd nickte er mit dem Kopf.

An den Tischen neigten sich murmelnd und zustimmend die Köpfe fast aller Gäste.

„Es ist schon seltsam, dass niemand den Toten kennt. Oder, wenn doch, verschweigt man es bewusst", stellte sich Gommler weiter mit seiner Spekulation ins Rampenlicht.

„Wieso liegt dieser Mann auf unserer Wiese? Unweit vom Ort, wo man ihn leicht auffinden konnte! Das ist doch die große Frage", wollte der Wirt die Aufmerksamkeit unbedingt wieder auf sich lenken. Aber er erhielt keine große Beachtung mehr.

Nach und nach wandelten sich die Gesprächsthemen. Denn darin waren sich alle einig: Letztendlich wird morgen die Presse mit eindeutigen Fotos von Mordopfer und Tatort in allen Einzelheiten berichten. Diese Meinung ging von Tisch zu Tisch. Jeder wusste, es musste doch nur der nächste Tag abgewartet werden.

Das Interessanteste in der Zeitung des nächsten Tages waren jedoch leider nur die Wetteraussichten.
Die kleine Notiz über das Auffinden des Toten hatte kaum Aussagekraft. Keine Abbildung des ausgehängten Plakats war zu sehen! Keine Resultate über Untersuchungen waren zu lesen.

Für die meisten der Einwohner war dies schrecklich enttäuschend. Worüber konnte man jetzt sprechen?
Da hätte es einmal interessanten Gesprächsstoff gegeben, der aufrüttelnd und spannend war, um Vermutungen unter die Leute zu bringen.

In der Bäckerei Brodel brodelte der Unmut.
Fast alle Kunden schimpften über die fehlende Information. Jetzt, nach dieser schrecklichen Tat!
Aber Frau Doern wusste gut zu beschwichtigen. Sie erzählte nochmals die Ereignisse der Reihe nach. Sie nahm das so ernst und ausgiebig, als wäre sie für die mangelnden Informationen in der Zeitung verantwortlich. Manchmal flocht sie ein: „Vielleicht sollte die Kripo einmal erörtern, wer von hier für die vermutete Todeszeit kein Alibi hat!"
Meistens kam dadurch von der Kundschaft ein gutheißendes Murmeln. Dieser Vormittag brachte so immens viel Kundschaft, dass Frau Doern kaum verschnaufen konnte.
Das war nicht verwunderlich. Schließlich gab es beim Einkauf im Supermarkt überhaupt keine Information.

Bäcker Brodel konnte sich also über seine gesprächige Verkäuferin freuen, denn sie brachte ihm einen sehr guten Umsatz.
Frau Doern war am Ende des Vormittags sehr müde. Während ihrer Mittagspause zog sie sich deshalb in ihre kleine Wohnung zurück, die sie nahe der Bäckerei angemietet hatte. Diese lag in einem der wenigen mehrstöckigen Mietshäuser, die in der Ortsmitte standen. An den Ortsgrenzen gab es entweder Bauernhöfe oder sie waren mit Einfamilienhäusern bebaut.

Frau Doern kannte die Mitbewohner in ihrem Haus nicht. Sie sah dies auch nicht als nötig an. Nur gegenüber, das wusste sie, wohnte ein älterer Herr. Dieser machte aber nie Anstalten, mit ihr ein Gespräch zu beginnen. Nur mit einem knappen Kopfnicken und einer kaum wahrnehmbaren Bewegung seiner flachen Lippen, brachte er murmelnd einen Gruß zustande.
Danach flüchtete er äußerst schnell hinter seine Tür.
Nun, auch Isolde Doern zeigte hier eigentlich das Gegenteil zu ihrer Freundlichkeit als Verkäuferin.
Schließlich war ihr Leben nicht ganz glatt verlaufen. Sie hatte sehr schwere Zeiten durchgemacht. Zum Glück gab es hier jemand, der sie ständig seelisch aufrichtete. Doch jetzt wollte sie nicht länger über sich nachdenken. Es strengte sie an! Ihr Schicksal würde hier sicherlich niemanden interessieren.
Deshalb schirmte sie sich ab. Sie hatte auch kein Bedürfnis, mit anderen Hausbewohnern in Kontakt zu treten. Hier, in ihren Wänden war ihre absolute Privatsphäre. Freundlichkeit gehört nur zu meinem Beruf,

sagte sie sich immer wieder. Außerhalb ihres Verkäuferinnen-Daseins legte sie sich Scheuklappen an.
Sie wusste nicht, ob jemand von ihren Mitbewohnern im Obergeschoss schon einmal bei ihr Kunde war. Sie kannte die Leute einfach nicht.
Isoldes Kommen und Gehen hatte eine enorm schrullige Gradlinigkeit. Vom Flur aus, bis sie auf die Straße trat, zählte sie stets ihre Schritte. Sie begann das Zählen ab der Wohnungstür immer mit dem rechten Fuß. Meistens kam sie auf die gleiche Anzahl. Man konnte dies fast als ein Ritual ansehen.
Nun entledigte sie sich ihrer Jacke und legte ihre schwarz-umrandete Brille sorgsam auf den Wohnzimmertisch.
Wenn meine Kundschaft wüsste, dass ich überhaupt keine Brille benötige, dachte sie belustigt.
Wie oft wurde sie schon angesprochen: Die Brille steht ihnen wirklich gut!
So, wie Kleider Leute machen, machen Brillen Gesichter. Überdies fordern sie von Mitmenschen Respekt, das wusste Isolde. Und zudem hatte sie sich an das Brillengestell schon gewöhnt. Irgendwie fühlte sie sich dahinter wie ein anderer, wie ein unangreifbarer Mensch. Ein Mensch, der mit seiner nicht verformbaren Wahrheit gut zurechtkam.
Auch heute verkroch sich Isolde in ihren Couchkissen, um einen kurzen Mittagsschlaf zu halten.
Die Wohnung war kaum mit Mobiliar bestückt. Ihre Küche war provisorisch eingerichtet, weil sie wahrscheinlich nicht lange hier wohnen würde. Der Kühl-

schrank hatte einen spärlichen Inhalt. Isolde legte Wert auf vegetarische Kost.

Eigentlich war es schon seltsam, welche Umstände sie so überstürzt in diesen Ort gebracht hatten. Ich ziehe sicher bald wieder weg. Hoffentlich ist er mir nicht nachgereist, dachte sie erneut und schlief ein.

Frau Doern schreckte auf, als jemand gegen ihre Wohnungstür hämmerte. Aber als sie sich endlich von der Couch erhoben hatte und die Tür öffnete, war niemand mehr zu sehen. Dieses seltsame Klopfen kannte sie schon.

Es hatte während ihrem erst kurzen Aufenthalt hier bereits einige Male stattgefunden. Sie vermutete einen Lausbubenstreich.

Bevor Frau Doern wieder zur Bäckerei ging, schminkte sie sich, wie auch morgens, sehr ausgiebig.

Mittels einer besonders hellen und gut haftenden Creme gab sie ihrem Gesicht einen sehr bleichen Touch.

Anschließend bekamen die Lippen eine matte Färbung. Nachdem sie fertig war, betrachtete sie sich eingehend im Spiegel. Dabei drehte sie ihr Gesicht in alle Richtungen, verzog ihre Mundwinkel, blähte ihre Wangen auf und zog dann ihre Stirn kraus und gleichzeitig die Augenbrauen in die Höhe.

Dann musste sie lauthals auflachen.

Ich sehe aus, als wäre ich in der Backstube in einen Mehlsack gefallen, dachte sie.

**Etwa Spuren?**
Als Mölle sich am nächsten Morgen der Dienststelle näherte, sah er schon von Weitem, dass Zissel sich mit einem gutaussehenden jungen Mann unterhielt, der in seine Richtung blickte. Mölle verlangsamte seine Schritte, um die beiden länger beobachten zu können. Aber leider drehte sich Zissel um und wurde sofort deutlich nervös, als er Mölle erblickte. Seine Hände bewegten sich auf einmal so schnell wie seine Lippen. Fast hatte Mölle die beiden erreicht, als sich diese mit gegenseitigem Kopfnicken trennten. „Wer war denn das? Mir ist, als hätte ich den Mann schon einmal gesehen. Ach ja, als er neulich aus dem Wirtshaus kam, glaube ich wenigstens", sagte Mölle besonders beiläufig und sah Zissel fragend an.
Mölle hatte den jungen Mann noch nie gesehen und war sich seiner „Wirtshaus-Lüge" sehr wohl bewusst. Aber, wenn er forsch fragen würde, bekäme er von Zissel keine Antwort, das wusste Mölle. Er musste sich ständig überlegen, wie er seinen Chef zumindest teilweise, auskunftsfreudig machte.
„Ich weiß nicht genau. Es ist ein junger Mann, der seit Kurzem wohl hier irgendwo wohnt. Er sagte nicht, wo. Und seinen Namen nannte er auch nicht, auf meine diesbezügliche Frage grinste er nur."
„Aber ihr habt euch sehr lange unterhalten", flunkerte Mölle weiter, als hätte er die beiden schon lange beobachtet.
„Ach ja?" Zissel fühlte sich ertappt. „Mölle, dann wollte er noch wissen, ob wir herausgefunden haben, wohin

das Auto verschwunden ist." Jetzt überlegte Zissel, ob er überhaupt noch Weiteres preisgeben sollte und: ach, hätte er doch das Auto lieber nicht erwähnt, denn er ahnte, dass Mölle nun lange nicht lockerlassen würde!

„Ist doch komisch, Zissel, wieso interessiert ihn dieses Auto?"

Zissel zog die Pause in die Länge, weil er erst seine Nase schnäuzen musste, bevor er fortfuhr.

„Ich weiß auch nicht, bevor ich ihn fragen konnte, weshalb er dies wissen möchte, hat er nur noch mit dem Kopf genickt und ist wortlos gegangen. Gerade kurz bevor du kamst."

„Komisch, du hast doch auch genickt." Mölle sah Zissel argwöhnisch an.

Der Hauptkommissar blinzelte nun, als hätte er etwas im Auge.

„Auch? Wirklich? Das war bestimmt unbewusst!" Zissels Antwort war verhalten. Sein Schnurrbart zuckte. Dann sprach er etwas überhastet weiter, wie Mölle fand.

„Vielleicht war es eben reine Höflichkeit von mir. Jedenfalls kann ich mir keinen anderen Grund denken."

Doch Mölle spürte längst Zissels Unsicherheit, und blieb am Zug. „Naja, und sein Name, Zissel?"

„Ich sagte doch, er hat verweigert. Ist doch seltsam, Mölle, oder? Aber ich hatte keine Handhabe, ihn zur Aussage zu zwingen."

Zissel sah an Mölle vorbei, der sich nun gespannt in die Richtung gedreht hatte, die von dem jungen Mann eingeschlagen worden war. Er war nicht mehr zu sehen. Wohin er wohl verschwunden war, überlegte Mölle. Er konnte sich nicht verkneifen, seinen Chef jetzt etwas zu ärgern.

„Ich weiß nicht, irgendwie finde ich das komisch, Zissel. Wahrscheinlich hast du nicht hartnäckig genug gefragt, das passiert dir doch eigentlich nie. Oder?"

Mölle sprach leise. Zissel erkannte den gefährlichen Unterton in der Stimme seines Kollegen.

„Wie meinst du das?" Zissel fragte äußerst vorsichtig. Mölle wusste, aha, er hat gelogen! Deshalb hielt er sich zurück und hob lediglich seine Schultern. Und er amüsierte sich, weil Zissel immer noch nervös war, vielleicht sogar noch mehr als zu Beginn ihres Gesprächs.

„Mölle komm, lass uns ins Büro gehen."

Oh, bemerkte Mölle, er lenkt ab, meine Anwesenheit hier ist ihm unangenehm. Es beschäftigt ihn etwas! Und ich soll von der Straße!

„Nein, Zissel, ich habe noch Dringendes zu erledigen", erklärte er gewitzt und entfernte sich nur langsam. Seinen Chef ließ er einfach stehen.

Dieser atmete tief durch. Er sah Mölle mit flauem Bauchgefühl hinterher. Mist, dachte er und rieb seine Handflächen hart gegeneinander.

Als er sich umdrehte, sah er den jungen Mann erneut auf sich zukommen. Zissel schüttelte schnell seinen Kopf. Der Mann reagierte zwar sofort, aber er war nicht flink genug. Denn auch Mölle hatte sich nochmals umgedreht und unter einem Lächeln erkannt, wie zutreffend er mit seiner Vermutung lag.

Nur ein weiterer Tag verging. Und ab diesem gaben im „Zum Hopfen" die Vorkommnisse schon keinen Gesprächsstoff mehr. Die Medien brachten die Menschen schnell auf andere Gedanken.

Fast stündlich verkündeten die Nachrichtensender allerlei neue unterhaltungsanheizende Nachrichten. Doch zu diesen hatte man kaum Bezug.

Die Glashalde war ab diesem Tag wieder über beide Wege zu erreichen.

Am frühen Abend, der Mond war gerade hinter Wolken hervorgekommen, stand oben am Waldrand eine extrem unruhige Frau. Sie schwankte leicht. Ihr Blick war bereits lange Zeit auf die Wiese gerichtet, obwohl sie dort, trotz Mondschein, kaum etwas erkennen konnte. Sie war äußerst unruhig. Im Wechsel steckte sie fortwährend die rechte und dann ihre linke Hand fahrig in ihre Jackentasche, nahm die Hände danach aber stets sofort wieder heraus. Manchmal zog sie dazwischen den unteren Rand ihrer beigen Steppjacke straff nach unten, um die Hände dann erneut in die Taschen zu führen. Diese gleichbleibend wiederholten Bewegungen sahen wie einstudiert aus.

Meine Gedanken verflechten sich wie die Zweige der dicht beieinander stehenden Tannen, dachte sie. Nur meine Gefühle trotzen gegen das Vergessen! Ich muss irgendwie das Gestern aus meinem Gedächtnis verdrängen können, sonst komme ich damit nicht klar. Es gibt immer einen Weg, immer, erkannte sie schlagartig und wischte sich jetzt ein Auge trocken.

Ihre Nervosität hatte jedoch nicht nachgelassen.

Sie nahm den Mann im dunklen Mantel, der seinen Hund straff an der Leine hielt und ihm damit anzeigte, dass er sich ohne Laut setzen sollte, nicht wahr. Er war am gegenüberliegenden Waldrand stehen geblieben. Oh, was sucht zu dieser Zeit eine Frau hier oben? Sie ist aufgeregt, dachte er und fragte sich: Kenne ich sie?

Irgendwo im Wald knackte es laut. Die Frau zuckte kurz zusammen und flüchtete mit raschen Schritten.

Als sie außer Sichtweite war, ging der Mann zur Wiese. Sollte er der Frau nachgehen, sie suchen, überlegte er einen Moment. Er könnte sie beruhigen, gleichzeitig natürlich auch erfahren, wer sie war. Dann löste er jedoch lieber die Hundeleine. Meine Fußabdrücke sind ohnehin überall. Ich bin ja ständig mit dem Hund hier, sagte er sich.

Nachdem der Mann endlich mit seinem auf der Wiese schnuppernden Hund auch außer Sichtweite war, löste sich von einem Hochsitz mühevoll eine Gestalt und kletterte wendig die Sprossen hinunter. Um ihren Hals hing ein Nachtglas. Die Gestalt war froh, dass sie sich nun bewegen konnte, weil sie schon stark vor Kälte zitterte. Schnell schritt sie ebenfalls auf die Wiese zu, ständig ihre Hände rhythmisch zu Fäusten ballend, um sie im Wechsel immer sofort wieder zu öffnen. Lange, nun mit etwas erwärmten Fingern, verharrte sie im Mondschein noch gedankenvoll bei dem jetzt glitzernden kleinen moorigen Rinnsal, dessen Spur weit unten vollständig versickerte. Der nahe Fichtenwald verschluckte dann auch diese Silhouette gänzlich.

Wegen fehlender Berichterstattung in der Presse deutete leider auch der nächste Tag bloß auf die Erfolglosigkeit der Ermittlungen hin.

„Die Kripo hatte eine Veröffentlichung untersagt", wusste Herr Gommler bei seinem frühesten Kunden lauthals zu verkünden. „Man weiß ja, was das zu bedeuten hat! Die Herren Beamte wissen noch nichts", schloss er gehässig an.

Später ging er zur Bäckerei.

„Hallo, Doernchen" grüßte er. Dann atmete er so tief ein, dass sich an seiner dicken Wollweste fast alle Knöpfe von alleine öffneten. Er wusste, wie er Frau Doern zum Lächeln bringen konnte.

„Guten Morgen, Gömmelchen", neckte die Verkäuferin zurück. Dann sah sie auf Herrn Gommlers Schuhe. „Waren Sie gestern Abend im Morast?"

Herr Gommler runzelte seine Stirn. Er überlegte, weshalb klang ihre Stimme plötzlich etwas ängstlich?

Sie wartete. Gommler ließ sich Zeit.

Endlich gab er sich einen Ruck: „Weshalb fragen Sie, waren Sie auch unterwegs, Doernchen? Ich sah eine Frau im Wald!"

„Ich vermute, Sie hätten mich angesprochen, wenn ich dort gewesen wäre!"

„Bitte eine Schokoecke", lenkte Gommler schnell ab.

Frau Doern fand, dass sie ihren Kunden etwas aus der Fassung gebracht hatte.

Doch Herrn Gommler fiel schnell ein. „Weshalb sind Sie so spät noch unterwegs, sogar in der Dunkelheit,

Doernchen? Und vor allem ganz alleine? Das ist nicht ungefährlich!"
Er schüttelte bedenklich den Kopf.
„Aber falls Sie einmal abends eine Begleitung suchen, wenden Sie sich vertrauensvoll an mich. Alleine sollten Sie zu Nachtzeiten nicht mehr unterwegs sein, das schickt sich nicht", grinste er.
Jetzt schwieg Frau Doern beharrlich.
Dann brachte der Gemüsehändler als Erklärung: „Vielleicht war ich auf meinem Acker. Der hinterlässt auch eine Menge Spuren an Schuhen!"
Und er fügte schmunzelnd hinzu: „Packen Sie bitte noch einen Salzweck dazu."
„Passt bestens zur Schokoecke!" murrte Frau Doern.
„Doernchen, ich freue mich, dass Sie mit meiner Ernährung einverstanden sind!" Das Gesicht des Gemüsehändlers wurde breiter und sein Bauch hüpfte. Flink legte er das Geld auf die Ladentheke.
„Oh", entfuhr es Frau Doern und es sah zuerst aus, als wollte sie Weiteres loswerden! Doch dann atmete sie tief durch, schob schweigsam lässig Herrn Gommler die Tüte mit Schokoecke und Brötchen hinüber und kassierte ab.
Plötzlich schluckte sie, drehte sich um, sagte noch „Tschüs!" und verließ übereilt den Verkaufsraum.
Wieso hingen ihre Gedanken schon wieder in ihrer Vergangenheit? Schwäche durchzog ihren Körper.
Gommler hatte beim Verlassen der Bäckerei sehr sonderbare Gedanken. Diese beriefen sich heute auf Isolde Doerns ungewöhnliches Verhalten.

Rosi Egger kam an diesem Tag wieder einmal sehr aufgebracht, um nicht zu sagen äußerst wütend, an ihre Arbeitsstelle. Sie fauchte zu Liana: „Er hat mich wieder versetzt. Ich blöde Kuh, koche stundenlang sein Lieblingsessen und warte und warte."
„Was gab es denn?" Liana fragte dies beiläufig.
„Alles, was er immer liebend gerne gegessen hatte."
„Hatte? Warum sagst du: hatte, Rosi?"
„Na, ja, das hatte ihm zumindest früher stets geschmeckt. Ich habe jetzt bald die Nase voll. Ich hatte gestern schon so eine diffuse Ahnung, dass er wieder nicht kommen wird."
„Warst du deshalb, als wir zur Glashalde gingen, plötzlich so abwesend?"
„Natürlich, ich war doch stets nervig, wenn er kam. Ich werde mehr und mehr unsicherer, weil ich nie weiß, ob er wirklich kommt. Was kann ich nur tun Liana?" Ihre Stimme klang seltsam.
„Rosi, hast du versucht, ihn telefonisch zu erreichen?"
„Natürlich, ich rief bei der Firma an! Er musste ganz plötzlich nach London."
Liana fand es zwecklos, Ratschläge zu geben. Deshalb meinte sie nur: „Es tut mir leid!"
„Liana, wenn ich nicht bald etwas von ihm höre, gebe ich ihm den Laufpass!" Damit verschloss Rosi jetzt mit fast dunkelroten Wangen hart ihre Lippen.
Liana kannte diese Worte. Sie dachte: Ich wäre diesen Kerl längst losgeworden. Rosi hat nicht den Mut dazu. Einmal wird die Sache ausufern, dachte Liana noch, doch ich kann ihr nicht helfen! Ich will es auch nicht!

Hoffentlich lässt sie mich jetzt in Ruhe und fragt nicht weiter! Das waren soeben Rosis Gedanken in Bezug auf Liana.

Mölle wollte früh morgens zur Dienststelle. Aber plötzlich änderte er sein Vorhaben und ging geradewegs Richtung Glasbrunnen. Heute war es ein einsames Stück Wald, das vor ihm lag.

Der Jägersitz, dachte er, warum war er nur früher nicht darauf gekommen, sich diesen einmal näher anzusehen? Mölle ging zum Hochstand. Der ist älter, dachte er, das gesamte Holz hat sich schon grau verfärbt. Er stieg hinauf. Der Blick über die Landschaft gefiel ihm. Waldrand, Wiese, die aus der Entfernung zu einem Strich gewordene Schutter, alles lag beschaulich vor ihm. Und die Dächer des Orts erschienen aus dieser Perspektive wie zusammengewachsen.

Als Mölle sich erhob, um rückwärts die Sprossen hinunterzusteigen, blieb er mit seiner Jacke an der zersplitterten vorderen Kante des Sitzes hängen. Nein, dachte er, das auch noch! Jetzt habe ich mir ein Stück Stoff abgerissen. Aber – das war ja gar nicht sein Stoff, fiel ihm plötzlich auf. Das konnte nicht von seiner Jacke sein! Die Färbung war zwar ähnlich, jedoch nicht identisch mit dem Muster.

Zufälle sind Glückskäfer jeder Ermittlung, freute er sich und verstaute den Stoff sorgfältig in seiner Jackentasche. Mal sehen, zu wem dieses Beweisstück gehörte; vielleicht findet sich in Kürze der Eigentümer! Später kehrte der Kommissar zurück.

Seine Wut auf Zissel hatte sich verflüchtigt. Er war nicht da, das war Mölle sehr willkommen. Aber sein Vorgesetzter hatte einen Zettel auf seinem Schreibtisch hinterlassen: Weiß nicht, wann ich wieder zurück bin, Gruß Zissel.

Mölle ging an seine Arbeit, überlegte angestrengt, fabrizierte ständig allerlei Aufzeichnungen, die er dann teilweise wieder verwarf. Andere beschriftete er.

Sein gefundenes Stück Stoff legte er bei, bevor er vor Feierabend sorgsam seinen Schreibtisch verschloss. Zissel war jetzt doch nicht gekommen, dachte Mölle. Er würde diesen Abend nochmals zur Glashalde gehen. Irgendein seltsames Gefühl veranlasste ihn zu diesem Vorhaben.

Dann überlegte er, wohin Zissel wohl gegangen war? Wo nur könnte er sein? Mölle wusste genau, Zissel wird es ihm nicht sagen. Sollte er seine Loyalität gegenüber Zissel eingrenzen? Durfte er das?

Der Kommissar versank in die merkwürdigsten Gedanken. Es dämmerte bereits, als er nun auf dem unteren Weg erneut zur Glashalde ging. Ab und zu sah er sich suchend um. Er konnte jedoch weit und breit niemand entdecken. Also bog er ab, ging am Hochsitz vorbei und hielt genau bei der Abzweigung des kleinen Pfades zum Glasbrunnen. Dort setzte er sich, einer Eingebung zufolge, auf einen großen Sandstein, der genau an der Ecke lag. Er wartete ab.

Wie gut, dass ich den Wintermantel angezogen habe, dachte er. Er spürte, dass er müde wurde. Die Dämmerung ging fast schon in die Nacht über und drückte auf Mölles Gemüt. Er hielt mühsam seine Augen offen und blickte immer wieder zur Wiese.

Da! Da sah er sie plötzlich. Wie ein bewegter Schatten trat sie soeben langsam an die Wiese heran. Mölle war so angespannt, dass er kaum einen klaren Gedanken fassen konnte. Es war fraglos eine Frau. Aber nein, oder doch? Traut sich eine Frau alleine im Dunkeln hierher?

Sie war schlank und keinesfalls klein. Ihre Figur sah der Kommissar nur als Silhouette.

Die Frau verharrte etwas vorgebeugt jetzt regungslos. Ihr Gesicht war Richtung Wiese gedreht. Doch dann hob sie ab und zu eine ihrer Hände und schob sie zum Gesicht. Sie ist in keiner guten Verfassung, sie wischt sich Tränen ab, überlegte Mölle.

Er sinnierte, ob die Frau Angst hat? Ob sie eventuell Hilfe benötigt? Irgendwie bedrängte diese traurige Gestalt Mölles Gemüt. Er konnte sich nicht dagegen wehren.

Sein Seelenleben litt. Dieser Frau geht es schlecht! Es deutete alles darauf hin, denn jetzt zog sie etwas Helles aus ihrer Manteltasche. Der Kommissar war sich sicher, dass sie ein Taschentuch in der Hand hielt.

Plötzlich bellte ein Hund. Gommler, dachte Mölle, oh nein! Der wird doch jetzt nicht hier erscheinen! Oder interessiert es ihn, was hier passiert?

Mölle blickte kurz in die Richtung, aus der dieses Bellen kam, konnte aber nichts entdecken.

Doch verflixt, jetzt war der Schatten weg! Er hatte nicht gesehen, wohin die Frau gegangen war. Wieso hatte auch dieser blöde Hund gebellt und die Frau aufgeschreckt? Auf dem Weg entfernte sie sich nicht, da müsste er sie noch wahrnehmen können. Ob sie sich im Unterholz versteckt? Dann würde sie vielleicht wieder erscheinen.

Jetzt sah er leider nur in einiger Entfernung schemenhaft den Hundebesitzer. Mölle wartete ab.

Er wollte keinesfalls gesehen werden, deshalb drehte er seinen Oberkörper zur Seite und schob ihn ins Unterholz. Seine Nerven waren in unerträglicher Aktivität. Egal wie, er musste trotzdem abwarten. Es gab eine kleine Chance, dass die Unbekannte nochmals auftauchen würde.

Als es rundum einige Zeit ruhig geblieben und der Hundebesitzer offensichtlich gegangen war, hielt es Mölle nicht mehr aus. Sein Befinden verlangte Bewegung. Er stand auf und wollte zurückgehen.

Doch da! Erst glaubte er, nicht richtig zu sehen. Da stand die Frau wieder, wie aus dem Boden gezaubert. Er blinzelte. Aber, halt, nein, diese Frau ist kleiner, fuhr es Mölle durch den Kopf.

Sie ist sogar um etliches kleiner! Täuschte ihn sein Sehvermögen? Dann wollte er plötzlich „NEIN" schreien, presste jedoch blitzartig seine Lippen zusammen. Sein Magen krampfte. Die Frau! Diese Frau!

In seinem Brustkorb klopfte es heftig. Sehe ich recht? Oder täusche ich mich und kenne sie überhaupt nicht? Mölles Gedanken suchten chaotisch nach Ähnlichkeiten bei allen Einwohnern. Und seltsam, es war, als wolle sein Hirn diese Wahrnehmung nicht zulassen.

Halt, dachte er, schloss die Augen und versuchte sich zu beruhigen. Wäre ein Zusammenhang möglich! Es dauerte bis er sein Denken schließlich geordnet hatte.
Oh wie! Das wäre ja eine Sensation, dachte er. Aber er konnte sich nicht vorstellen, dass diese Frau zu einem Mord fähig wäre, oder doch? Wie gut kannte er sie denn? Gut genug? Seine Gedanken zerpflückten sich erneut.
Er drückte nochmals fest seine Augen zu Schlitzen zusammen. Die Frauengestalt wurde dadurch nicht deutlicher sichtbar. Er erfasste in seiner Nervosität nur noch, dass sie sich gerade bückte, als suchte sie etwas. Nach einiger Zeit begriff er: Also trauten sich zumindest zwei Frauen, selbst nachts, alleine diesen unheimlichen Platz aufzusuchen. Dazu gehört viel Mut! Was bewog die Frauen hierherzukommen? Kennen sie sich? Wurde gemeinsam ein Mordkomplott geschmiedet? Waren drei Personen an jenem Abend hier? Der Mann und eventuell zwei Frauen? Trotzdem ohne jegliche verwertbare Spur? Ich werde dranbleiben, entschied er und dachte letztendlich hämisch: So, Zissel, von meiner Anwesenheit heute hier oben wirst du bestimmt nichts erfahren.

Jetzt richtete sich seine Aufmerksamkeit wieder auf die Frau. Sie drehte sich um und ging nun rasch davon. Er ging der schemenhaften Gestalt nach. Um keine unnötigen Geräusche zu machen, setzte er seine Füße vorsichtig auf. Als er endlich unten am Wiesenrand ankam, konnte er nach rechts in den Querweg einsehen, aber es war nicht ein kleinster Schimmer von Bewegung zu erkennen.

Ich hätte mir denken können, dass sie versucht, im Dunkel des Waldes zu entkommen. Vielleicht schlägt sie sich zwischen Gestrüpp hindurch. Oder sie steht in kurzer Entfernung und beobachtet nun mich! Ich sollte sie unbedingt finden! Mölle war verwirrt!

Er blickte nochmals suchend in die Gegend, gab dann auf und ging schlendernd Richtung Ort hinunter.

Diese Frau! Er hatte ihre Bewegungen noch vor Augen. Bewegungen, die ihm irgendwie bekannt vorkamen. Oder doch nicht?

Nachdem Mölle, tief in Gedanken, auch von der Wiese verschwunden war, erhob sich später, auch diesmal wieder vom Hochsitz, eine weitere Gestalt. Sie kletterte rasch nach unten, gab mit ihrem Arm Richtung Wald ein Zeichen und verharrte noch ein paar Minuten, um Mölle erst in respektablem Abstand zu folgen.

Obwohl der Kommissar äußerst langsam ging, nahm er diese Verfolgung nicht wahr. Er hatte die Finger einer Hand vor seinen Mund gelegt, als wolle er verhindern, dass er spricht. Er lag mit seinen wirren sprunghaften Gedanken bereits in der eigenen Zukunft. Wenn seine Annahme stimmte! Das wäre doch…, ach, er fand den Ausdruck nicht!

Aber jetzt wusste er genau, seine Arbeit würde er dann hervorragend zu Ende bringen können.

Mit Zissels Kenntnis? Nein, ohne Zissel! Ich muss den Erfolg bekommen, diesen Trumpf für mich alleine!

Zissel würde dann aus allen Wolken fallen!

Seltsam fröhlich machte sich Mölle auf den Heimweg.

Er pfiff jetzt sogar vor sich hin. An manchen Stellen gab der Wald dieses Pfeifen melodisch zurück.

Nachdem lange Zeit keine menschliche Bewegung oder weitere Geräusche auf der Glashalde zu vernehmen waren, schälte sich aus dem Dickicht wieder eine Frauengestalt.

Jetzt verweilte sie ganz allein dort. Sie empfand diese Ruhe trotz ihren ständig rinnenden Tränen als wohltuend. Die Dunkelheit machte ihr keine Angst, sie fühlte sich darin sogar geborgen.

Am nächsten Tag klopfte es unüberhörbar an der Dienststellentür. Zissel, am Schreibtisch sitzend, wurde dadurch aus seinen Gedanken gerissen. Er verwünschte die Störung, musste aber reagieren. Er staunte gewaltig, als er sah, wer eintrat.

„Ja hallo, Gommler", war Zissel diensteifrig, „das ist ja eine Seltenheit, was führt Sie denn zu mir? Sind Sie auf die neusten Nachrichten scharf?"

„Naja, ich weiß nicht so recht, wie ich das erklären soll."

„Versuchen Sie es einfach, Gommler, vielleicht kann ich Ihrer Mitteilung gedanklich sogar folgen", gab Zissel etwas scharfzüngig von sich.

„Aber, jetzt setzen Sie sich doch erst einmal!"

Gommler fuhr sich irritiert über die Stirn und setzte sich. „Ich wollte nur etwas melden. Allerdings weiß ich nicht, ob dies für Sie wichtig ist."

„Na, wir sehen es gleich! Mir ist fast alles wichtig."

Gommler räusperte sich erst geräuschvoll.

„Nun, ich war gestern Abend mit meinem Hund unterwegs zur Glashalde. Gerade als ich zur Wiese gehen wollte, sah ich in einiger Entfernung jemand stehen."

„Und?" Zissel wurde hellhörig und sein Oberkörper länger.

„Ich glaube, es war eine Frau."

„So, ah, und?"

„Nun, diese Person benahm sich seltsam. Jedenfalls war sie sehr unruhig." Gommler stoppte erneut.

Zissels Faust donnerte auf den Schreibtisch.

„Mensch Gommler, lassen Sie sich doch nicht alles aus der Nase ziehen!"

Dann konnte sich Zissel nicht verkneifen: „Sie sind doch sonst nicht so wortkarg!"

Der Gemüsehändler zuckte und strich über seine Schürze, als wollte er sie glätten. Er sah wieder zu Zissel. „Ich habe sie einige Zeit beobachtet. Mein Hund bellte plötzlich. Da verschwand sie fluchtartig. Leider konnte ich sie nicht erkennen."

„Das ist ja interessant! Sie konnten auch nicht erahnen, wer es gewesen sein könnte?"

„Nein, leider nicht. Aber ich bin mir ziemlich sicher, dass es eine Frau war."

„Wie sah sie denn aus, Gommler? Können sie die Frau ein bisschen näher beschreiben?"

„Ja, - nein, weniger, nicht ganz genau. Ich glaube sie war etwas hager. Sie war ganz dunkel gekleidet."

„Das sagt mir natürlich nicht sehr viel. Dunkle Kleider täuschen oft über die eigentliche Figur hinweg. Und sie ging in welche Richtung?"

„Ich weiß es leider nicht, sie war plötzlich weg. Ich ließ

dann noch den Hund auf die Wiese."
Gommler fasste jetzt Zissels „Propper" nicht als große Rüge auf und der Hauptkommissar beließ es, das freie Laufenlassen des Hundes näher zu bemängeln.
„Und, Gommler?", war Zissel auf weitere Erklärungen gespannt.
„Dann habe ich sie nicht mehr gesehen. Sie war ganz plötzlich weg!"
„Ja, und?" bohrte Zissel: „Weiter, weiter!"
„Ich habe mich nur gewundert, dass sie bei Dunkelheit allein dort bei der Wiese stand."
Zissel war verstummt. Er horchte auf. War da nicht draußen ein Geräusch? Nein, doch nicht. Er schüttelte den Kopf.
Gommler machte ein bedeutsames Gesicht. „Aber damals, einen Tag nach dem Auffinden des Toten, stand schon einmal nachts eine Frau an der Wiese!"
„Sie war schon einmal da? Seltsam! Gut, vielen Dank Gommler, das wundert mich. Eine Frau ist nicht ohne Grund nachts allein im Wald. Ihre Aussage ist auf jeden Fall wichtig und sehr interessant."
Der Körper des Gemüsehändlers straffte sich. Sein Kopf schnellte förmlich in die Höhe, was seinem Umfang gut tat, und seine Augen bekamen Glanz. Zudem zuckten seine Mundwinkel: „Aber, ich glaube, damals war eine ande...!"
Das Wortende wurde übertönt. Es polterte vor der Tür, dann gab es einen dumpfen Schlag.
Darauf folgte ein Schrei. Nun hörten Zissel und Gommler ein ausgiebiges Fluchen. Bevor sie jedoch

reagierten, wurde die Eingangstür heftig aufgestoßen. Mölle kam mit mehreren kreuz und quer liegenden Notizblöcken unterm Arm herein, die er schnell auf seinen Schreibtisch fallen ließ. Er hatte die Lippen fest zusammengepresst. Seine Haare standen wirr durcheinander. Sein Gesicht war blass und die Oberlippe war etwas entstellt. Trotzdem blickte er wach zum Hauptkommissar und dann zum Gemüsehändler.

„Also", Zissel war jetzt äußerst schnell. „Tschüs, Herr Gommler und vielen Dank!"

Gommler sah verständnislos zu Zissel, doch dann begriff er und nickte. Auch Mölle nickte er zu und brachte noch heraus: „Hallo, Mölle, ich muss wieder in meinen Laden. Bis dann!"

Damit schob er sich mit einer Wendigkeit, die man ihm kaum zutraute, an dem etwas beschädigten Gesicht mit den zwei hängenden Armen vorbei.

„Was wollte denn der Gemüsefritze hier?", war Mölle sofort neugierig, aber den Mund kaum öffnend.

„Ach, nichts Besonderes, Mölle! Er hat sich für unsere Ermittlungen interessiert."

Dann sah Zissel erschrocken auf seinen Kollegen. „Ach, je, was ist mit dir?"

„Ich bin draußen gestürzt und habe mir seitlich am Oberkiefer ein Stück Zahn abgeschlagen. Ich muss nachher schnellstens zum Zahnarzt."

„Oh, du warst das? Es hat wirklich ganz schön gepoltert. Schlimm? Ich glaube, ein Zahnstück kann man wieder ankleben!"

„Geht nicht, ich habe es verschluckt!" Mölle machte

ein betretenes Gesicht.

„Hast du Schmerzen! Deine Oberlippe und ein Teil deiner Wange haben auch richtig schön etwas abbekommen", war Zissel besorgt. „Du musst sehr hart aufgeprallt sein, denn dein Gesicht ist bereits angeschwollen und unschön verfärbt!"

„Das wird wieder, es geht schon besser", machte Mölle seinen Sturz zur Nebensache. Denn er brannte darauf, mehr über Gommler zu erfahren.

„Zissel, weshalb sagtest du, war der Gommler hier?" Mölle sah argwöhnisch zu seinem Chef. Dieser hatte sich aber schnell hinter seinem Schreibtisch gebückt, und scharrte deutlich vernehmbar in der untersten Schublade.

„Mann oh Mann, ich hatte hier doch einen Schreibblock liegen. Es verschwindet alles wie von selbst!" Mölle legte wortlos einen seiner Notizblöcke auf den Schreibtisch seines Chefs.

„Du kannst wieder hochkommen, Zissel. Auch, wenn in deiner alleruntersten Schublade überhaupt noch nie ein Block gelegen hat!"

Mit diesen Worten verließ Mölle stark verärgert die Dienststelle. Er musste hinaus in die frische Luft. Er hatte zumindest einen Teil der Unterhaltung zwischen seinem Chef und Gommler mitbekommen. Also Gommler wusste auch von zwei Frauen!

Und Zissel wollte ihn deutlich ausbooten! Gut Zissel, dachte Mölle, ich wappne mich! Es wird jedenfalls für uns beide kein leichtes Spiel!

Dann ging er zum Zahnarzt. Danach legte sich Mölle

zu Hause auf die Couch, überdachte den Vormittag und schlief sofort erschöpft ein.

Als er nach Stunden erwachte, lag er noch lange wie benommen. Er hatte höllische Magenschmerzen. Kein Wunder, dachte er. Bei meinem berechtigten Argwohn gegenüber Zissel! Seine Gedanken kreisten um diesen unerfreulichen Tag.

Ob er sich den Gommler einmal vorknöpfen sollte? Bei seinem hingelegten Sturz, hatte der Gemüsehändler doch gerade noch einen Satz begonnen. Diesen konnte er nicht vollständig hören. Vielleicht hatte Gommler ohnehin nicht seine kompletten Beobachtungen preisgegeben; oder sogar etwas dazu gedichtet? Möglich wäre es, man kann ihm nicht blauäugig alles glauben!

Ob er aber doch etwas Genaueres weiß?

Mölle verfiel in außergewöhnliche Mutmaßungen.

**Nummer zwei!**
Die Bevölkerung spottete zwar über den Misserfolg der Kriminalpolizei, aber sie hatte sich allmählich beruhigt. Alles ging fast wieder seinen normalen Gang. Bis der Montag folgender Woche in der örtlichen Presse riesengroße Schlagzeilen brachte. Doch wieder nicht über den Toten auf der Wiese, sondern auf der ersten Seite übergroß die Bekanntgaben:

Zeugen gesucht!

Mysteriöse Perücke im Schilf entdeckt!

Anonymer Hinweis auf versenktes Opfer!

Leiche im Hohbergsee vermutet!

Es war sogar ein undeutliches Foto abgebildet, auf dem Beamte der Spurensicherung zu sehen waren. Eine Veröffentlichung des nächsten Tages verkündete detaillierter, dass ein anonymer Hinweis die Möglichkeit einer versenkten Leiche im See aufgezeigt hatte. Es wurden Zeugen gesucht, die nähere Angaben machen könnten.
Ein Hobby-Angler, der sich fast täglich am See aufgehalten hatte, meldete sich sofort. Die blonde Perücke war ihm schon aufgefallen. Wie lange diese bereits nahe dieser Uferseite zwischen verrottendem Schilf und kahlem Gestrüpp hin- und herschaukelte, konnte er nicht genau sagen. Der anonyme Hinweis kam aber nicht von ihm, betonte er, denn er hätte der Perücke keine Bedeutung zugemessen. Und er wollte keinesfalls namentlich genannt werden. Deshalb schwieg er.
Denn seine ständige Anwesenheit am See ging wirklich niemand etwas an!

Das angeforderte Taucherteam suchte am Tag darauf den See ab. Es barg eine Frauenleiche. Sie lag direkt unter dem ehemaligen Bootssteg an der tiefsten Stelle. Ihr Körper war durch Pflastersteine, die sich in einem umgebundenen Rucksack befanden, beschwert. Die Ansicht war nicht sehr schön. Am Hals zeigten sich undeutlich Merkmale und am aufgedunsenen Oberarm fiel Narbenähnliches auf.

Sowohl Zissel als auch Mölle drehten sich weg. Beide konnten diesen grässlichen Anblick kaum ertragen.

Am nahen Campingplatz hatten sich Menschen gesammelt und standen nun dort in Trauben am See. Sofort hatten sich Einwohner mit Campern vermischt. Ihr Raunen hallte bis zum Bootssteg herüber. Für die Camper war es ein besonders unschönes Erlebnis, das ihre ruhigen Urlaubstage vehement durchbrach. Wer wollte jetzt noch im See baden?

Die Kommissare standen nun in einiger Entfernung, damit die Spurensicherung unbehindert erfolgen konnte. Zissels Atem hörte sich nicht gut an. Mölle fuhr sich mit den Fingern ständig über die Stirn. Fassungslos schwiegen sie sehr lange. Besonders Mölle wurde zusehends aufgewühlter. Seine Hände zitterten. Als er die fast boshaften Blicke der Camper auf sich sah, presste er fortwährend seine Lippen zusammen. Ihm war bewusst: Jeder von ihnen erwartete Aufklärung. Wenn ihm doch nur ein paar plausible, wogenglättende Worte einfallen würden. Er wurde fortwährend unsicherer.

Eine solche angespannte Situation hatte er noch nie

erlebt. Ausgerechnet Zissel fand zuerst Worte.
„Mensch, Mölle, schrecklich, das hat uns gerade noch gefehlt. Als hätten wir mit dem Toten auf der Wiese nicht schon genug Ärger! Es ist beängstigend, was in letzter Zeit geschehen ist. Hier in diesem sonst ruhigen Ort. Wir haben die zweite Leiche, und wir schwimmen mit unseren Ermittlungen."
„Ja, es ist furchtbar, Zissel. Und wenn wir nicht bald zu einem Ergebnis kommen und wenigstens einen Fall aufklären können, versinken wir wie hier die Leiche; aber nicht im Wasser, sondern im Ärger und Spott unserer Mitmenschen."
„Leider stimmt deine Einschätzung. Schon die zweite Leiche. Und offenbar ein zweiter Mord! Wann hatten wir hier in dieser Gegend jemals ein Verbrechen? In dieser Idylle!" Zissel war ratlos und fuhr fort: „Es ist katastrophal! Du Mölle, sollten wir die Camper einmal befragen?"
Als keine Antwort kam, sah Zissel erstaunt zu seinem Kollegen. Er bemerkte, dass dieser mit seinen Gedanken nicht bei der mit ihm abzustimmenden Ermittlungsarbeit war. Hoffentlich findet Mölle nicht bereits eine schlaue Erklärung, war Zissel besorgt.
Doch dann bequemte sich Mölle ein „Tja!" von sich zu geben. Er nickte dabei leicht mit dem Kopf. Er sagte: „Zissel, das wird heftig werden. Wo fangen wir an?" Doch sein Chef schwieg.
Denn Zissel dachte: Mölle stellt die Frage nur förmlich! Er hat sicher schon längst ein Konzept und wird eisern sein Ziel verfolgen. Er tut so, als hätte er keinen blas-

sen Schimmer. Er wird mich übergehen! Zissel war missgelaunt. Er kickte heftig einen losen Stein weg und krallte seine Fingerspitzen schmerzhaft in die Handflächen.

Mölle sah ihn verstört an. Zissel übersah diesen Blick geflissentlich. Nachdem der Platz leergeräumt und das Untersuchungsteam sich ebenfalls entfernt hatte, gingen zwei nun wortkarge Kommissare Richtung Dienststelle zurück. Der Weg schien heute besonders lang. Allein das Knirschen der Schritte gab auf dem mit grobem Sand bedeckten Waldweg den Gegensatz zu ihrer Schweigsamkeit.

Zissels Gedanken liefen rasant von einer Kopfseite zur anderen. Zu gerne hätte er gewusst, wie es Mölle erging. Aber seine verhaltenen Blicke zu seinem Kollegen ließen ihn noch ratloser werden.

Mölle hatte sich von Zissel getrennt. Er schleppte sich mühsam nach Hause. Dieser Tag konnte abgehakt werden. Er war total entkräftet. Er erlebte sich in einer sonderbaren Unwirklichkeit, die mit stark hämmernden Kopfschmerzen einherging!

Plötzlich erkannte Mölle: Dieses angreifende, lahmlegende Gefühl erinnert mich an meine Kindheit. Ich fühle mich wie an jenem Tag, als meine verzweifelte Mutter mir gesagt hatte, dass mein Vater nicht zurückkommen würde Er war gefallen. Beim Anblick der Frauenleiche war diese Empfindung wieder präsent, obwohl die Situation eine völlig andere war. Doch sie war genauso erschütternd!

Als Mölle zu Hause war, holte er wie unter einem

Zwang einen handgeschriebenen vergilbten Zettel aus den wenigen Habseligkeiten, die er von seiner Mutter besaß. Nach der Todesnachricht hatte sein Onkel diese Zeilen für eine Gedenkstunde verfasst, an der viele Kriegerwitwen mit Angehörigen teilgenommen hatten.

Es ist ein Brief gekommen, ein Brief mit schwarzem Band, ich hab´ aus ihm entnommen, du starbst fürs Vaterland.

Mir war sehr wohl ergangen, mein Glück mit dir war groß, nun liegst du schon begraben, in fremder Erde Schoß.

O sag, ich frage Liebster, hast du noch mein gedacht, als du die treuen Augen auf immer zugemacht.

Haben dich weiche Hände gut sorgsam noch gepflegt, eh` du dich schwer verwundet zum Sterben hingelegt?

Liegst du mit Kameraden vereint im kühlen Grab, und fiel auch eine Blume als letzter Gruß hinab?

Es kommt nur keine Antwort im unsagbaren Leid, und Trän` um Träne netzet mein schwarzes Witwenkleid.

Verzagend, mein Geliebter, mir Herz und Auge weint, o, wisse, dass die Liebe uns immer treu vereint.

Du wurdest abgerufen zur himmlischen Armee, geb` Gott, du tapf`rer Streiter, dass ich dich wiederseh!

Nachdem Mölle diese Zeilen nun nach all den vielen Jahren wieder gelesen hatte, glaubte er, wie damals nachdem der Brief eingetroffen war, die Arme der Mutter zu spüren, die ihn lange fast zu hart umschlossen gehalten hatten.

Seine Kleidung war plötzlich an der Schulter total durchnässt gewesen. Durchnässt von den herzbewegenden Tränen seiner Mutter, die ihn unaufhörlich an sich gedrückt hatte.

Jetzt stieg dieses seltsam wehmütige Gefühl in ihm auf, das schließlich auch bei seinen Augen den Tränen freien Lauf ließ.

Es ist, als kämen die Tränen meiner Mutter zum Vorschein, die ich damals in mir aufgesaugt hatte; warum kann ich auch heute noch nicht stark sein, dachte er. Als er sich später beruhigt hatte, fragte er in sich hineinhorchend sehr bang: Habe ich das Gedicht vielleicht nur gelesen, damit ich weinen konnte?

Erneuter Gesprächsstoff war da, schwelend und auflodernd zugleich verteilte er sich in den Geschäften bereits im Morgengrauen. Später dann im Wirtshaus und natürlich auch auf der Straße. Die Redseligkeit beschränkte sich jetzt nicht mehr auf so etwas Banales, wie Fragen nach Wohlergehen und Meinungen über kommende Wetterkapriolen. Die Kommunikation hatte sofort wieder ihren begeisternden und bewegenden Aufschwung. Jeder sprach mit jedem. Vermutungen und Gerüchte spannten sich wie ein Bogen über die gesamten Häuser und Straßen. Manchmal sogar bis über Waldstrecken, wenn Menschen dort unterwegs waren und sich begegneten.

Der Aufenthalt der Kundschaft beim Bäcker Brodel verlängerte sich wieder enorm. Ganz besonders noch, als die Presse bekanntgab, dass diese Tote aus dem

See wahrscheinlich wegen einer schlimmen Erkrankung eine Perücke getragen hatte.

Frau Doerns Darstellungskraft wuchs mit jeder Auslegung ihrer Wahrscheinlichkeiten. Dadurch fiel es der Kundschaft äußerst schwer, die Bäckerei rasch wieder zu verlassen.

Hauptkommissar Zissel hatte zu tun. Er empfand diese Verbrechen zwar als eine miserable Gelegenheit, sein Untersuchungsgeschick unter Beweis zu stellen, denn er erinnerte sich an Mölles Worte: „Es wird nicht einfach werden!"

Nun, Zissel kannte die Einheimischen gut. Er sinnierte, im „Hopfen" wurden sicher schon einige Wetten abgeschlossen, wer diese ominösen Fälle wohl lösen würde. Er oder Mölle? Zissel zweifelte nicht, wer die meisten Stimmen bekommen würde. Er war sich ganz sicher, dass er im Schatten von Mölle stand.

Warum nur traute ihm niemand einen Erfolg zu?

Es gab jedoch noch eine weitere Meinung. Immerhin argwöhnte mancher Gast im „Hopfen", die Wahrheit käme wahrscheinlich nie ans Licht. Aber davon ahnte weder der eine noch der andere Kommissar etwas.

Mölle war in der Gerichtsmedizin. „Irgendwelche Auffälligkeiten, Hinweise?"

„Ja und nein", erhielt er Auskunft. „Am Hals sind Anzeichen eines Würgegriffes. Der Tod der Frau wurde eindeutig nur durch ein kurzes kräftiges Zudrücken verursacht. Und die Narbe am Oberarm sieht vermutlich nach der stümperhaften Entfernung einer früheren

Tätowierung aus."

„Oh", ließ Mölle verlauten. „Stümperhaft?"

„Ja, das Gewebe ringsum ist sehr verunstaltet, es ist wahrscheinlich die einzige Erklärung."

„Ganz sicher?", fragte Mölle interessiert.

„Ja, fast! Oder es könnte auch eine Verletzung mit einem scharfkantigen Gegenstand gewesen sein, der Farbspuren hinterlassen hat, aber das ist unwahrscheinlicher. Leider können wir es noch nicht endgültig sagen. Wir untersuchen nochmals mit anderer Methode."

Mit „Alles klar, danke", verließ Mölle die Gerichtsmedizin.

Auf dem Heimweg bastelte er sich seinen eigenen Gedanken zwischen fragwürdigen Vermutungen sowie Wahrheitsfindungen und natürlich auch Sonstigem.

Ich möchte mich heute nicht mehr mit Zissel auseinandersetzen. Mein Denken ist gelähmt. Morgen, morgen geht es weiter. Jetzt mache ich sofort Feierabend, diesen habe ich bitter nötig.

Hoffentlich kann ich mich heute Abend bald von dem Geschehen und meinem Nachgrübeln lösen!

Momentan bringt mich beides nicht weiter. Wenn mir Zissel doch nur einen Hinweis seiner bisherigen Ermittlungen geben würde. Aber ich schweige ja auch, war Mölle nun ehrlich zu sich selbst.

Was oder wem würde es nützen, wenn wir jeweils gegenseitig über uns Bescheid wüssten?

## Zissel in Not

Die Kollegen trafen sich morgens zufällig direkt vor der Dienststelle. „'n Morgen, Mölle! Ist denn dein Zahn eigentlich wieder ganz o.k.?"

„Hallo, ja, schon einige Zeit", wunderte sich Mölle, weil Zissel erst heute danach fragte.

„Übrigens, ich war bei der Gerichtsmedizin. Alle vermuten, die Tote wäre einmal tätowiert gewesen", ging Mölle sogleich zum pikanten Thema über. Es entstand eine kleine Pause.

„Gewesen?", Zissel sah fragend nach oben und betrachtete intensiv die Dachziegel eines Hauses. Mölle wurde durch die knappe Frage unwillkürlich kecker: „Warst du schon einmal tätowiert?"

Zissels Augenbrauen veränderten sich jetzt blitzartig.

„Sag' mal, was soll die Frage?" Er schüttelte unwirsch seinen Kopf und sah Mölle durchdringend an.

„Ach", sagte Mölle unecht lachend, wollte aber schnell beschwichtigen: „Hätte ja sein können! Du warst doch in dem Alter, als Tätowierungen modern wurden."

„Ich hatte Besseres gewusst", zischte Zissel. Er war schroff ablehnend, zeigte unverkennbar, dass er das Gespräch als beendet ansah und ging rasch in die Dienststelle.

Dort hingen dann zwei sprachlose Köpfe über den dazugehörigen Schreibtischen. Doch irgendwann plagte Mölle erneut etwas, das er loswerden musste.

„Du, Zissel, hast du den jungen Mann wieder mal getroffen?"

„Welchen jungen Mann?"

„Mensch Zissel, der nach dem Auto gefragt hat."
„Ach so, nein, warum sollte ich?" Zissel beantwortete Fragen oft mit einer Gegenfrage. Natürlich besonders, wenn es um ein für ihn heikles Thema ging.
Ärgerlich entschloss er sich, nun seinem Kollegen Schranken aufzuzeigen.
„Mölle, ich weiß nicht genau, was du mit deiner Fragerei bezwecken möchtest. Sage offen und ehrlich, wenn dir etwas nicht gefällt. Und überlege vorher, ob deine Fragen überhaupt einen Sinn haben. Ich frage ja auch nicht ständig nach deinem Sturz!"
Mölle war plötzlich unruhig und überlegte schnell, dass er diese Rüge schlucken musste. Zudem sah er den Unmut auf Zissels Gesicht. Ungewohnt deutlich hatte der Chef sein Missfallen ausgedrückt.
Denkt er eventuell…? Mölle brach die Überlegung ab. Sofort stand seine Arbeit wieder im Vordergrund. Bis Dienstschluss lag eine eisige Stille im Raum.

Aber Mölle hatte erneut Probleme. Seine Gedanken waren steckengeblieben, allerdings gerade da, wo er sie keinesfalls haben wollte.

Es hing etwas in der Luft, das spürten beide Kommissare, aber ihre Vermutungen lagen, weit auseinander. In entgegengesetzte Richtungen trennten sich die beiden später vor der Dienststelle.

Zissel schlug den Weg „Zum Hopfen" ein. Als er am Wirtshaus ankam, hörte er durch einen halboffenen Fensterflügel ein Stimmengewirr. Von Mölle war die Rede, und auch von ihm selbst. Da diese Männerstim-

men sehr durcheinander agierten, konnte er die Worte nicht richtig verstehen. Er ahnte schon, wie der Gesprächsstoff im „Hopfen" ausfallen würde und überlegte, ob er hineingehen sollte. Ja, dachte er, plötzlich mutig, manchmal muss man Stiere bei den Hörnern packen und die Hopfen-Gäste bei ihrer Gesinnung.
Aber als Zissel die Tür nur ein wenig geöffnet hatte, verstummte das lebhafte Geschwätz augenblicklich.
„Ach, hallo, lieber Herr Zissel", der Wirt war heute überhöflich.
Für Zissel klang es wie Spott. Es waren ausschließlich männliche Gäste im Raum. Ihre Blicke stachen in Zissels Gesicht. Er bereute seinen Besuch in der Wirtsstube schon. Er hätte sich doch denken können, dass jedes Gespräch abbrechen würde, wenn er eintrat.
Es half ihm nichts anderes, als ein kühner Schritt nach vorne.
„Ja, hallo, warum unterbrecht ihr euer angeregtes Gespräch. Ihr müsst nicht so schweigsam sein. Hattet ihr nicht gerade über uns Kommissare und über die Tote im See gesprochen?"
„Nö, eigentlich nicht", brachte der Wirt missmutig heraus, weil Zissel den Nagel auf den Kopf getroffen hatte und damit ihre vorherigen interessanten Gespräche total kalt stellte.
„Und? Ja wie? Was heißt eigentlich nicht?"
Zissel ließ nicht locker, er musste sich einmal energisch zeigen. Er sah sich im Raum um. Und er betrachtete nacheinander jedes Augenpaar, das auf ihn gerichtet war. Es dauerte. Dem Hauptkommissar wur-

de es dann doch reichlich unangenehm. Aber er konnte und durfte jetzt nicht klein beigeben.

„Ach, wir haben uns doch nur so über die alltäglichen Geschehnisse unterhalten", war der Wirt endlich Zissels drucksender Gesprächspartner.

Von einigen Männern kam nun wenigstens ein zustimmendes Brummen.

„Hat sich von draußen schon ein bisschen anders angehört", Zissel wurde bestimmender.

Ab diesem Moment hatten die Männer nicht anderes zu tun, als ihren Blick ins Bierglas zu vertiefen.

„Alles Feiglinge", ließ Zissel noch verlauten. Dabei drehte er sich um und verließ die Wirtschaft.

Es drang kein Laut mehr nach draußen, denn der Wirt hatte schnellstens das Fenster geschlossen. Zum Kuckuck, dachte der Hauptkommissar jetzt beschämt. Mölle wäre so etwas nicht passiert, der hätte bestimmt einige attackierende Fragen gefunden. Und er hätte sicher alle Spekulationen so abwehren können, dass sich danach sämtliche Gäste des „Hopfens" ertappt und deshalb schlecht gefühlt hätten.

Zissel verlangsamte seine Schritte und überlegte. Er könnte ja noch einmal ins Wirtshaus gehen, wenn er nur wüsste, wie er sich mehr Respekt verschaffen sollte! Er entschied sich jedoch dagegen. Hoffentlich erfährt Mölle nichts von meinem Auftritt, fürchtete Zissel, das wäre höchst blamabel für mich! Jetzt war er ganz und gar so am Boden zerstört, dass er sich fragte, wie es wohl weitergehen sollte.

Die restlichen Tage vergingen fast bis Monatsende

genauso schleierhaft wie die Wissbegierde der Bevölkerung. Die beiden Toten waren fast bei allen Einwohnern in stumpfe Interessenlosigkeit geraten. Ab und zu tauchten sie zwar in Gesprächen auf, aber niemand erwartete noch eine sensationelle Aufklärung. Das Leben im Ort hatte seinen gewohnten Gang wieder aufgenommen. Und Frau Doern musste sich einen alltäglicheren Gesprächsstoff zulegen.

Bei der Kripo jedoch war das Mordthema selbstverständlich aktueller als zuvor.

Noch immer verzweifelte Zissel schier.

Irgendwo müsste es doch zumindest einen Anhaltspunkt geben, um Licht in diese Fälle zu bringen. Nur wo? Mölle könnte ihm doch sicher einen Tipp geben! Doch der wollte natürlich die Lorbeeren für sich. Morgen werde ich ihm auf den Zahn fühlen. Ich muss unbedingt meine Strategie ändern! Sie muss ein unerwarteter Vorstoß sein!!

Die „vorsintflutliche" Polizeidienststelle war erstmals vor Jahrzehnten hier in dem kleinen alten Häuschen untergebracht. Obwohl bereits eine Elektroheizung eingebaut war, stand noch ein kleiner Kohleofen in einer Zimmerecke. Wenn Zissel einmal richtig Lust hatte und Zeit, was übrigens beides zusammen bei ihm öfters vorkam, machte er in dem Ofen Feuer. Ach, wie sah er das als gemütlich an. Er war ein nostalgischer Mensch. Die ausstrahlende Wärme gäbe ihm die nötige Ruhe, um zu denken, betonte er ständig.

Manchmal jedoch, das war zwar lediglich die unausgesprochene Meinung von Mölle, sah Zissels Ruhe

eher nach ein bisschen Bequemlichkeit aus.
Mölle teilte die Ansicht seines Kollegen auch betreffs der Heizung kaum.
Für ihn waren die prasselnden Ofengeräusche nicht beschaulich. Er hustete jedes Mal demonstrativ, wenn der Ofen knisterte. Aber in dieser Hinsicht ließ sich sein Chef nicht beindrucken.

Willi Zissel saß wieder früh am Schreibtisch und hatte das Kinn in seine Hände gestützt, wobei das Grübchen am Kinn verdeckt wurde.
Wie fast immer, hatte er auch heute seine Schuhe ausgezogen. Sie standen diesmal peinlich genau getrennt links und rechts seitlich neben seinem Stuhl. Es schien, als würde er diese Angewohnheit die er sich bereits seit Kindertagen angeeignet hatte, als sehr angenehm empfinden. Denn stets, wenn er sich des Schuhwerks entledigt hatte, rekelte er sich ausgiebig.

Als sein Kollege eintrat, kam Zissel schnellstens in die Schuhe und flink auf die Beine.
„Ach, Mölle, ich wollte soeben zur Glashalde gehen."
„Da hatten wir den gleichen Gedanken. Es ist vielleicht ganz gut, wenn wir den mutmaßlichen Tatort noch einmal zusammen besichtigen. Wir sollten versuchen, den Hergang nochmals zu rekonstruieren."

Zissel sah entgeistert zu Mölle und musste etwas widerwillig zugeben, dass der Gedanke gut war.
Er brachte dann doch noch, ohne Mölle zu loben, leise die einigermaßen gleichgültige Antwort heraus: „Oh, sicher! Mölle, vier Augen sehen immer mehr als zwei."

Dann dachte er: Verflixt, durch seine Ideen weist er mich zurecht! Will er mich nachher aushorchen? Ich muss mich vorsehen! Hoffentlich gelingt es mir!

Den Weg zur Glashalde gingen die beiden Kommissare schweigend. Erst als sie bei der Wiese standen, unterhielten sie sich wieder.

„Zissel, der Mann war wahrscheinlich ahnungslos hierhergekommen, um seinen Mörder zu treffen, oder? Für mich sieht es wie eine Verabredung aus."

„Ja, das könnte natürlich auch sein! Eventuell kamen beide sogar zusammen. Vermutlich gingen sie gemeinsam zum Liegeplatz."

„Dort könnte der Mann sich einmal gedreht haben. Es wurde eine noch fragwürdige Spur entdeckt!"

„Oder es stand oder lag vielleicht jemand neben ihm. Was meinst du, Mölle?"

„Jedenfalls kam der Mann hundertprozentig zu Fuß, entweder zuerst, oder mit seinem Mörder!"

„Aber warum fehlen seine Schuhe und seine Socken? Er kam doch sicher nicht barfuß! Und warum haben wir weder von ihm oder einer weiteren Person keinerlei verwendbare Fußspuren gefunden? Eventuell sind viele im Gras versickert. Der Starkregen in der Nacht war unser Pech! Er hat genaue Hinweise verwischt!"

„Fast alle", konterte Mölle. Sein Unterton ließ Zissel aufhorchen. Er sah abrupt zu seinem Kollegen und machte ein bekümmertes Gesicht, denn er wartete vergeblich auf eine nähere Ausführung.

Schließlich nahm Zissel die Nachforschung wieder auf.

„Wenige rätselhafte Schleifspuren sind weiter oben teilweise vorhanden. Aber ob sie mit dem Mord zusammenhängen, ist noch fraglich. Übrigens, es sind jedoch keine Zeichen von Gewalt an dem Mann gefunden worden. Man fand Gift und Rotwein in seinem Magen. Entweder hat er das Gift unwissentlich oder freiwillig zu sich genommen. Er hatte sicher einen blitzschnellen Tod."

„Oh", war Mölle jetzt sehr aufmerksam, „allerdings wurde weder Glas noch Flasche gefunden! Das würde nahelegen, dass jemand alles entfernte. Wäre etwa ein Selbstmord möglich?"

„Und jemand hat die Flasche mitgenommen, weil Spuren des Toten auf der Flasche waren?" bedachte Zissel jetzt auch Mölles Ideenfolge.

„Es gab aber keine entsprechenden Hinweise an den Händen des Toten." Oder der Regen hatte eben doch…, sinnierte Mölle weiter und runzelte seine Stirn. Zissel folgerte jetzt: „Also, du meinst, jemand hätte absichtlich die Flasche mitgenommen, damit es wie Mord aussieht?"

„Sicher, Zissel, das könnte ebenso stimmen! Also ist unklar, ob es Mord war. Selbst bei Suizid könnte jemand die Spuren beseitigt haben, der nicht erkannt werden möchte oder die Identität des Toten verheimlichen wollte."

Zissel stellte eine weitere Theorie auf: „Nun ja, das ist denkbar. Das Vertuschen könnte ein Er oder eine Sie getätigt haben! Doch warum die fehlenden Schuhe und Socken?" Als Mölle nicht antwortete, fuhr Zissel fort: „Waren die bereits vor dem Platz hier unten ausgezogen? Das Nachdenken macht mich verrückt!"

Mölles Augen schoben sich zu Schlitzen zusammen, die aufmerksam seinen Chef von der Seite betrachteten. Verdammt, weshalb bin ich nicht auf diese Idee gekommen? Dann gab er zu: „Zissel, diese Möglichkeit habe ich total übersehen! Das wäre durchaus vorstellbar."

Mölle ringelte fast schuldvoll eine Haarsträhne um seinen Finger und wurde still. Bis ihm dieser weitere merkwürdige Punkt auffiel: „Ist es nicht eigenartig, dass wir auf das Fahndungsfoto noch nicht einmal einen einzigen Hinweis erhielten? Es wurde doch an alle Polizeistellen verschickt!"

„Ja, aber vielleicht war der Tote ohne Bart bekannt", erwiderte Zissel locker, obwohl ihm gerade mulmig wurde. Er wusste, dass er nun mit seinen Aussagen sehr achtsam sein musste.

Und das war er jetzt auch; jedoch Mölle genauso.

Zissel überlegte: Aha, verdammt, Mölle hat wieder eine Pause eingelegt. Erfahrungsgemäß hat er etwas erkannt, was er nicht preisgeben will. Zudem hat er vorhin wieder einmal ganz abrupt das Thema zu dem Foto gewechselt, sinnierte Zissel. Das ist typisch für seine hartnäckige und zielsichere Vorgehensweise!

So schweigend wie sie gekommen waren, gingen beide zurück, wobei Mölle tiefsinnig die Frage quälte, weshalb Zissel ihm nichts von Gommlers nächtlicher Beobachtung preisgab. Keiner der Kommissare hatte bemerkt, dass sie vom nahen Hochsitz aus von einer

Person beobachtet wurden, die kurz zuvor dorthin geflüchtet war. Neben dieser Person stand oben etwas, was zumindest einen Kommissar bestimmt zum Jubeln gebracht hätte. Nämlich ein alter Rucksack, der eine leere Weinflasche, feuchte Socken und zwei durchnässte Schuhe beinhaltete.

Am Tag darauf waren Zissels Augen starr auf seinen Schreibtisch gerichtet. Die darauf verstreuten Dokumente interessierten ihn derzeit nicht. Er galt bei vielen Bürgern als verschlafen, das wusste er. Dieser Eindruck entstand durch seine Augenlider, die nie ganz geöffnet waren. Schlupflider, Zissel hasste schon immer diese Vererbung mütterlicherseits.
Jetzt fühlte er gerade den immensen Druck, der auf ihm lag. Er musste unbedingt Erfolg haben. Einen durchschlagenden Erfolg, der seine Kompetenz hervorheben und ihm hohen Respekt bei der Bevölkerung einbringen würde.
Seine etwas zwiespältigen Gedanken zerstreuten sich aber nun quälerisch in den aktuellen und früheren Meinungsverschiedenheiten und Spitzfindigkeiten zwischen ihm und seinem Kollegen. Dieser Mölle, dachte Zissel, welche Gedankengänge trieben ihn? Am liebsten würde er einmal ausgiebig in Mölles Schreibtisch wühlen. Doch der war auch heute gewissenhaft verschlossen. Er hat bestimmt schon mehrere erfolgreiche Recherchen notiert, darum schließt er ab, waren Zissels weiteren trübsinnigen Gedanken. Und er war sich ganz sicher, Mölle würde nicht bedingungslos mit ihm kooperieren, nein, er würde eher seinen Erfolg

verhindern. Vielleicht, um ihn bloßzustellen. Dies beängstigte Zissel. Die Atmosphäre zwischen uns ist schon etwas verworren, dachte er. Mölle zeigt sich zwar sehr leutselig, doch er kann sich wahrscheinlich auch zum knallharten Gegner wandeln!
Zissel fühlte dies instinktiv und seufzte bei diesem Gedanken, wobei er schwer seine Schultern fallen ließ. Er überlegte, ob er die Ermittlungen zu seiner Chefsache machen sollte, er hatte ja schließlich hier das Sagen. Und in seinen Kopf schlich bereits ein vages Ansinnen.
Nur müsste Mölle mit etwas anderem beschäftigt sein. Aber mit was? Mit etwas, das nur ihn ganz und gar beansprucht. Ich kann und möchte die Bearbeitung „Wiese" und „Hohbergsee" nicht zwischen uns aufteilen. Nie und nimmer! Es wäre für mich schrecklich und zudem blamabel, wenn Mölle schnelleren Ermittlungserfolg hätte.
Wo setze ich bloß an, wo bloß, fragte sich Zissel erneut und strich sich ständig mit fahrigen Fingern durch seine immer wieder seitlich fallenden Haare.
Ich muss unbedingt beide Fälle weiterhin alleine bearbeiten, dachte er selbstquälerisch. Wer hält Mölle oder wie hält man ihn von deren Bearbeitung fern? Das war für Zissel eine gewichtige Frage. Dann schielte er deprimiert sehr lange auf Mölles sauber aufgeräumten Schreibtisch. Er konnte fast nicht mehr klar denken.
Seine Arme lagen flach auf und sein Hirn war sehr schlafbedürftig.

**Ausgerechnet Halloween**!
Die Möglichkeit für Zissel kam.
Der Kalender zeigte den 31. Oktober. Halloween!
Es war neblig. Schon seit der Morgendämmerung schwankten die weißen Nebelwände durch die Landschaft. Sie zogen von der Rheinebene heran und lagen sogar teilweise über der Schutter, die am Hünersedel ihre Quelle hatte und der auf dem Weg nach Lahr verschiedene Zuläufe ständig mehr Wasser brachten.
Der Nebel hielt an. Bis in die Abendstunden. Die lautlose weiße Schicht rutschte geräuschlos über Brücken und Straßen. Manchmal verlor sich sogar die Sehkraft darin. In Nähe heller Straßenlaternen war die Masse wie nach Betätigung einer Spraydose in Bewegung. In Astgewirren lag eine eigentümliche Stimmung.
Leichte Schrittgeräusche wurden hörbar. Gespenst, Vampir und eine Hexe tauchten nach und nach auf.
Frau Wenzel war mit ihrem kleinen Rauhaardackel gerade vor ihrer Haustür. Auf der gegenüberliegenden Straßenseite, zwei Häuser weiter, blieben die Kinder vor einem Gartentor stehen und besahen ihre gesammelten Süßigkeiten. Sofia verzog ihren Mund und bekam von einem größeren Jungen schnell ein paar zusätzliche Bonbons. Dann öffnete ein Junge langsam ein laut quietschendes Tor.
Frau Wenzel rief noch warnend hinüber: „Bleibt zurück! Nein, geht nicht hinein! Hallo! Geht lieber weiter!"
Die Kinder hörten sie nicht.
Ein schmaler Gartenweg führte zur Haustür. Die Kin-

der kamen durch den gepflegten Vorgarten, vorbei an niedrigen Nadelgewächsen. Michael fand den Namen Fröhlich an der Haustür und Werner klingelte. Als im Flur das Licht anging, lief von innen ein riesiger Hund zu der mit großen Glasteilen ausgestatteten Eingangstür, sprang daran hoch und bellte laut. Durch das Dielenlicht in seinem Rücken, sah er wie ein wild schnellender schwarzer Scherenschnitt aus. Ruckartig bewegte sich sein Kopf. Dann setzte er sich, weiterhin bellend, wieder leicht zurück, um erneut Anlauf zu nehmen. Die Kinder erschraken und liefen schreiend davon, wobei sie auch quer durch Pflanzenbeete stolperten.

Der Mann, der die Tür öffnete, hielt zwar seinen Hund zurück, schimpfte aber laut: „Dumme Bengel, lasst euch bloß nicht mehr hier blicken, oder ich hetze den Hund auf euch! Blödes Pack, zertrampelt mir doch nicht noch meine Pflanzen, ihr unverschämt…!"

Die letzten Worte gingen sowohl im erneuten Gebell des Hundes als auch im Zuschlagen der Haustür unter. Sofia stolperte am Ende von Fröhlichs Grundstück und lag plötzlich der Länge nach auf dem Boden. Ihr Beutelinhalt verteilte sich über das Gelände. Der Hund lärmte weiterhin bedrohlich.

Noch durch die geschlossene Haustür war die Schärfe seines wütenden Bellens zu hören.

Die Jungen zogen Sofia hoch und suchten die verstreuten Süßigkeiten schnellstens zusammen.

Dann zogen sie das Mädchen so schnell weg, dass dessen Beine kaum mithalten konnten. Erst, als sie auf die Straße geflüchtet und eine Strecke vom Haus entfernt waren, blieben sie stehen.

Liana Mader warf soeben eine Tüte Müll in die Tonne. Sie sah erschrocken zu den flüchtenden Kindern. Fröhlichs geifernde Stimme kannte sie gut. Sie hatte gewisse Erfahrung mit ihrem Nachbarn und ahnte die Bedeutung seines cholerischen Wortlauts.

Auch Frau Wenzel, die mittlerweile in ihrer Wohnung angekommen war, öffnete ein Fenster, sah sprachlos zu Liana herunter, schüttelte erbost ihren Kopf und ließ das Fenster wieder zufallen. Liana stand noch einige Zeit fassungslos, den Blick zu Fröhlichs Haus gerichtet. Dann ging sie fröstelnd in ihr Haus zurück.

Sie und ihr Mann Gustl waren die nächsten Nachbarn von Fröhlich, einem sehr mürrischen Sonderling.

Liana wusste, dass ihr Nachbar nur wenigen Mitmenschen einen Gruß wert war. Er war kaltschnäuzig, hatte eine enorme Körpergröße und war meistens in dunkler Kleidung unterwegs. Ob er sich zu Hause genauso eintönig kleidete, wusste kaum jemand.

Selbst Briefträger oder Postboten wollten mit ihm und seinem Hund keine Bekanntschaft machen. Konnten und durften sie auch nicht, denn Fröhlich hatte seinen Briefkasten wohlweislich außen am Gartentor angebracht.

Zwischen den Anwesen Fröhlich und Mader lag noch ein unbebautes größeres längliches Gelände. Diese Naturwiese, mit allerlei großen Hecken umsäumt, ließ von außen kaum Einsicht zu. Etliche Leute im Ort munkelten, dass dieses Grundstück auch Fröhlich gehörte. Der darin tätige Gärtner äußerte sich nie über seinen Auftraggeber.

Der hagere Herr Mader saß in einem Sessel und schaute ungern von seinem Buch auf.

„Unser lieber Nachbar Fröhlich tobte mal wieder, weil Kinder bei ihm um Süßigkeiten bettelten. Dieser ausgefuchste Geizkragen!", krittelte Liana launig.

Zumindest bei solchen Störungen quetschte ihr Mann einige Worte mehr aus sich heraus: „Hör auf, Liana, lass` mich mit diesem Kerl in Ruhe! Was schert dich dem sein Getue? Die gesamte Nachbarschaft ignoriert ihn. Nur du grüßt ihn und siehst über seine Arroganz hinweg", brummelte Gustl Mader weiter, was für die Länge seiner Erläuterung schon fast als Redseligkeit galt. Dann vertiefte er sich wieder in seinem Buch. Er hasste es, wenn er beim Lesen gestört wurde.

Liana sah aus dem Fenster. Der Nebel hatte die Kinder verschluckt.

„Aber..., er ist eben unser Nachbar", ließ Liana fast wie eine Entschuldigung verlauten. „Wer weiß, was dieser Mann durchgemacht hat. Wenn wir vielleicht wüssten, wieso er so grantig ist, hätten wir sicher mehr Verständnis."

Lianas besänftigende Worte schwebten mit ihrem Atem weg, denn ihr Gustl hatte schon nicht mehr zugehört. Er war wiederum zutiefst in seine Leselandschaft entrückt. Sie sah nachdenklich zu ihrem Mann. Seine altersgerecht ausgedünnten Haare lagen störrisch auf seinem Kopf. Seine Wangen waren ziemlich rot angelaufenen. Ob er vielleicht hohen Blutdruck hat, überlegte sie stirnrunzelnd.

Als sie sich kennenlernten, sonnte sich Gustl in Lianas Schönheit und ihrem Charme. Nicht wenige seiner Bekannten und Kollegen beneideten ihn. Sehr kurz nach der Eheschließung hatte Liana bemerkt, dass ihr um viele Jahre älterer Mann ein Büchernarr war und sich hauptsächlich um seine Lektüren kümmerte. Und jetzt, seitdem ihr Gustl in Rente war, gab es für ihn tagefüllend nur diese eine Seligkeit: die Literatur.

Nun, sie hatte sich längst arrangiert. Gustl war ein gemütlicher Ehemann. Nur wenn das Gespräch auf ein Aussortieren seiner Buchbände zulief, konnte seine Sprache lauter und etwas ungemütlich werden. Deshalb hatte sich Liana längst mit dem ständigen Abstauben der Büchersammlung abgefunden.

Es gab schlimmere Arbeiten!

Ihre Freizeitaktivitäten hatte sich Liana längst selbst zugeteilt. Für sie war Bewegung sehr wichtig. Sie ging regelmäßig ins Fitnesscenter. Zuweilen verabredete sie sich mit ihrer Kollegin Rosi und brachte diese unter die Leute.

Liana überdachte ihre Situation. Sie ging jetzt mit sich ins Gericht. Gustls Antrag hatte sie nur zugestimmt, weil sie vom Elternhaus fort wollte. Ihr Vater war äußerst streng gewesen. Liana hatte sehr unter der Strenge gelitten. Alle ihre Schulfreundinnen hatten tolerantere Eltern.

Schöne Unternehmungen waren ihr versagt geblieben. Nun, dafür konnte sie heute einiges nachholen. Ihre früheren Freundinnen hingegen, hatten kaum einen ähnlich toleranten Partner.

Unten auf der Straße hatten sich die drei Kinder etwas beruhigt. Sie bemerkten die zwei größeren vermummten Gestalten erst, als sie schon dicht bei ihnen standen. Ein Junge hatte einen Strumpf über den Kopf gezogen und sich grüne übergroße Ohren seitlich angeklebt. Der größte Junge hatte einen breitkrempigen schwarzen, nach oben spitz zulaufenden Hut auf, der Schatten auf sein hässlich bemaltes Gesicht warf.

Genau dieser Junge stellte sich drohend vor Sofia. „Gib her!", schrie er und entriss Sofias Bonbonbeutel. Er griff blitzschnell hinein, ergaunerte eine große Menge Bonbons. Werner versuchte, den Beutel zurückzuerobern. Der große Junge lachte nur frech. Sein zweiter Griff in Sofias Beutel brachte ihm weitere Süßigkeiten. Der Junge mit den grünen Ohren sagte plötzlich: „Markus, gib jetzt Ruhe!"

„Schnauze", ließ sich der Anführer durch seinen Kumpel kurz ablenken. Werner nutzte diesen Moment und konnte nun doch Sofias Beutel ergreifen. Er rammte mutig seine Faust so hart in den Bauch des Angreifers, dass dieser zu Boden ging.

Werner, Michael und Sofia bekamen dadurch die Gelegenheit, die Straße hinunter zu flüchten. Dann hörten sie ein fernes Gartentor quietschen.

„Sie gehen zum Geizkragen", freute sich Michael. Schon hörten sie das Hundegebell. Fröhlichs keifende Stimme war zwar zerrissen, aber Bruchstücke dröhnten durch den Nebel.

Einige Straßen weiter lag später - im Nebel - auf dem

Gehsteig vor einem Hauseingang ein schwarzer spitzer Hut. Im Schein eines Treppenlichts, erkannte man durch die geöffnete Haustür eine gekrümmte Gestalt, die sich über die Stufen hinaufschleppte. Ein Beutel fiel plötzlich auf die Treppe und der Inhalt verteilte sich hinunterkullernd auf die Stufen, zum Teil bis zum Erdgeschoss.

Oben an seiner Wohnungstür gelang es Markus, den Klingelknopf zu drücken. Frau Vorsler fing ihren Sohn gerade noch auf, sie legte ihn sanft auf den Boden. Markus stöhnte: "Er hat mich in den Bauch getreten!"
„Wer? Wer hat dich in den Bauch getreten", schrie seine Mutter. Markus krümmte sich.
Frau Finke von gegenüber kam, durch das Schreien alarmiert, auf den Flur. Blitzschnell erkannte sie die Situation und rief sofort reagierend zu ihrem Mann: „Felix, rufe einen Krankenwagen! Schnell!"

Herr Ganner kam nach Hause. Er wohnte schon lange Jahre in der Parterrewohnung, direkt unter Frau Vorsler. Er war ein älterer Herr mit schütteren Haaren, die er in regelmäßigen Abständen färben ließ. Der Erfolg war nicht immer der gleiche. Deshalb zeigte sein Schopf ab und zu grotesk abgestufte Schattierungen.
Aber seine Kleidung war stets korrekt. Meistens trug er eine Krawatte. Dies war er aus seinem Berufsleben gewöhnt, denn bis zu seinem Rentenalter war er als Buchhalter in einer kleineren Fabrik tätig.
Herr Ganner ging nicht gerne außer Haus; nur wenn es unbedingt sein musste. Lange Spaziergänge hasste er schon immer.

Wenn er auf seine Stubenhockerei angesprochen wurde, äußerte er immer: „Spazierengehen ist reine Zeitverschwendung!" Deshalb hatte er Sommer wie Winter die gleiche Hautfarbe. Blass!

Herr Ganner war ein sehr gutmütiger Mitbewohner. Er war schüchtern und auch ängstlich. Er ließ sich bei jeder ihm fremdartig erscheinenden Begebenheit außer Fassung bringen. Sofort wurden dann seine sonst bedachtsamen Bewegungen schusselig, fahrig und abgehackt.

Als er noch gearbeitet hatte, war er von Kollegen deshalb oft als Bilanzroboter gehänselt worden. Aber er machte nie Anzeichen, dass er sich darüber ärgerte.

Gerade hatte er den schwarzen Hut in der Hand. Er trat in dem Moment ins Haus, als das Signal des Martinshorns schon zu hören war. Heute reagierte Herr Ganner außerordentlich schnell. Er erblickte die verstreuten Bonbons. Wo der Hut und die Bonbons hingehörten, wusste er sofort. Deshalb sammelte er eifrig die Süßigkeiten samt Beutel auf und ließ sie in den Hut fallen. Dabei lief er wie gehetzt nach oben und legte den Hut mitsamt dem Eingesammelten schweigend und zittrig neben Vorslers Wohnungstür ab. Mit einem scheuen Blick auf Markus, und auch einem zweiten auf Frau Vorsler, drehte er sich wortlos weg.

Für Frau und Herrn Finke, die jetzt beide unter ihrer Wohnungstür standen, hatte er keinen Blick übrig, denn er stolperte wortwörtlich die Treppe hinunter.

Seine Wohnung erreichte Herr Ganner noch kurz vor dem hereinstürzenden Notarzt und den Sanitätern.

Er flüchtete hinein.

Mit lautem Knall fiel seine Wohnungstür zu.

Herr Ganner blieb in seinem Flur stehen und lauschte, um ein paar Wortfetzen aufzufangen. Bei der Wohnung gegenüber blieb alles ruhig. Er kannte die seit kurzer Zeit hier eingezogene Frau nicht. Er war auch nicht erpicht darauf, sie kennenzulernen.

Markus gab nur noch ein Stöhnen von sich.

„Jemand hat ihn in den Bauch getreten", schluchzte jetzt Frau Vorsler. Der Notarzt handelte schnell. Eine Infusion wurde angelegt. Dann drehte sich der Arzt zu Frau Vorsler: „Ihr Sohn muss in die Klinik."

„Was hat er denn?" wimmerte die Mutter.

Die Sanitäter brachten Markus die Treppe hinunter. Herr Ganner hatte seine Wohnungstür wieder etwas geöffnet. Der Arzt gab Anweisung: „Sieht schlimm aus, nicht mehr ansprechbar, sofort in die Notaufnahme! Wahrscheinlich Fremdverschulden."

Ein Sanitäter nickte.

Frau Vorsler stolperte jammernd hinterher, aber es nahm niemand Notiz von ihr. Mit Blaulicht und Signal raste der Krankenwagen davon.

Herr Ganner war keinesfalls begriffsstutzig. Sein Verstand war alarmiert. Er telefonierte sofort mit Zissel.

Als dieses Gespräch beendet war, zuckte Zissel plötzlich und atmete erleichtert auf.

In solchen Situationen plante er perfekt!

Das ist es, dachte er. Im Eilverfahren beorderte er klugerweise zusätzliche Hilfe an. Leni und Lars, zwei junge Polizisten vom Hauptamt. Diese erreichten die

Station nur kurze Zeit nach der Einlieferung.
Der Arzt bat sie, die Mutter von Markus zu holen.
Frau Vorsler wimmerte, als sie im Auto saß. Sie war nicht auskunftsbereit.
Erst als Leni ihr wiederholt klar gemacht hatte, dass sie Polizisten sind und ihr helfen wollen, kamen auf knappe polizeiliche Fragen knappe Vorsler`sche Antworten.
Es war nicht einfach, mit der Mutter ein klärendes Gespräch führen zu können.
„Jemand hat ihn in den Bauch getreten." erregte sich die Mutter einige Male und wurde ständig lauter.
„Wissen Sie, wer?"
„Nein", kreischte Frau Vorsler.
„War Ihr Sohn alleine? Oder gibt es Zeugen?"
„Ich glaube nicht, er wollte zum Freund wegen Halloween."
„Wie heißt der Freund?"
„Kenn` ich nicht, wohl irgendein Schulkamerad."
Leni und Lars verabschiedeten sich ergebnislos.

Im Untersuchungsraum der Klinik breitete sich gerade Ratlosigkeit aus. Markus gab keinen Laut mehr von sich. Seine Atmung ging stoßweise. Der Arzt konnte noch keinen Grund für seine Teilnahmslosigkeit erkennen!
„Die Bauchdecke ist weich, ich sehe keine Verletzungsmerkmale; der Tritt müsste doch sehr heftig gewesen sein und deutlich sichtbar."
„Magen auspumpen! Und Infusion", kam dann nach kurzem Überlegen sein knapper Befehl.

Frau Vorsler war nicht zu beruhigen. Sie lief hektisch durch den Flur, öffnete, nach Markus schreiend, alle Krankenzimmertüren, bis eine Krankenschwester sie festhalten konnte.

Die Kollegin hatte bereits zum Telefon gegriffen.

Der Arzt kam schnell. „Sie sind die Mutter?"

„Ja, Markus wurde in den Bauch getreten!" Frau Vorslers zuvor noch gezeigte Energie schmolz schneller als Wachs auf der Herdplatte. Sie sank in sich zusammen.

„Meine Kollegen kümmern sich um Ihren Sohn. Sie pumpen im Moment seinen Magen aus. Nimmt er Rauschgift?" wollte der Arzt wissen.

„Nein", schrie Frau Vorsler wie wahnsinnig, „nein! Warum denn?"

Der Arzt wollte nur noch schnell erklären: „Es sieht nach einer Vergiftung aus!"

„Was?", jammerte jetzt die Frau, und schüttelte verzweifelt ihren Kopf. „wer sollte ihn denn vergiften?"

„Möchten Sie Ihren Mann anrufen, Frau Vorsler" wollte der Arzt wissen.

„Ich wohne mit Markus alleine. Sein doofer Vater hat Verbot, sich ihm zu nähern", antwortete sie zwar fahrig, doch unzweideutig wütend.

Frau Vorsler bekam ein Beruhigungsmittel.

„Sie bleiben über Nacht hier."

Plötzlich erwachte in ihr noch einmal Energie.

„Aber wenn Lu sich doch an Markus herangemacht hat? Dann hat er ihm etwas angetan! Das traue ich ihm zu, diesem blöden hinterhältigen Kerl!"

Als ein Arm von Frau Vorsler schlaff über die Kante der Liege fiel, legte der Arzt eine Decke über ihren Körper, denn sie war bereits eingeschlafen.

Tags darauf stellte Zissel nachmittags die beiden Polizisten vor. Mölle war sofort klar, was nun kam. Er runzelte seine Stirn, sah zu Zissel und dachte: Der jubiliert innerlich! Jetzt kommt sein Schachzug. Ich werde schnellstens diesen Fall am Hals haben!

Und tatsächlich kam von seinem Chef: „Ich muss früher nach Hause, ihr könnt auch bald Feierabend machen", ließ er geschäftig vernehmen und stand auf. Kurz vor dem Ausgang sagte er eilfertig: „Ach Mölle, die Sache Markus scheint recht verzwickt zu sein, das ist ein Fall für deine Scharfsinnigkeit!"

Kein Fall, es ist eher eine Falle, dachte Mölle und hätte am liebsten mit einem Fuß aufgestampft. Er hatte sich für die beiden Mordfälle schon seine beste Vorgehensweise ausgedacht. Nun hat Zissel ihn auf seine legere ausgefuchste Art zu dieser Sache abgeschoben und ihm gleichzeitig hinterlistig vor Leni und Lars ein dickes Lob ausgesprochen.

Die Bürotür fiel ins Schloss. Der metallische Ton der Klinke war für Mölle wie ein Hohngelächter. Denn er ahnte, dass die beiden auf Zissels Anordnung von der Hauptstelle hier eingesetzt wurden. Und Zissels Aufgabenverteilung, ganz kurz vor seinem Verschwinden, war eines seiner typischen Markenzeichen. Nach einer für ihn lästigen Arbeitsanweisung hatte sich Zissel noch jedes Mal aufatmend sehr schnell aus dem Staub gemacht.

Guter Schachzug, Zissel, Chapeau, ging es Mölle verdrießlich durch den Kopf, aber du bezwingst mich nicht, dafür werde ich sorgen!
Nun musste sich Mölle uneingeschränkt auf die Ermittlungen der Polizisten konzentrieren. Danach spitzte er die Lippen.
„Danke", schloss Mölle, „wir kümmern uns morgen!"
Als er alleine war, stellte er sich gedankenvoll ans Fenster und sah draußen in den milchigen Brei. Heute konnte er nichts mehr unternehmen. Ausgerechnet Halloween!! Schnell verwarf er den Gedanken wieder.
Mölle grenzte sich mit seinen leicht welligen schwarzbraunen Haaren, die über die Ohren fielen, von den allgemeinen Frisuren der Kriminalbeamten etwas ab. Die Haare oberhalb der Stirn waren leicht ergraut. Wie mit dünnen Strichen gespickt, zogen auch die Schläfenhaare nach. Der Unterschied war schon deutlich.
Mölle ärgerte sich oft über den Farbwechsel, der relativ früh eingesetzt hatte. Er hoffte, dass sein Hinterkopf noch lange die Naturfarbe beibehält. Naja, besser so, als so eine Halbglatze wie Zissel, tröstete er sich.
Wenn er streng überlegen musste, drehte der Zeigefinger seiner linken Hand eine Haarsträhne hinter seinem Ohr so fest zusammen, dass der dann einige Zeit als Locke nach unten hing. Mölle beteuerte stets, dass dies seinen guten Spürsinn immens erhöht. Zissel würde das nie in Abrede stellen. Denn er wusste, Mölle wäre dann für einige Zeit ungenießbar, wobei nie geklärt werden konnte, ob sein Kollege wahrhaftig so empört war, oder den Gekränkten nur spielte!

Ein weiteres drolliges Merkmal waren Mölles über der Nase zusammengewachsenen Augenbrauen.

Mölle war, zumindest meistens, ein freundlicher Mensch. Er war zuvorkommend und aufmerksam. Für Übeltäter war seine Art schlecht durchschaubar, besonders wenn er sich sehr verständnisvoll zeigte. Darunter litten die Verhafteten bei den lässigen Verhören, die ihnen Vertrauen einflößten und für sie dann doch kräftige Strafverfahren und für Mölle Erfolge brachten.

Eigentlich hieß Mölles richtiger Name Moller. Das wusste jedoch kaum jemand. Als Hartmut Moller stellte er sich nur vor, wenn er außerhalb zu tun hatte. Wie es zu dem Spitznamen gekommen war, konnte Mölle nicht sagen. Eventuell durch seine „unschlanke" Taille. Mölle war sich selbst gegenüber sehr ehrlich; er wusste, er war kein Adonis. Dafür hatte ihn die Natur nicht ausgestattet.

Tatsächlich war Mölle auch ein besonnener Mensch. Wenn er aufbrausend gewesen war, bedauerte er es sogleich und verstummte! Aber manchmal konnte er auch eine Sturheit an den Tag legen, die niemand hinter ihm vermutete.

Jetzt verstaute Mölle gerade mit Grimmen im Bauch seine Unterlagen in den Schreibtisch.

Er überlegte: Über sein Kommen war Zissel damals sicher nicht erfreut. Er hatte noch den ersten ablehnenden Blickkontakt mit seinem Vorgesetzten deutlich vor Augen.

Nun, ja, überlegte Mölle weiter, eigentlich hatten sie

sich gut zusammengerauft.

Mölle entschied sich trotz baldiger Dämmerung noch für frische Luft. In der stillen Natur konnte er gut überlegen, besonders wenn er unter Druck stand.

Gedankenvoll ging er Richtung See. Wegen dieser toten Frau? Er wischte die Gedanken weg.

Sein Atem hing ständig fächerartig vor seinem Gesicht und er dachte: Es wird kälter!

Er wollte über diesen ominösen Halloween-Fall nachdenken. Hoffte er beim See eine gute Lösung zu finden? Doch darüber nachdenken konnte er nicht lange. Denn ein weiß-grässlicher Nebel störte und ließ seine Gedanken in ein Fahrwasser abrutschen, das seiner Seele ungute Strömungen brachte.

Ausgerechnet Halloween brachte ihm solch einen Auftrag. Das hatte ihm gerade noch gefehlt! Zu diesem Tag hatte er sowieso ein spannungsgeladenes Verhältnis, denn seine Frau war an Halloween einfach abgehauen! Ach, wie lange lag dies schon zurück. Eigentlich wollte er jene Zeit vergessen. Sie war ja bereits so weit weg! Und doch flammten jene Augenblicke jetzt angreifend wieder auf. Dieser verfluchte Auftrag!

Halloween! Es war, als wollte dieser Tag ihn mit einem gedanklichen Brennen bestrafen. Sollte er für die Zukunft eine beständige Verkettung mit seinem Schicksal bleiben? Mölle fühlte deutlich, wie sich in seinem Mageninnern ein glühender Stein umwälzte und wie, trotz Kälte, seine Handflächen feucht wurden.

Meine Seele ist für immer verwundet, dachte er. Mit

beschleunigten Schritten, als wollte er vor etwas davonlaufen, setzte er den Weg fort.

Doch die Erinnerung kam erneut unaufhaltsam!

Er hatte wieder jene Straßenzeile vor Augen, wo er seine Frau zum letzten Mal sah, kurz bevor sie in einen großen dunkelblauen Mercedes einstieg. Und gesehen hatte er sie nur noch, weil er etwas früher vom Dienst nach Hause gekommen war, um mit ihr auf eine Halloween-Party zu gehen. Sie hatte ihn nicht bemerkt und er hatte den Fahrer nicht gesehen. Sie war mit ihrer gesamten Kleidung, mit Schmuck sowie allen persönlichen Dingen entschwunden und außerdem mit ihr eine beträchtliche Summe vom Konto. Mölle hatte bei allen Freundinnen seiner Frau nachgefragt. Ohne Erfolg. Jede kannte sie plötzlich nur flüchtig, obwohl sie angeblich öfters mit ihren Freundinnen unterwegs gewesen war, besonders, wenn er Nachtdienst hatte.

Mölles Gang war jetzt nur noch schleppend. Meine Beine streiken, dachte er, ich müsste doch schon längst aus dem Wald sein. Die Schutter gluckerte laut. Oh, sie hat Strömung, dachte er, genauso verläuft mein Leben, mal sanft und mal wild. Wild?

Jetzt setzten sich seine Gedanken ungewollt noch weiter in die Vergangenheit zurück. Wie hätte sich seine zarte Liebe zu seiner Jugendfreundin Sonja wohl entwickelt, wenn seine Frau nicht intrigiert hätte? Seine Frau hatte schamlos um ihn gebuhlt und keinen guten Faden an Sonja gelassen. Obwohl sie und Sonja früher echte Freundinnen waren.

Ob er durch Lügen damals strategisch von Sonja abgeworben wurde. Oder?

Nein, Mölle ging mit sich ins Gericht. Seine Frau hatte Geld und er als armer Polizist damals nur einen kleinen Verdienst. Ein Hund geht auch nicht am hingeworfenen Zipfel Wurst vorbei, dachte er fast entschuldigend!

Sonja hatte ihm zwar ihre Zuneigung beteuert, aber er hatte daran gezweifelt. Und – ehrlicherweise auch – an ihrem Kontostand!

Er fühlte seinen Magen noch schmerzhafter. Wie zu einem dicken heißen Kloß zusammengeballt, lag in ihm seine gesamte verdammte Vergangenheit. Und sein Gesicht glühte trotz der Kälte.

Gerade hatte er den Sandsteinbrunnen Fischerknab erreicht und lenkte nun verbissen seine Gedanken auf den Fall Hohbergsee. Welche Spuren könnten da vorhanden sein? Spuren, die Zissel übersehen hatte? Eigentlich dürfte ihn dieser Fall nicht interessieren. Doch dann lächelte er. Es ist ein zwanghaftes Bedürfnis! Er musste sich hier einbringen. Er wollte Zissel beweisen, dass er ein gewiefter Mitarbeiter war!

Er steckte sein Hände in die Manteltaschen und schüttelte sich. Puh, zitterte er, abends ist es schon eisig kalt. Im „kalt" lag ein Nachgeschmack, der bei Mölle die Vergangenheit erneut aktivierte.

Er hatte schon einmal gezittert. Bei einer Bergtour mit Sonja. In seine Erinnerung drückten sich nun steile zerklüftete Schweizer Felswände.

Er sah die leichtfüßige Sonja, die Engstellen meisterte

und ihn belächelte. Naja, ich war ja damals schon nicht ganz schwindelfrei! Am Abend hatten sie, dann auf einer Bergweide liegend, den klaren Sternenhimmel bestaunt und über die Welt und das All philosophiert. Schade, dass ich Sonja nie mehr wiedergesehen habe, bedauerte Mölle. Er hatte sich wegen fehlender Schwindelfreiheit damals entschuldigt. Sonja hatte gelacht und nachgehakt: „Welcher Mann ist vollkommen schwindelfrei - in zweierlei Hinsicht schwindelfrei?"

Mölle schluckte. Der Kloß im Magen schien sich wieder zu bewegen und schrammte an den Magenwänden. Es war qualvoll. Ich konnte mich emotional nie von Sonja lösen, erkannte er plötzlich.

Nein, nein, seine Frau hingegen hätte er nie mehr wiedersehen wollen. Sie hatte ihn zerbrochen. Zerbrochen, das ist exakt der richtige Ausdruck! Vielleicht wollte sie es nicht, es war halt einfach so geschehen. Sie war sein Schicksalsschlag! Alles lief stets unter ihrer knallharten Planung. Sie hatte Macht ausgeübt, und: Macht – macht – hartherzig! Chancenlos war er immer gewesen. Es liegt ein Fluch auf mir! Warum kann ich meine Gedanken an meine Frau nicht wie ein Stück alte Zeitung so winzig klein zusammenknüllen und in den hintersten Hirnwinkel schieben, sodass fortan nichts davon mehr abrufbar ist?

Da seine Nervosität nun die höllische Schmerzgrenze erreicht hatte, schüttelte sich Mölle, als wollte er etwas loswerden. Dann blieb er abrupt stehen.

## Düstere Spur?

Ich muss hier Lösungen vor Ort finden und nicht in der Vergangenheit herumwühlen, kritisierte er sich selbst. Hier hatten seine Bestrebungen sowie auch sein ganzer Krafteinsatz zu sein. Nur hier!

Mölle wusste zu gut, wie er sich helfen konnte. Er musste sich ausgiebig beschimpfen: Wo sind nur meine Gedanken? Der Junge ist doch jetzt das Wichtigste. Ich muss erfolgreich sein, ich darf nicht enttäuschen. Alles andere war Vergangenheit, wertlos, unbequem, aufreibend, hemmend und sogar verletzend.

Trotzdem stellte er sich die für ihn als Kriminalbeamten wohl wichtigste Frage: Wie kommt ein Mensch nur dazu, einen anderen zu vernichten? Gibt es Impulse, die sämtliche Gefühle ausschalten?

Mölle spürte jetzt nicht nur deutlich wieder den Kloß im Magen, sondern auch, dass das höllische Brennen der Speiseröhre sich verstärkt hatte. Eine unangenehme Übelkeit lähmte ihn.

Er durfte einfach weder an seine Frau, noch an Sonja denken! Die beiden dürfen nicht wie ein zähes Band seine Zukunft mit der Vergangenheit umschlingen.

Plötzlich wurde ihm bewusst, dass er bereits beim Hohbergsee stand. Dieser See ist ein lichtloses Gewässer, eine starre undurchsichtige Scheibe mit einer eigentümlichen Verschwiegenheit, sinnierte er.

Zwischenzeitlich war es fast dunkel geworden. Rechts unten hatte die Leiche gelegen.

Durch den Nebel konnte er die Straßenlichter nicht deutlich erkennen. Dicht bei dem See stand früher

einmal ein Hotel. Zissel hatte ihm von einem kleinen Park erzählt. Man konnte im Sommer Boot fahren und im Winter Schlittschuh laufen.
Der alte Bootssteg lag weißlich-grau vor ihm.
Mölle bewegte sich immer noch nicht.
Irgendwann dachte er: Der Steg könnte glitschig sein. Wieso bin ich überhaupt hier? Ich muss zurück, es ist alles so undurchsichtig!
Er ging bereits Richtung Fischerknab, als er unterhalb einer Wiese zur linken Seite plötzlich schemenhaft einen Lichtschein entdeckte, der sich züngelnd bewegte. Dort lag der Lahrer Campingplatz. Komisch, vorhin hatte er kein Licht wahrgenommen. Zu sehr war er wohl in seinen Gedanken gefangen gewesen.
Sollte er oder sollte er nicht? Er änderte dann spontan seine Richtung und ging vor dem Waldrand links über die unebene Wiese hinunter. In der Dunkelheit war dies nicht ganz einfach.
Wenige Camper saßen noch außen in der feuchten Luft und sahen verwundert zu der nahenden Gestalt. Auf ihren Gesichtern zeichnete sich der ständig flackernde Feuerschein ab. Alle waren Raucher und wohlweislich in dicke warme Mäntel oder Steppjacken verpackt. Im Nebel verflüchtigte sich ihr ausgestoßener Zigarettenqualm schnell. Nur der Geruch schien sich festzusaugen.
Mölle räusperte sich, wohlwissend, dass er nun auf Zissels streng abgestecktem Gebiet wilderte. Er blinzelte. Eine grellleuchtende Lampe hing an der Seite eines Campingwagens.

Mölle war sich nicht schlüssig, wie er ein Gespräch beginnen sollte. Doch ein einziger Camper nahm ihm die Entscheidung ab.

„Guten Abend", sagte dieser „sind Sie nicht der Kommissar, der neulich hier beim Leichenfund dabei war?"

„Ja, der bin ich", fiel Mölles Antwort knapp aus. Man hatte ihn also erkannt.

„Wissen Sie schon etwas über die Identität der Toten?" Mölle war mit einer Antwort nicht schnell genug.

„Also, nein!" Kam sofort die Feststellung des neugierigen Campers, der dann schwieg. Hörte Mölle eine gewisse Häme? Es entstand jene Pause, in der sich Mölle auf andere Gedanken brachte.

Dann hatte er die Befragung zurechtgelegt.

„Hat jemand von Ihnen die ertrunkene Frau jemals hier gesehen?" Er sagte bewusst nichts von Ermordung.

„Oja! Ich glaube einmal am gegenüberliegenden Ufer. Allerdings war es schon sehr dunkel." Jetzt war nur der kleinste Mann aussagefreudig:

„Das heißt, so ganz genau können Sie es nicht sagen?" Mölle brauchte Gewissheit.

„Nein, so hundertprozentig nicht. Doch mit großer Wahrscheinlichkeit."

Mölle sah auf den kleinen schmächtigen Mann nieder, der auf seinem weißen Plastikstuhl saß und dachte, wenn er doch nur aufstehen würde. Leider zeigte dieser Mann keine Anzeichen. Doch dann fuhr der Camper plötzlich fort: „Ich nahm eine zweite Gestalt wahr, ich glaube es war ein Mann. Ist das wichtig?"

Jetzt war Mölle ganz wach, hellwach. Das könnte eine Spur werden!

„Wann war das?"

„Wenige Tage bevor die Frau herausgefischt wurde. Genau weiß ich das nicht mehr."

Mölle wurde noch diensteifriger: „Könnten Sie den Mann beschreiben?"

„Nein, es war doch dunkel. Aber er hatte die Frau fest im Arm. Und sie hatte sich an ihn gelehnt. Glaube ich wenigstens. Sah so aus."

Der Mann zog an seiner Zigarette und stieß den Qualm in kleinen Etappen aus. Der letzte Rest kam durch seine Nase.

Oh, oh, dachte Mölle, das ist wirklich eine Spur, sogar eine ganz sichere. Eigentlich eine der allerwichtigsten Spuren!

„Und weiter", ließ Mölle nicht locker. „Wohin gingen die beiden?"

„Weiter sah ich nichts, denn ich ging, und zwar in meinen ruhigen Wohnwagen. Genauso wie jetzt, tschüs, Herr Kommissar."

Damit drückte das schmächtige Männchen seine Zigarette aus, stand auf, ließ Mölle stehen und ging zu seiner momentanen Schlafgelegenheit. Mölles Herz klopfte.

Die seltsamen Blicke der anderen Camper drückten auf ihm. Er nickte ihnen kurz zu. Gleichfalls ein mehrfaches Nicken von Männerköpfen beendete Mölles Besuch. Ein Zeichen für den Kommissar, dass niemand von ihnen Auskunft geben konnte. Oder nicht wollte?

Als der kleine Mann die Tür seines Wohnwagens öffnete, erschrak Mölle. Er sah kurz einen jungen Mann, der sogleich wieder verschwand.

Mölle war jetzt stark elektrisiert. Gefühlter Strom lief durch seinen Körper.

Da stand er! Der junge Mann, der mit Zissel gesprochen hatte! Der sich nach dem Auto erkundigt hatte. Oder täuschte er sich? Nein, sicher nicht! Obwohl, die Tür war nur ganz kurz offen? Wenn er es wirklich war, hat er mich auch erkannt? Würde Zissel alles erfahren? Mölle schluckte. Er musste hier nochmals nachhaken. Aber hartnäckig! Irgendwann, nicht heute. Das Männchen würde nichts mehr sagen, das war Mölle klar. Sein banger Gedankengang war nun, wie er über den jungen Mann Nachforschungen anstellen könnte, ohne dass dieser darauf aufmerksam wurde.

Dann dachte er, ich sage Zissel noch nichts von dem Gespräch. Ich muss sehr auf der Hut sein, wenn er seine beiläufigen Fragen stellt. Das könnte heikel werden! Mein lieber Zissel, ich werde mich vorsehen! Mit dieser Entscheidung schlug Mölle seinen Heimweg über die bucklige Wiese Richtung Schänkenbrünnle ein. Seine Erinnerungen an Sonja und seine ehemalige Frau waren verflogen.

Ein sehr mulmiges Gefühl hatte sich nun bei Mölle eingestellt. Wie würde Zissel reagieren, wenn er von seinem Verhör erfährt? Er drängte zur Eile. Was treibt mich eigentlich um, fragte er sich, ist es lediglich Nervosität? Bald hörte er das Brunnenwasser am Waldrand plätschern.

Als er aus dem Wald trat war es so still, dass er nur sein Atmen hörte. Allmählich verebbte seine Angespanntheit. Doch die Gedanken blieben hängen. Mord! Weshalb geschehen Morde? Mölle bog links ab und ging bei einer Werkstatt über die Brücke.

Er setzte seinen weiteren Heimweg durch die Ortsmitte gemächlich fort. Morde, ab da waren seine Gedanken abgeschweift. Er sinnierte: Sind Charaktere von Grund auf gut oder schlecht? Eine vorbestimmte Eigenschaft von Geburt an? Oder wird man erst im Laufe des Lebens zu Lamm- oder Wolfsmensch? Was bedingt diese tiefgreifenden Gegensätze? Vielleicht bekomme ich einmal die Gelegenheit, mit Zissel darüber zu diskutieren. Nein, nicht vielleicht! Es ist nötig.

Dann fragte sich Mölle aber, ob er dabei nicht zu viel von sich selbst preisgeben würde? Zudem, Zissel gab ihm seine Überlegungen ja auch nicht bekannt. Wie könnte Zissel reagieren, wenn er meine Gedankengänge wüsste? Mölle schüttelte seinen Kopf, so als wollte er all diese Fragen aus seiner Welt wischen.

Sein Gang wurde jetzt automatisch wieder schneller. In nächster Nähe ertönte ein Kläffen. Und er hörte Schritte. Es sind also noch Leute unterwegs. Jetzt wurde ihm erst bewusst, was für eine dicke weiße Eintönigkeit sich zwischenzeitlich auch hier im Ort zusammengeballt hatte. Mann und Hund oder Frau und Hund waren in der Nebelwand verschwunden. Am liebsten würde ich mich genauso von dieser milchigen Wand verschlucken lassen, und für immer unsichtbar werden, dachte Mölle missmutig.

Als er zu Hause war, nahm er sofort eine Tablette.

Bald war das Magenbrennen vorbei und er atmete auf. Dann tat Mölle etwas, was er sich eigentlich abgeschworen hatte. Er holte aus seinen gut verstauten Reserven eine Zigarre hervor, setzte sich in seinen Ohrensessel und rauchte genüsslich.

Fast wie vor vielen Jahren, dachte er, nur dass niemand wegen des Qualms herumnörgelt. Niemand!

Ein Teil Vergangenes ist doch noch schwer gegenwärtig! Es wühlt erneut in mir. Ich müsste es endgültig abschütteln oder mit einer Schaufel für immer im Grund vergraben können, grübelte er, inhalierte dabei gierig den Qualm und ließ ihn dann durch schmale Lücken zwischen seinen Zähnen hinausströmen. Der Rauch verteilte sich in dem kleinen Wohnzimmer.

Wie stark hatte ihn dieser schmächtige Mann nur beeinflusst. Hatte er ihn daran erinnert, dass er sich seit dem Fortgehen seiner Frau auch oft plötzlich so klein und nichtig vorkam? Und wieso hatte ihn die Anwesenheit des jungen Mannes in eine Art Panik versetzt? Nur, weil dieser damals mit Zissel gesprochen hatte? Vielleicht war das Gespräch ganz und gar unwichtig!

Aber diese Spur von heute! Ich muss sie unbedingt geheim halten.

Warum bin ich nur so nervös? Mölle fand keine Antwort auf seine Gedanken. Dann überlegte er ganz entschieden: Ich werde Zissel nichts über meinen Besuch auf dem Campingplatz sagen. Ich muss mir eine gute Begründung zurechtlegen, falls er durch die Camper doch davon erfahren sollte.

Vielleicht sollte ich es ihm doch mitteilen, meinte er schwankender Gesinnung.

An Markus dachte er nicht mehr.

Diese Nacht brachte Mölle einen unruhigen beklemmenden Schlaf. Ein Traum versetzte seinen Körper in ein schreckliches Angstgefühl. Mölle hörte einen Löwen unter seinem Bett brüllen. Mölles Körper hat sich fast endlos lange starr, wie eingefroren, angefühlt; er war nicht fähig, sich zu bewegen. Der Löwe brüllte ständig weiter, auch Wortfetzen drangen nach oben, die Mölle aber nicht genau verstand. Irgendwann fühlte er, dass sich sein Oberkörper bewegte, und sich weit über die Bettkante beugte. Jetzt konnte er unter das Bett sehen. Doch da lagen, nur zwei große gelbhaarige Pranken mit ausgefahrenen Krallen. Eine Pranke kam langsam auf sein Gesicht zu. Mölles Oberkörper schnellte zurück, er verspürte einen harten Schlag gegen seinen Kopf. Er war an das Bettgestell gestoßen. Die Wahrnehmung kehrte zurück. Doch auch jetzt, nach dem Aufwachen, verspürte Mölle noch ein unangenehmes, ganz ungewöhnlich banges Gefühl.

Sein Schlafanzug war total durchnässt. An seinen Traum erinnerte er sich nur vage.

## Spielball Kripo-Arbeit

Die Morgentoilette brachte Mölle während des Rasierens einen Blick in den Spiegel aber plötzlich auch einen ehrlichen Blick zurück. Er, Kommissar Hartmut Moller, war in seinen jungen Jahren ein flotter, doch ehrlicherweise auch prahlerischer Ehemann. Manch ein Kollege zeigte sich schadenfroh, als seine Gattin trotz des angeblich intakten Zusammenlebens abgehauen war. Nicht zuletzt, weil er seine Ehe als Vorzeigeobjekt gepriesen hatte, was es keinesfalls war.

Ja, damals hieß er noch Moller. Niemand hätte sich getraut, ihn Mölle zu nennen. Bei seinem Umzug nun hierher staunte manch ein Möbelpacker über sein beschädigtes Mobiliar. Er hatte hier noch lange Zeit gehadert. Mit sich und mit der Welt. Und er hatte gewettert. Gewiss nur, wenn er alleine war. Manchmal auch mitten im Wald, bei einsamen Spaziergängen; am liebsten aber beim Steingrabenfelsen. Von dort oben konnte er herrlich weit hinaus und bis ins Schuttertal hinunterfluchen. Oder sogar schreien!

Manchmal einfach: Sonja! Und das tat gut. Mölle fühlte sich dort, freilich in respektabler Entfernung von dem steil abfallenden Hang, mächtig, sogar sehr mächtig, so als könnte er alles Undenkbare meistern. Und niemand könnte ihn je wieder seelisch verletzen.

Mit großer Selbstdisziplin war er allmählich zu einem gemäßigteren Kommissar geworden. Mit „Kommissar Moller" wollte er hier nicht angesprochen werden, es erinnerte ihn zu sehr an seine damalige Tragik!

„Mölle" war ihm als Anrede plötzlich recht angenehm.

„Mölle!" Das war schnell zu Musik in seinen Ohren geworden. Dieser umgängliche Klang gab ihm ein gewisses Gefühl der Verbundenheit. Manchmal, sogar mit Straffälligen. Er fühlte durchaus, dass ihm einige Verhafteten deshalb fast so etwas wie Dankbarkeit entgegenbrachten, weil er ihnen durch seinen Spitznamen eine gewisse Vertrautheit zusprach.

Dieser Tag galt nun ganz dem Halloween-Fall. Mölle erfuhr vom Stationsarzt, dass Markus stabilisiert war.
„Seine Blutwerte waren sehr schlecht, er hatte eine Vergiftung, eindeutig", erklärte der Stationsarzt.
„Wodurch diese ausgelöst wurde, ist noch nicht ganz klar. Wir halten Markus weiterhin schlafend."
„Danke, ist Frau Vorsler gerade hier?"
„Nein", schüttelte der Arzt den Kopf. „Gestern, in aller Frühe, saß sie noch lange am Bett ihres Sohnes, war aber noch vor der Frühstückszeit plötzlich weg. Seither war sie nicht mehr da. Übrigens, das war in Tasche von Markus` Hose."
Der Arzt übergab Mölle ein goldenes Bonbonpapier mit blauen Streifen.
Der Kommissar ging dem sinkenden Blick des Arztes nach; dieser hatte sich auf seine bunten Schuhe gerichtet. Mölle sah ein leicht irritiertes Lächeln auf dem Arztgesicht.

Frau Vorsler war nicht zu Hause vorzufinden. Zumindest reagierte sie auf mehrmaliges Läuten nicht. Weshalb ließ sie ihren Sohn in der Klinik alleine?
Als Mölle die Haustür öffnete, war im Erdgeschoss Herr Ganner gerade dabei vor seiner Wohnungstür die

Schuhe auszuziehen. Er nahm Mölles Gruß nicht ab. Er beeilte sich, in seine Wohnung zu kommen.

Mölle sah zur Wohnungstür gegenüber. Es war kein Name angebracht. Wahrscheinlich steht die Wohnung zurzeit leer, vermutete er, und ging in die oberste Etage, um fest an die Tür zu klopfen.

Die Wohnungstür wurde jetzt tatsächlich geöffnet. Frau Vorsler sah, gelinde gesagt, sehr abgespannt aus, ehrlicher gesagt, sie sah fürchterlich aus. Sie hatte dunkle Augenringe. Ihr Blick war matt und ihre Mundwinkel begrenzten tiefe Furchen. Ob sie immer solch eine fahle Gesichtsfarbe hatte, wusste Mölle nicht. Er sah nur, dass es ihr schlecht ging. Ihre ungekämmten Haare waren glanzlos wie Stroh.

Mölle zeigte seinen Ausweis.

„Kommen Sie herein", billigte Frau Vorsler mit dünner Stimme, nachdem sie einen kurzen Blick auf das Dokument geworfen hatte.

Die Wohnung war nicht sehr ordentlich. Auf dem Esstisch stand noch benutztes Geschirr, nicht nur von einem Tag. Dementsprechend zeigten sich auch Spuren auf Frau Vorslers Küchenschürze. Auf dem Tisch stand eine Obstschale mit angefaulten Früchten.

„Tut mir leid, Frau Vorsler, dass ich Sie in der qualvollen Situation aufsuchen muss. Ich habe sie in der Klinik nicht mehr angetroffen. Weshalb sind Sie denn so früh gegangen?" Sie schwieg und schwieg. Mölle sah in ihr verhärmtes Gesicht.

„Verstehen Sie mich?" Der Kommissar sah nun fest in ihre Augen und machte einen weiteren Versuch.

„Frau Vorsler, können Sie sich vorstellen, dass Markus etwas Vergiftetes bekommen hatte?"
„Nein, ich wüsste nicht von wem und schon gar nicht weshalb. Was wollen Sie denn von mir? Ich habe doch schon alles gesagt!"
Sie hat verheulte Augen, fiel Mölle jetzt auf, während Frau Vorsler weinerlich hinzufügte: „Markus ist doch so ein lieber Junge."

Mit wem ihr Sohn unterwegs war, wusste sie nicht. Mölle dachte, dass sie vielleicht überhaupt zu wenig Ahnung vom Handeln ihres Zöglings hatte.
„Dürfte ich einmal das Zimmer von Markus besichtigen", bat er deshalb. Die Mutter reagierte nervös.
„Weshalb? Denken Sie, da etwas zu finden?"
„Mal sehen", meinte Mölle, „eventuell einen Hinweis."
Solch einen fand er leider nicht. Das Zimmer gab auch keine Übersicht ab. Weder auf den ersten noch auf den zweiten Blick. Er fand in dem Wirrwarr nicht den kleinsten verwertbaren Hinweis.
Lediglich ein kleines verschlossenes buchähnliches Etwas, das an der Schmalseite genau wie ein Buchrücken aussah, fixierte er eingehend. Er schüttelte. Leicht knisternd bewegte sich etwas darin.
„Das steht schon immer hier neben den Büchern", gab Frau Vorsler Auskunft, die streng über Mölles Besichtigung wachte.
„Ich weiß nicht, wo der Schlüssel ist. Wahrscheinlich wurde er verlegt."
Mölle erfragte noch die Adresse von Markus` Vater.
Frau Vorslers Augenlider flackerten.

„Er heißt Assul. Wohnt Richtung Stadt. Aber was wollen Sie bei dem? Ich habe Markus den Kontakt mit ihm verboten. Er will von seinem Vater auch nichts wissen. Der Assul ist kein Umgang für ihn, er ist mehr und mehr heruntergekommen. Er ist ein liederliches Ekel und singt in einer billigen Kneipe. Er müsste für Markus zahlen. Macht er aber nicht! Seine Moneten reichen ihm bestimmt nicht aus." Dann war ihr Auskunftstalent versiegt.

Die Wohnungstür von der Parterrewohnung fiel in dem Moment ins Schloss, als Mölle den letzten Treppenabsatz nach unten zum Hauseingang ging. Er bemerkte wohl, dass hier jemand gelauscht hatte. So, so, du Naseweis, dachte er, wir zwei haben noch Zeit!

Mölles Erstaunen wuchs, als er nach dem etwas ansteigenden Ortsrand bei der Lahrer Vorstadt, zu einem sorgfältig gepflegten Vorgarten kam. Herr Assul öffnet erst auf wiederholtes Klingeln. Der Kommissar stand einem eleganten Mann mit einem gut aussehenden Dreitagebart gegenüber. Herr Assul trug ein dunkelgraues Jackett. Das weiße Hemd darunter unterstrich vorteilhaft die Eleganz.

Mölle fiel auch sofort auf, dass Assuls hellgraue Hose sogar penible Bügelfalten hatte. Er ist also kein Fan von Jeans, dachte er und kam sich dabei schlecht gekleidet vor.

Lu Assul fuhr Mölle an: „Können Sie nicht lesen? Betteln und Hausieren verboten!"

„Mölle, Kriminalpolizei!" Dabei schob er dem Keifenden seinen Ausweis vor die Nase. Herr Assul wurde sehr verlegen.

„Oh, entschuldigen Sie. Bitte treten Sie ein. Weshalb kommen Sie zu mir?"

Jetzt drückte sich Herr Assul sehr gewählt aus.

Mölle staunte jetzt noch mehr. Die Wohnung war sehr modern und äußerst geschmackvoll eingerichtet. Sie war auch sehr sauber, meldeten fix seine Augen. Auf dem Couchtisch stand eine Schale mit bunt eingewickelten Bonbons.

„Herr Assul, Sie haben einen Sohn, namens Markus?"

„Ja, doch weshalb fragen Sie. Hat er etwas angestellt?", wollte Herr Assul erregt wissen. Er lockerte seine Krawatte und fuhr mit den Fingern um den Kragenrand.

Seine Nägel sind gut gepflegt, dies konnte Mölle nicht übersehen. Und seine Hände sahen nach ausreichenden Cremebehandlungen aus. Herr Assuls makelloses Gesicht fiel ihm besonders auf. Es war gebräunt. Von der Sonne oder von der Höhensonne, dachte Mölle. Ich kenne wenig Menschen, die ähnlich gut aussehen, war sein nächster Gedankengang.

Er konnte nicht vermeiden, ein wenig neidisch zu sein. Dieser Mann macht Frauenherzen bestimmt zu schaffen, überlegte er weiter und bemerkte dann, dass dieser Herr Assul ihn äußerst erwartungsvoll ansah.

„Markus liegt im Krankenhaus, die Ärzte wissen nicht genau, was ihm fehlt!" Mölle hätte gerne noch länger über Herrn Assuls Aussehen sinniert.

„Ich habe nichts damit zu tun, das können Sie mir glauben", ging dieser sofort auf Distanz und zog eine

Augenbraue hoch.

„Sie wollen nicht wissen, wieso Ihr Sohn im Krankenhaus liegt? Es interessiert Sie überhaupt nicht?"

„Nein", das war eine entschiedene Ablehnung. „Nun, Kommissar, Sie werden es mir aber trotzdem sagen."

Mölle verhielt sich bewusst ruhig. Er spürte, dass er nur kurz warten musste. Tatsächlich sprach dann Herr Assul weiter.

„Markus war gestern kurz nach Mittag hier. Ich habe ihn wieder rausgeschmissen."

„Weshalb", bohrte Mölle, ging umher und sah sich im Zimmer um. Auch in die Diele warf er einen begutachtenden Blick.

„Weil er schon einige Male versucht hatte, etwas mitgehen zu lassen. Seine Mutter hat ihn schlecht erzogen. Sie ist Markus gegenüber viel zu nachsichtig. Er tanzt ihr auf der Nase herum!"

Mölle war wieder still. Es sah aus, als würde er sein Schweigen genießen. Herr Assul dagegen wurde etwas unruhig.

Das änderte sich aber sofort wieder, als er erklärte: „Er wollte gestern Geld stehlen. Ich habe ihn erwischt."

Jetzt sah Herr Assul Mölle düster an.

„Würden Sie sich bitte setzen, Ihr Schnüffeln gefällt mir nicht", war seine Aufforderung an den Kommissar.

Mölle blieb jedoch stehen und wollte noch wissen: „Sind sie alleine?"

Herr Assul sah ihn aufgebracht an. Er holte tief Luft. Und er änderte seinen Gesichtsausdruck.

„Geht Sie das überhaupt etwas an?"

Mölle grinste: „Berufsgewohnheit. Hat Markus hier Bonbons gegessen?"

Mölle deutete auf die mit Bonbons gefüllte Glasschale. „Nein. Ich habe nichts bemerkt. Na ja, er könnte welche genommen haben. Das wäre typisch für ihn!"

Mölle erklärte nun den genauen Grund seines Besuchs und die Vermutung der Ärzte. Er erwähnte auch das Bonbonpapier, das er vom Arzt erhalten hatte. Herr Assul verhielt sich seltsam still. Mölle bemerkte nur an der Bewegung seiner Wangenknochen, dass dieser Lu die Zähne zusammenbiss und folgerte: Also war Assul doch um seinen Sohn besorgt. Warum zeigen sich Menschen manchmal so hartherzig und sind es überhaupt nicht!

„Wo haben Sie die Bonbons gekauft?"

„Eine Verehrerin hat sie mir geschenkt." Herr Assul zog seine Arme hinter seinen Rücken. Mölles Augenbrauen verschoben sich fragend.

Herr Assul reagierte nun schnell. „Ach so, ich bin Sänger im Moon-Café beim Ortsausgang und bei einigen Damen außerordentlich beliebt."

Eitler Fratz, dachte Mölle. „Und gestern Abend? Darf ich?" Er zeigte auf die Bonbons.

„Bedienen Sie sich. Gestern war ich, wie jeden Abend, von siebzehn bis ein Uhr im Moon-Café. Ich bin der einzige Sänger unter Vertrag und lange vor der Öffnungszeit bereits anwesend. Ich muss meinen Raum selbst säubern und mich dann einsingen. Das dauert."

Der Kommissar eignete sich mit einem Griff mehrere

Bonbons an. Als er fragte, ob Herr Assul einmal mit Frau Vorsler verheiratet war, erhielt er schnell als Antwort: „Oh, ne, bewahre! Ich hatte schon unverheiratet schlimme Jahre mit ihr verbracht."
Nach kurzer Pause kam: „Ich bezahle pünktlich Unterhalt für Markus. Etwas mehr, als ich eigentlich muss. Das reicht!"
„Wie?" entfuhr es Mölle und dachte an Frau Vorslers Anschuldigung. Herr Assul deutete dies als Frage.
„Ich darf mich Markus ja nicht nähern, deshalb stecke ich den Umschlag mit dem Geld gegen Monatsende immer in den Briefkasten. Fragen Sie mal den in der Parterre-Wohnung."
„Wieso sollte ich?"
„Der hat mich nämlich schon öfters gesehen!"
„Ach! Weiß Markus, dass Sie ihn nicht sehen dürfen?"
„Klar, ich habe es ihm gesagt."
„Er kommt trotzdem? Ohne Erlaubnis seiner Mutter?"
Lu Assul nickte. "Natürlich immer mit dem Gedanken, dass etwas für ihn abfällt!"
Mölle wartete wieder ganz kurz.
„Wissen Sie, er hat Augen wie ein Luchs, er sieht sofort, wo er zulangen kann."
Beim Hinausgehen fiel Mölle noch ein: „Übrigens, geschenkte Bonbons mal lieber nicht essen! Ist reine Vorsichtsmaßnahme!"
„Wieso?" Assul überlegte.
„Ach so! Aber Herr Kommissar, ich kann mir nicht vorstellen, dass mir jemand übel mitspielen möchte. Mir doch nicht", war Herr Assul affektiert.

Mölle atmete durch und sah sich scheinbar teilnahmslos um.

Dann kam erwartungsgemäß doch noch: „Melden Sie mir doch bitte, wenn es Markus besser geht."

Als Mölle nun durch die Diele ging, bellte hinter einer Tür ein Hund.

„Sie haben einen Vierbeiner!" Es war eher eine Feststellung als eine neugierige Frage.

„Ja, schon lange Jahre. Der alte Herr ist schon etwas altersschwach. Manchmal ist er sogar total zittrig. Aber er ist lieb."

Plötzlich lachte Lu Assul: „Übrigens, Vorsicht! Sie sollten die Bonbons vielleicht auch nicht essen!"

Mölle wusste nicht genau, ob das auf seine Figur abzielte. Er hob zum Abschied die Hand.

Die Eingangstür knallte zu. Der Kommissar ging gerade erst durch das Treppenhaus, als Herr Assul in seiner Wohnung die Schlafzimmertür öffnete und sagte: „Mädel, du kannst wieder ins Wohnzimmer kommen!"

Dann ging Lu Assul in die Küche, holte lächelnd aus einem Schrank eine große Tüte voller Bonbons, die alle mit buntem Folienpapier eingewickelt waren und den restlichen auf dem Tisch sehr ähnlich sahen.

Er ging ins Wohnzimmer zurück. Sein Hund musste in der Küche bleiben.

Mölle ging zum Revier. Er überlegte fieberhaft, ob er Lu Assul jemals gesehen hatte. Beruflich? Nein, er konnte sich nicht erinnern? Ob Lu der echte Vorname ist. Vielleicht eher Louis! Frau Vorsler nannte ihn stets beim Nachnamen. Einer lügt betreffs der Unterhalts-

zahlung? Assul oder Vorsler? Aus Rache, aus Selbstschutz? Oder? Gibt es wirklich eine Lüge? Auf jeden Fall gibt es zurzeit nichts Verwendbares, was mich gerade weiterbringen könnte. Aber Unaufgeklärtes gab es zuhauf, schloss sein Gedankengang.
Zissel war nicht da.
Mölle dachte, ich muss alles mit Zissel besprechen. Er drehte seinen Finger lange im Nackenhaar. Dann musste er es in entgegengesetzter Richtung entwirren. Es zwickte.
Anschließend versank er in Ermittlungsfieber. Er nahm einen Stift und notierte zuerst nichts. Er zeichnete nur senkrechte Striche mit gleichgroßen Abständen. Jeder Zwischenfläche ordnete er entsprechende Begriffe zu. „Morde", „Vergiftung" oder „Sonstiges" zu.
Eine männliche Leiche, der Frauenmord mit dieser blöden aufgetauchten Perücke, das soll ihn ja laut Zissels Anweisung nichts angehen.
Dann noch eine rätselhafte Vergiftung am Halloweenabend sowie einige scheinheilige Menschen!
Scheinheilig! Wer war das nicht, jeder auf seine Art? Alles schien verhext zu sein. Jahrelang war der Ort doch, bis auf kleine Ordnungswidrigkeiten, wie eine unzerstörbare Idylle und lag vor kurzer Zeit noch in einem Dämmerschlaf, einem scheinheiligen?
Und jetzt steckte er, als Kommissar, mittendrin in diesem Dilemma. In einer schweren Zwangslage von der niemand etwas ahnte, nichts ahnen konnte! Mölle grübelte weiter. Klärte er jetzt schon manches Wichtige auf, wäre es ihm nicht recht, klärte er nicht auf, ist

es gesetzmäßig nicht recht! Fast widerwillig machte er noch einige Notizen, die er auch wieder sorgfältig in seinem Schreibtisch verschloss.

Doern! Wieso muss ich gerade an sie denken, fragte sich Mölle. Er schüttelte den Kopf und lächelte unwillkürlich, weil er just die redselige Verkäuferin in der Bäckerei vor Augen hatte. Auch er durfte ihre Wortgewandtheit schon genießen. Er besuchte die Bäckerei selten, er kaufte öfters im Supermarkt ein.

Doern, dachte er erneut. Oje, natürlich ich muss! Sonst fällt meine Brotzeit heute aus. Sein Weg führte heute also zum Brodel. Schon von Weitem sah er, dass sich der Gemüsehändler gestikulierend im Laden aufhielt. Und Frau Doern war auch nicht die Ruhe in Person.

„Sie hatten jetzt aber eine regsame Debatte", grinste Mölle, als er den Laden betrat und Frau Doerns sowie Herrn Gommlers Lippen sofort verschlossen waren.

„Wieso?" Gemüsehändler Gommler schnellte herum.

„Es sah von außen so aus!"

Frau Doern sagte nur äußerst höflich: „Guten Tag, Herr Kommissar!"

„Schön, dass sie mich noch kennen", gab Mölle süffisant ebenfalls mit „Guten Tag" zurück.

Die redegewandte Frau Doern wusste sich zu helfen.

„Ach, Herr Kommissar, stört es Sie, dass ich Sie noch erkenne? Sie wissen doch sicherlich, dass Sie in aller Munde sind. Wir sprachen auch gerade von den Geschehnissen in unserer sonst ruhigen Ortschaft. Und darüber, was uns allesamt sehr beunruhigt."

„Nun, ja, Frau Doern, lange weilen Sie ja noch nicht im Ort. Sie hörten bestimmt Lobgesänge über sämtliche vorherige ruhige Jahrzehnte." Mölle betrachtete seine Fingernägel.

Frau Doern begann zu lächeln. Nicht plötzlich, sondern sehr gemächlich und wohlgefällig. Aber sie blieb unbeeindruckt, das konnte man deutlich sehen.

Gommler rief Mölle mit sonderbaren Blick zu: „Ich glaube, ich gehe jetzt lieber, bevor ein Kreuzverhör beginnt! Tschüs Doernchen, tschüs Mölle!"

„Tschüs Gommelchen", grinste Frau Doern jetzt ausgeprägter.

„Gommelchen", amüsierte sich Mölle leise nachäffend.

Frau Doern regte sich: „Was darf es denn sein, mein Herr Kommissar? Oder sind Sie nur auf einen Plausch hier hereingekommen?"

„Nein, nein, ich hätte gerne ein Weißbrot. Ein kleines bitte, das reicht mir für einige Tage", wurde Mölle nun bescheiden.

Die Verkäuferin steckte das Brot in eine Tüte. Mölle sah ihr zu. Irgendetwas reizte ihn an der Frau.

„Haben Sie denn neue Erkenntnisse, Herr Mölle, die jeder bereits wissen darf? Ich bin eben ein bisschen neugierig", fügte sie dann hinzu, „und vielleicht könnte ich auch etwas zur Aufklärung beitragen!" Frau Doern war sehr selbstgefällig.

„Leider darf ich Ihnen keine Auskunft geben, vielleicht fragen Sie bei Gelegenheit einmal den Hauptkommissar Zissel."

„Ach ja, werde ich sicher tun, eventuell habe ich bei

ihm mehr Glück. Wissen Sie, wir haben schon große Sorge, nach allem was geschehen ist. Keiner traut mehr so richtig dem andern. Macht Einsvierzig. Schönen Tag noch, Herr Mölle!"
Damit beendete Frau Doern blitzartig das Gespräch, weil sie einsah, dass sie keinerlei Erfolg haben würde. Schade, dachte sie, ich hätte so gerne den neusten Gesprächsstoff gehabt!
Mölle bezahlte wortlos, nahm das Brot, und sagte dann nur: „Tschüs, Frau Doern."
Er ging ein paar Schritte auf den Ausgang zu, bis ihm einfiel: „Wissen Sie Frau Doern, das Schlimmste was uns in unserem Beruf passieren kann, sind mutmaßende Menschen. Auf solche Möchtegern-Detektive könnten wir natürlich verzichten." Damit trat er zur Tür.
Frau Doerns schockiertes Gesicht mit den zuckenden Mundwinkeln sah Mölle nicht mehr, denn er stand vor dem fremden jungen Mann vom Campingplatz. Dieser grüßte verhalten und schob sich an Mölle vorbei.
Mölle hörte, wie Frau Doern erfreut sagte: „Na, mein Jung...!" Mölle hielt noch die Tür fest und verhinderte das Zufallen. Frau Doerns Augen verirrten sich für den Bruchteil einer Sekunde zu Mölle. Dann fügte sie schnell hinzu: „...ger Mann, was darf es denn sein?" Mölle glaubte Frau Doerns befangenen Blick zu sehen, der nochmals kurz auf ihn zielte. Mehr wollte er nicht mehr wissen. Er grinste; die Anrede konnte viel heißen oder auch nichts. Hatte sich Frau Doern versprochen oder war sie sehr gewieft? Egal, wie da der Zusammenhang war, Mölle amüsierte sich.

Aber irgendetwas stimmte im Moment nicht, nur was? Irgendetwas mit dem jungen Mann! Mölles Gefühl scheuerte an seinen Nerven. Er ging grübelnd nochmals kurz in die Dienststelle. Er musste für Zissel ja noch einige Erkenntnisse notieren. Das war seine Pflicht. Nur würden diese Aufzeichnungen nicht ganz denen entsprechen, die gut verschlossen in seinem Schreibtisch lagen. Mölle fühlte eine Art Genugtuung. Aber gleichzeitig war er seltsam nervös und wusste nicht warum. Irgendwie hatte sich Frau Doerns Art in seinem Kopf festgesetzt. Verstand sie sich mit Zissel besser?

Vielleicht wäre es klüger, ihn über seinen Gang zum Hohbergsee zu informieren. Er würde es womöglich von anderer Seite erfahren.

Deshalb schrieb Mölle noch: War neugierigerweise kurz beim Hohbergsee, Camper haben keine aufschlussreiche Beobachtung gemacht!

Mölle wusste: dies war selbstverständlich eine etwas ungenaue Ausführung, doch Zissel würde sich selbst informieren. Nun, es wurde im Ort einiges über Mord und Kripo getratscht! Mölle wusste gut, wie sich eine kleine Vermutung zum Verbrechen aufblähen konnte.

Naja, solange die Leute schwatzen, sind sie gesund! Auch die liebe seltsame Frau Doern! Mit dem Gedanken, gerunzelter Stirn und erhitzten Wangen endete für Mölle dieser Arbeitstag. Er freute sich auf sein Weißbrot.

Kriminalhauptkommissar Zissel war verzweifelt.

Er saß früh an seinem Schreibtisch und hatte seinen

brummenden Kopf in die Hände gestützt.
"Ach, wäre ich nur Tierarzt geworden", seufzte er.
Dies war seit frühen Kindertagen sein innigster Wunsch gewesen. In gewissem Sinne musste er ja auch verarzten; allerdings Menschen, die gesetzmäßig straffällig geworden waren. Nun, zufrieden konnte er eigentlich sein, damit schloss er seinen kurzen, leicht verbitterten Rückblick.
Heute war schon wieder ein ganz schlechter Tag!
Als er vorhin durch den Ort gegangen war, hatte er die missachtenden Blicke der Einwohner gefühlt. Sollte er einmal Stellung nehmen? Sicher würde ihm niemand glauben. Mit Mölle konnte er nicht darüber sprechen. Noch nicht! Zissel hielt es im Büro nicht aus.
Gommler kam ihm entgegen. Er grüßte süffisant.
„Tag, Zissel, wünsche einen schönen Tag und viel Erfolg! Sind Sie bald fündig?"
Zissel ärgerte sich, doch dann fiel ihm ein: „Lieber Gommler, wir haben es nicht so einfach wie Sie. Bei ihren Pflanzen müssen Sie nur wenig bis zu der Wurzel graben. Wurzeln des Übels liegen aber viel tiefer, unsere Suche ist um einiges anstrengender. Vielleicht können Sie mir gedanklich folgen!"
Zissel ging achselzuckend weg. Er war jetzt sehr stolz auf seinen Einfall. Na, dachte er der Tag wird doch nicht so schlecht wie er angefangen hatte!
Gommler war wirklich verblüfft. Der Zissel war ja pfiffig! Er sah ihm kurz nach und musste dann schleunigst zu Isolde.
Zissels Hochgefühl hielt bei der Arbeit leider nicht sehr

lange an. Er war schnell mitten in seiner beruflichen Gedankenwelt. Ihm war der Fall Markus nicht sehr wichtig. Darüber war in der Zeitung sowieso nur ein kleiner Abschnitt erschienen. Der Fall war nicht so spektakulär und wird sich bestimmt leicht klären. Deshalb hatte er diese Bearbeitung Mölle zugeschoben.

Er selbst war mehr an den beiden Toten und an der Perücke interessiert. Diese waren für die Öffentlichkeit die wichtigeren Fälle. Die Menschen waren unruhig, sie verlangten vollständige Aufklärung.

Aber, dazu bräuchte er Mölle. Zumindest hatte dieser sein Gespräch mit den Campern nicht verheimlicht.

Zissel wusste nicht, wie er dieser verzwickten Situation gerecht werden sollte. Den ganzen Tag überlegte er und kam doch zu keinem Ergebnis.

Erst am Spätnachmittag machte der Hauptkommissar sich auf den Weg. Er suchte nach dem Angler. Glücklicherweise fand er ihn auch. „Hallo", begrüßte er ihn, „ich möchte mich nochmals mit Ihnen unterhalten."

„Oh, Herr Kommissar, ich habe Ihnen doch schon alles gesagt. Ich kann wirklich nicht weiterhelfen."

Zissel machte trotzdem noch den Versuch, leider umsonst. Der Angler schwieg. Er hatte andere Probleme. Nur wusste niemand davon.

Das Angeln war nicht seine Hauptbeschäftigung; er hatte fast tägliche Treffs. Das ging doch wirklich niemanden etwas an! Deshalb waren ihm Mord und Perücke so etwas von egal, und alle Nachforschungen erst recht! Er musste eventuell einen anderen Platz suchen. Dabei war hinter dem dichten Schilf ein Treff doch so optimal und vergnüglich! Nach kurzem Überlegen wies der Angler noch leise Zissel darauf hin: „Herr Kommissar, Sie sollten nicht so laut sprechen, Sie verjagen die Fische."

Zissel entschuldigte sich. Und er dachte: Es war heute doch ein schlechter Tag.

Auch der nächste Tag war für Zissel wieder zäh. Seine Schlafzeit war kurz. Er hatte sich müde hinter dem Schreibtisch niedergelassen und seine Schuhe ausgezogen. Er wusste nicht, in welche Richtung er seinen Gedanken Lauf lassen sollte. Er vernahm Schritte. Hört sich nach Mölle an, wusste er!

„Morgen, Zissel", war Mölle gutgelaunt.

„Morgen!" Zissel überlegte kurz, wie er am plausibelsten mit den Problemen beginnen könnte.

„Mensch Mölle, wir kommen nicht voran. Meine Gedanken rutschen ständig sinnlos ab. Überlege mal bitte mit:

1. Beim Wiesen-Toten fehlen jegliche Spuren.

2. Wir wissen noch nicht, um wen es sich handelt.

3. Wir wissen noch nichts über die Tote aus dem See.

4. Zuordnung der durchnässten Perücke erfolglos.

5. Bevölkerungshinweise fehlen leider.

6. Also, wo sollen wir, wo müssen wir noch suchen?

Mölle bekam wegen Zissels Ausführungen einen verdutzten Gesichtsausdruck. Komisch, dachte er, auf einmal spricht Zissel in der Wir-Form. Er hatte doch die Mordfälle an sich gerissen! Er weiß nicht weiter! Mölle punktete: „Zissel, du hast das Auto vergessen!"

„Auto? Wieso Auto?"
„Hast du vergessen? Es steht nicht auf der Liste! Oder wurde es gefunden?"
„Nein", flüsterte Zissel.
Sowohl Zissels Augen als auch sein Körper zuckten.
Aber Mölle hatte allemal seinem Chef gegenüber Loyalität einzunehmen, es war seine Dienstpflicht. Deshalb brachte er auch jetzt abmildernd als Strohhalm.
„Manchmal waren Zufälle schon die besseren Detektive. Wir sollten die Sache nicht so schnell als Misserfolg abtun."
„Es darf niemand von den bisherigen ergebnislosen Ermittlungen erfahren", war Zissel verzagt, „ich traue mich fast nicht mehr außer Haus. Die Leute sind ungerecht. Sie meinen die Aufklärung müsste wie im Film schnell vorangehen. Ich werde hart angegangen."
„Mach dir nichts daraus, Menschen sind so; es gibt viele Besserwisser", wollte Mölle aufbauend sein. Er bemerkte jedoch sofort, dass seine Worte gerade nicht angebracht waren.
Doch zu einer abmildernden Aussage kam er nicht mehr. Sein Chef war rasch in seine Schuhe geschlüpft, war aufgestanden und hatte den Raum ohne weiteren Kommentar schon verlassen.
Mölle nahm seine bisherigen Ermittlungen in Form von Büroarbeit auf. Gegen Mittag kamen Leni und Lars. Leni war jung und erfrischend selbstbewusst. Sie sah flott aus und hatte eine außergewöhnliche Frisur. Seitlich waren die Haare kurzgeschnitten glatt und über den Oberkopf hatte sie Dauerwellen. Sie wollte auffal-

len. Lenis bodenständiger Kollege Lars machte sich oft über Leni lustig. „Hauptsache schräg", war mal wieder seine prägnante Äußerung. Leni konterte: „Deiner Denkerstirn traue ich eigentlich ein höheres Toleranzlevel zu." Lars fuhr sich unwillkürlich über seinen spärlichen Haarwuchs: „Entschuldige bitte, aber dein Haarschnitt reizt mich eben zur Anflachse."
Mölle war belustigt. Es gab auch erheiternde Momente in der Dienststelle. Lars und Leni kamen gut miteinander aus. Mölle bedauerte gerade, dass er nicht mehr ganz so jung war.
„Die bereits gegessenen Süßigkeiten machten keinem Kind sonst Probleme. Alle übrig gebliebenen Bonbons waren einwandfrei. Wenn wirklich Gift zwischen den Süßigkeiten war, dann ausschließlich nur beim Teil, das Markus gegessen hatte", berichtete Leni.
„Rauschgift?", brachte Mölle ins Spiel.
„Nein, keinerlei Hinweis darauf." Leni presste die Lippen zusammen.
Lars meinte: „Es wurde noch nicht einmal der geringste Verdacht dafür gefunden."
„Aber wie kam Markus zu dem Gift? Wie nur?"
Mölle war gerade ratlos. Lars gab einen Hinweis: „Vielleicht beim Bonbon-Austausch! Werner hatte doch Sofia von sich Bonbons abgegeben. Markus hatte sich von Sofias Bonbons genommen."
Mölle überlegte: „Dann hat also entweder Sofia oder Markus irgendwo etwas Giftiges erhalten. Oder schon Werner? Eigenartig ist, dass alle Kinder angeblich die gleichen Süßigkeiten bekommen hatten."

Mölle beschäftigte sich mit einer Haarsträhne.

„Seltsam", überlegte er nochmals laut, „vielleicht war Markus zuvor alleine unterwegs. Oder Werner oder Sofia hatte das giftige Bonbon zuvor erhalten."

„Nein, das ist kaum möglich, alle Kinder waren immer zusammen", wusste Lars.

„Genauso wie die beiden größeren Jungen", fügte er noch hinzu.

„Allerdings stürzte das Mädchen bei einem Herrn Fröhlich im Garten und verstreute dadurch seine Süßigkeiten auf dem Grundstück. Ein Junge half beim Einsammeln", schloss Leni die Recherchen ab.

Mölle stutzte und sagte mehr zu sich selbst: „Wäre das eine Möglichkeit?" Dann fuhr er fort: „Ihr beiden befragt bitte morgen nochmals die Kinder zu diesem Vorfall. Jedes Detail ist von Wichtigkeit. Hoffentlich geht es Markus bald besser." Kurz darauf kam ein Anruf vom Krankenhaus, bei dem Mölle mehr erfuhr.

Durch die erneute Schlagzeile im Ortsblatt erwachte am nächsten Tag der Ort wieder.

In großen Buchstaben war zu lesen:

-- Gift in Halloween-Süßigkeiten? -- Skandalös!

Junge wurde mit einem Bonbon vergiftet! Ärzte kämpfen noch verzweifelt um sein Leben! Herkunft des Giftes ungeklärt. Ermittlungen laufen auf Hochtouren! -

An diesen Morgen hatte die Tageszeitung reißenden Absatz. Nun munkelte der Ort wieder. Und eine ungeheure Empörung machte sich breit. Na, ja, die beiden erwachsenen Toten waren auch sehr schlimm.

Aber Vergiftung eines Kindes! Wie perfide war die

Menschheit! Verdächtigungen aller Art durchzogen die Gespräche des Ortes.

Mölle hatte für verschiedene Einwohner noch allerlei intensivere Fragen. Langsam schälte sich für ihn immer mehr die Erkenntnis heraus, dass Markus doch nicht so lieb war, wie ihn seine Mutter darstellte. Mölle überlegte: Wurde Markus gezielt als Opfer ausgesucht? Aus Rache?

Irgendein merkwürdiges Gefühl trieb den Kommissar nochmals zu Frau Vorsler.

Diese war total aufgelöst, hatte ein überhitztes Gesicht und ihre Augenlider flackerten. Auf Mölles höfliche Frage, wie es ihr ginge, kam nur kurz: „Beschissen."

An ihrer Wollweste hatte sie die Knöpfe nicht exakt geschlossen. Oben war auf einer Seite ein Knopfloch zu viel und an der unteren Seite gab es einen Knopf mehr. Auf diesen blickte Frau Vorsler immer wieder ungläubig und nestelte ständig mit unruhigen Fingern daran. Offenbar überlegte sie krampfhaft, wo dieser zusätzliche Knopf herkam.

Dann schrie sie unvermittelt den Kommissar an und beschuldigte wirr durcheinander ihre Nachbarn, Schulkameraden ihres Sohnes und natürlich wie immer ganz besonders Lu Assul. Es klang am Ende ihres Ausbruchs fast so, als wäre es ihr am liebsten, wenn Herr Assul der Verantwortliche für Markus` Zustand wäre.

Mölle erschnüffelte bei Frau Vorsler den Alkoholgeruch. Er hatte eine gute Nase. Und er wusste nun, dass er sich keine verwertbare Aussage erhoffen

konnte. Deshalb verabschiedete er sich bald wieder, sagte aber noch im Hinausgehen: „Herr Assul hat behauptet, er würde für Markus Unterhalt zahlen. Und zwar pünktlich!"
Mölle hatte eine andere, eine noch heftigere, eine noch gereiztere Reaktion von Frau Vorsler erwartet. Doch sie sagte nur noch leise: „Bitte gehen Sie!"
„Schließen Sie die Knöpfe ihrer Weste noch richtig", konnte sich Mölle nicht verkneifen.

Zu einem günstigeren Zeitpunkt würde er nochmals Markus` Zimmer genauer durchsuchen. Das war Mölles Gedankengang, als er die Treppe hinunterging. Frau Vorsler kam zum Treppenabsatz hinterher und rief laut: „Dieses Jahr Markus, letztes Jahr wurde der Ganner angegriffen. Und die Kripo findet nie einen Täter! Für was werdet ihr eigentlich bezahlt?"
Da sich Mölle nicht mehr umdrehte, ging Frau Vorsler in ihre Wohnung. Kurz bevor oben die Tür zuknallte, glaubte er noch ein kurzes „Blödmann" von Frau Vorsler zu hören.

An Herrn Ganners Wohnungstür bewegte sich gerade noch die Klinke. Gelauscht? Das hatten wir doch schon einmal, erkannte Mölle die Situation und nützte die Gelegenheit. Er klopfte. Die Tür öffnete sich nur langsam. Der Kommissar war flink.
„Kommissar Mölle, ich muss Sie sprechen."
Ganner hätte die Tür gerne wieder zugedrückt, aber Mölles Fuß verhinderte deren Schließen. Herrn Ganner blickte durch den Türspalt und dann auf Mölles Fuß und anschließend in Mölles Gesicht.

Ungeachtet dessen erzwang sich Mölle langsam mit etwas Kraft den Eintritt. Und Herr Ganner schloss die Tür wieder blitzschnell.

„Können wir uns setzen?", fragte Mölle.

„Bitte, kommen Sie."

Ganners Mobiliar deutete auf langen Gebrauch hin, es hatte schon matte Schattierungen.

„Sie hatten die Bonbons eingesammelt und zu Frau Vorsler hochgebracht?"

„Ja", bestätigte Herr Ganner nervös.

„Und auch den Hut, wie ich erfahren habe."

Erneut kam von Ganner: „Ja."

„Haben Sie sonst etwas wahrgenommen? Haben Sie Stimmen gehört?"

„Nein... nur...", dabei deutete der Bewohner nach oben, sprach aber den Satz nicht zu Ende. Dieser Ganner war offenbar kein Mann vieler Worte. Höflicherweise schob er Mölle endlich einen Stuhl zu.

„Danke. Und sie haben niemand gesehen?" Ging das Verhör weiter.

„Nein!"

„Frau Vorsler sagte vorhin, Sie wären letztes Jahr an Halloween überfallen worden."

„Ja."

„Haben Sie Anzeige erstattet?"

„Nein, nein", schüttelte Herr Ganner den Kopf und strich sich dann über sein graues Haar. Sein Blick irrte in alle Richtungen.

„Hatten Sie damals einen Verdacht, wer es gewesen sein könnte?"

„Nein! Ich wurde niedergeschlagen", kam noch leise.
„Und sie haben nicht erkannt, wer es war?"
„Nein, nee", bekräftigte er.
„Verheimlichen Sie etwas?", bohrte Mölle.
„Nein." Ganners Hände schossen nach oben.
„Wurden Sie ausgeraubt?" Ganner wurde nervöser.
„Nein, nee, nee!"

Mölle sah Ganner nun sehr aufmerksam an. Er log, das war offensichtlich. Mölle überlegte, wie er diesen Mann aus der Reserve locken könnte. Da fiel sein Blick auf die Glasschale auf dem Küchenschrank.

„Essen Sie gerne Bonbons, Herr Ganner?"
Jetzt wurde Herr Ganner tatsächlich gesprächiger.
„Nein, überhaupt nicht. Ich bekomme oft welche geschenkt, mein Sodbrennen hält mich jedoch von Süßigkeiten fern. Deshalb schenke ich die Bonbons einfach weiter. An alle möglichen Leute."
„Und an die Unmöglichen? Auch an Markus?"

Mölle bearbeitete Ganner immer noch und wunderte sich über seine nun ausgiebigeren Antworten.

„Manchmal ja. Nun schon länger nicht mehr. Ich sehe Markus kaum. Wir begegnen uns oft wochenlang nicht", und er fügte noch an: „Ich gehe nicht gerne außer Haus." Jetzt sah er tatsächlich ein bisschen schamhaft aus,

„Was sagten Sie, weshalb sie letztes Jahr keine Anzeige erstattet hatten?"

Herr Ganner erschrak, war jetzt aber blitzartig auf der Hut. Wenige Sekunden später hatte er eine Lösung.

„Darüber hatte ich noch nichts gesagt. Doch zu Ihrer Information, ich wollte einfach nicht in die Öffentlichkeit. Es war ja nichts weiter passiert, wenigstens nichts Schlimmes."

„Niedergeschlagen? Und nichts Schlimmes passiert? Na, Herr Ganner, Sie sind ja gut!"

Mölle fühlte sich auf der richtigen Spur. Ganner war nun so beunruhigt, dass eine Hand ständig in Bewegung war. Entweder kreiste sie über die Tischplatte oder sie strich über Ganners Oberschenkel. Zudem schaukelte Ganners Körper einmal zur linken dann zu rechten Sitzhälfte. Solch ein Verhalten war für den Kommissar der eindeutige Beweis für Lügen.

„Danke, Herr Ganner."

Mölle stand auf und bemerkte Ganners Aufatmen.

Bei geöffneter Wohnungstür sagte Mölle noch laut: „Ach, Herr Ganner, Sie müssen wegen Markus nicht lügen. Ich habe schon viele unschöne Begebenheiten erzählt bekommen, die Markus in einem schlechten Licht zeigen."

Als Mölle in den Flur trat, fiel ihm noch eine Frage ein: „Herr Ganner, steht die Wohnung gegenüber leer?"

„Ne, ne, da wohnt seit kurzer Zeit eine Dame", gab Ganner nun wohlgefällig Auskunft.

„Ich kenne sie nicht. Sie wohnt noch nicht lange hier."

Im oberen Stockwerk wurde geräuschvoll eine Wohnungstür geschlossen. Mölle begriff.

Aha, eine Lauscherin, dachte er amüsiert und schritt auf die Straße.

## Aufregende Verhältnisse

Frau Vorsler stand schreiend vor Assuls Haus.

„Mach sofort die Tür auf, Assul, Du Mistkerl, oder ich rufe die gesamte Nachbarschaft zusammen!"

Lu Assul betätigte den Türöffner. Sie hatten sich lange nicht gesehen. Natürlich war Lu klar, weshalb sie bei ihm auftauchte.

Trotzdem fragte er: „Was willst du, Meta? Posaune hier nicht so herum! Komm ins Wohnzimmer!"

„Nein, ich möchte in die Küche." Frau Vorsler ging dem Parfümduft nach.

„Dachte ich mir`s doch!"

In der Küche saß eine gut geschminkte Frau, die ihren Kopf vor Frau Vorslers Eintreten etwas zur Seite drehte. Sie trug einen flachen Hut, dessen leichter Schleier über eine Gesichtshälfte fiel. Auf dem Tisch standen zwei Sektgläser. Eines zeigte Lippenstiftspuren.

Frau Vorsler blieb entgeistert stehen. Auch die Besucherin war erschreckt und drehte ihren Kopf noch mehr zur Seite. Die Luft reicherte sich förmlich mit Entrüstung an. Lu Assul war es unangenehm, er wusste gerade nicht, was er in dieser prekären Situation sagen sollte.

„Sie werden Ihre helle Freude an dem Halunken haben", fauchte Frau Vorsler plump und deutete auf Lu Assul. Dieser hatte sich zwischenzeitlich wieder gefangen und fragte nun seltsamerweise sehr gefasst: „Was willst du?"

„Was erzählst du dem Kommissar? Mein Sohn stiehlt nicht", explodierte Frau Vorsler.

„Dein Sohn?" Lu Assul hob seine Stimme und seine Augenbrauen schoben sich in die Stirn.

„Ich habe auch etwas Anteil an Markus. Und trotzdem behaupte ich, er stiehlt. Jedenfalls bei mir, ob du es wahrhaben willst oder nicht!"

Dann drehte er dieser immer noch mit allerlei unschönen Ausdrücken wütenden Frau Vorsler den Rücken zu, griff zum Sektglas und nahm einen Schluck.

Lu Assul ahnte, dass ihr Redefluss noch nicht erschöpft war. Aber er wusste auch immer noch, wie er Meta richtig ärgern konnte.

„Er ist nicht…..dein Sohn", kreischte sie am Schluss ihrer rohen Geschwätzigkeit, „du kümmerst dich ja um nichts!"

Lu Assuls Rücken blieb Richtung Frau Vorsler. Er fuhr mit dem Finger über den Rand des Sektglases, es quietschte. Lu presste erst seine Lippen zusammen. Dann konterte er.

„U n s e r  Sohn war mir immer willkommen, bis zu dem Zeitpunkt, als er mich bestehlen wollte. Hast du ihn dazu veranlasst?"

Dabei blinzelte er mit einem Auge zu seinem Damenbesuch. Von da kam keine Reaktion. Meta Vorslers Beschimpfung ging weiter.

„Spinnst du? Das ist eine böswillige Unterstellung. Er war nicht bei dir. Du bist ein verlogenes Schwein!" Frau Vorsler wurde schrill.

„Mäßige dich, wir sind hier nicht so unkultiviert wie du! Markus war oft hier, wenn es auch nicht in deinen behämmerten Kopf geht." Auch Lu Assuls Ton wurde um einiges rauer.

„Du hast wohl nicht das uneingeschränkte Vertrauen unseres Sohnes."

„Wieso?" Frau Vorsler bebte.

„Überlege mal, er hätte dir sonst erzählt, dass er zu mir kommt!" Lu hatte sich dabei wieder zu Frau Vorsler umgedreht, die nun wütend ihre Hände ballte.

"Er war nie hier, du lügst. Er weiß, dass du keinen Unterhalt zahlst." Sie redete sich immer mehr in Rage.

„Du bekommst das Geld immer pünktlich, ich stecke es in einem neutralen Umschlag jeden Monat in deinen Briefkasten. Wie abgesprochen."

Lu Assul zwang sich zur Ruhe, obwohl sich sein Pulsschlag erhöhte.

Meta Vorsler tippte sich mit dem Finger gegen die Stirn. Dann sagte sie in Richtung der Besucherin.

„Er ist wirklich ein ekelhaftes Schwein, glauben Sie mir. Lassen Sie Ihre roten Krallen von ihm!"

Lu Assul verzichtete auf jede weitere Bemerkung.

Er schob Frau Vorsler schon schleunigst mit: „Komm` nie wieder hierher!" über den Flur und zur Tür hinaus.

Lu wandte sich wieder seinem Besuch zu.

„Das war einmal meine große Liebe. Manchmal kann ich es kaum glauben, dass ein Mensch sich so wandeln kann. Jedoch auch ich habe mich gewandelt!"

Der letzte Satz war so leise von ihm gesprochen, dass er kaum hörbar war.

Die Welt hält allerlei Überraschungen bereit, sogar noch nach langer Zeit, dachte Lu noch. Er gab er sich einen Ruck.

„Aber jetzt zu Ihnen, schönes Mädchen! Was machen wir nun bloß mit diesem angefangenen Tag?" Dann holte er erneut eine Flasche aus dem Kühlschrank.

Liana Mader kam verspätet von der Arbeit nach Hause. Ihr Mann sah verwundert von seiner Lektüre auf: „Du riechst nach Hund!"
„Ich? Ach so, natürlich. Ich habe vorhin Frau Wenzel mit ihrem Dackel getroffen."
„Ach ja?" Gustl Mader gab sich nicht ganz zufrieden.
„Hast du den Hund auf dem Arm gehabt?"
„Nein, ich habe ihn längere Zeit gestreichelt. Du, Gustl, haben wir nach dem Abendbrot etwas Besonderes vor?" Damit wechselte Liana das Thema.
„Nein, wieso?" Herr Mader wunderte sich, denn normalerweise gab es abends sowieso nie ein gemeinsames Programm. Wenn er keinen Spaziergang machte, war er in seine Bücher versunken. Und Liana? Ach, die macht irgendwas, überlegte er.
„Gustl, ich würde gerne mit Rosi ins Kino gehen."
„Ja, geh nur! Dann vertrete ich mir vielleicht später noch etwas die Füße."
Das „Um-den-Block-laufen" war für ihn zur Gewohnheit geworden, wenn Liana außer Haus war. Nachts gefielen ihm hell erleuchtete Fenster außerordentlich. Und bestens einschlafen konnte er durch die Bewegung später auch. Zudem hatte er draußen Muße, um über den zuvor verschlungenen Lesestoff nochmals nachzudenken, weil er abends nur selten noch Menschen antraf. Bis auf Frau Wenzel mit ihrem Hund. Mit ihr hielt er stets gerne einen langen Plausch.

Denn auch Frau Wenzel las mit Vorliebe, das wusste Herr Mader.

Sie war auch seine netteste Nachbarin!

Was nun Literatur betraf, stand sie mit Herrn Mader quasi auf einer Ebene und er konnte sich gut mit ihr darüber unterhalten. Viel besser, als mit seiner eigenen Frau.

Liana war bereits umgezogen. Ihr Mann legte sein Buch weg und sah erstaunt zu ihr.

„Oh, es ist lange her, dass du so schmissig gekleidet warst. Fürs Kino? Da ist es doch dunkel!"

„Du schaust mich selten an, bevor ich ausgehe! Möchtest du, dass ich mich umziehe?"

„Nein." Nach einem kurzen Kopfschütteln vertiefte Herr Mader sich wieder ins Buch.

Liana wunderte sich, dass ihr Mann überhaupt vom Buch aufgesehen hatte.

Als sie schon am Weggehen war, rief ihr Gustl nach: „Liana!"

„Ja, was ist?"

„Ich weiß nicht, ich fühle mich schuldig!"

„Schuldig, weshalb Gustl? Wegen mir?"

Gustl verstummte. Er senkte den Kopf und schwankte, ob er seiner Frau nicht schon zu viel gesagt hatte.

„Gustl, was ist denn mit dir los?" Lianas Stimme klang drängend. So kannte sie ihn nicht.

Ob er etwa auf ihre Freigänge anspielte. Hatte sie seine Zugeständnisse zu sehr ausgenutzt?

Hatte Gustl ihr nachspioniert? Zum Glück erfuhr sie schnell, dass ihn wohl etwas anderes bedrückte.

Ganz kurz sagte er nur noch: „Du Liana, weißt du, ich glaube, das Gift war für den Hund gedacht."
„Ja, vielleicht. Oder sicher", bestätigte Liana und fuhr dann fort: „Aber das braucht uns nicht zu belasten."
„Meinst du?"
„Natürlich, Gustl, der Kommissar wird schon die Wahrheit herausfinden. Befasse dich doch nicht mit Sachen, die du nicht verursacht hast! Ich muss jetzt gehen, sonst kommen Rosi und ich zu spät ins Kino. Tschüs! Bis später."
Nach einiger Zeit suchte Gustl nach der Telefonnummer von Rosi Egger und rief dort an. Es nahm niemand ab. Er hätte Liana gerne nochmals kurz gesprochen. Am Telefon wäre die Aussprache viel einfacher gewesen.
Mölle hatte sich für den Abend ebenfalls umgezogen.
Selbst seinen normalen Anzug fand er zu elegant. Er wollte jedoch in dem Moon-Café heute einigermaßen gut gekleidet sein. Sicher sind viele Gäste noch aufgepeppter als ich!
Mölle überlegte, weshalb er sich so unähnlich vorkam. Nun ja, es war nicht seine gewohnte Fläche, auf der er sich bewegte. Überhaupt verschaffte ihm Ausgehen ein wunderliches Gefühl.
Als er das Café betrat waren erst wenige Gäste anwesend. Er setzte sich etwas unsicher in eine Ecke der Bar. Dann sah er sich gründlich in den Räumlichkeiten um. Der Kellner brachte seinen Drink.
„Ist der Sänger jeden Abend hier?", wollte Mölle von ihm wissen.

„Lu Assul? Ja, meistens", die Antwort war für Mölle nicht zufriedenstellend.
„Wann hat er dienstfrei?"
„Weiß ich nicht, meine freien Tage wechseln ständig", wollte sich der Kellner aus der Schusslinie bringen. Er kannte den Kommissar nicht. Und er kannte auch Mölles Ausdauer nicht. Dieser wies sich nun aus.
„Kripo! Waren sie an Halloween hier?"
„Ja."
„Herr Assul auch?"
Die Antwort des Kellners kam stockend.
„Also war er nicht da?", fragte Mölle eindringlicher.
„Doch, ich glaube aber, Lu kam etwas später."
„Viel später?", klopfte Mölle weiter an.
„Weiß ich nicht mehr! Ich kontrolliere ihn doch nicht! Ich muss jetzt", kam vom Kellner und er wandte sich seiner Arbeit zu.
Mölle tat desgleichen, indem er seine Ohren spitzte.
Sein Hörvermögen war außerordentlich gut, besonders wenn er etwas wissen wollte. Listig hatte er sich so platziert, dass er in der Ecke der Bar kaum gesehen werden konnte. Auch nicht von den beiden Damen, die sich derzeit nicht gerade leise unterhielten.
„Rosi, ich habe Gustl gesagt, dass wir ins Kino gehen. Und vielleicht noch irgendwo etwas trinken."
„Und wenn er dich nach dem Film fragt?"
„Das wäre das erste Mal, dass er sich danach erkundigt. Wenn doch, erzähle ich ihm einfach irgendetwas. Er weiß nie, welcher Film gezeigt wird."
Die beiden Damen nahmen kaum andere Gäste wahr,

zu sehr waren sie in ihr Gespräch vertieft.
Mölle ließ seine Augen über den für ihn uninteressanten Saal gleiten.
Erst dann lauschte er wieder dem Gespräch der beiden Damen. Gut sehen die beiden aus, dachte er.
„Rosi, ich könnte dies nicht aushalten. Wieso behandelt dich dein Mann so abfällig?"
Rosi zuckte mit den Schultern. „Ich weiß nicht, ob er wirklich immer so Hals über Kopf weg muss. Ich bin misstrauisch geworden."
„Ich denke, da hast du vielleicht auch guten Grund dazu. Was sagen denn seine Kollegen? Hast du nicht nachgeforscht?"
Rosi wurde leiser und ihre Stimme sehr undeutlich: „Ich habe mit keinem darüber gesprochen. Ich schäme mich einfach nur. Stell dir vor, er hintergeht mich wirklich. Seine Kollegen wissen dann sicher davon. Ich will mich nicht blamieren und mich als dumme unwissende Gans darstellen."
Es entstand eine Pause. Da wurde Rosi plötzlich patzig: „Ich möchte nie mehr über meinen Mann und meine Ehe angesprochen werden, nie mehr, auch von dir nicht!"
Liana sah erschrocken auf. „O.K." beschwichtigte sie, „O.K., O.K." Dann entstand eine lange Pause. Die Bar füllte sich. Bald waren die beiden Frauen von Menschen umgeben. Liana und Rosi hingen jetzt ihren Gedanken nach. Plötzlich griff Liana nach Rosis Arm. „Schau doch mal, wer gerade zur Tür hereinkommt."
Rosi sah unwissend zum Eingang. „Und?", fragte sie.

„Du das ist der junge Mann aus der Bäckerei! Habe ich dir nichts erzählt?" Rosi schüttelte ihren Kopf. „Nein, oder?"

„Vielleicht weiß ich es nicht mehr", sagte sie nach einer Pause.

„Aber Liana, wenn er so jung ist wie er aussieht, ist er entschieden zu jung für dich!", konnte Rosi nicht umhin, ihre Kollegin altersmäßig etwas in ihre Schranken zu weisen.

Liana verfolgte den Weg des Mannes ungeniert mit ihren Augen. Sie war mit Denken beschäftigt: Er sieht irgendjemand ähnlich! Dann sah sie dem Mann nochmals direkt in die Augen. Lange hielt sie seinem Blick stand. Erst als der junge Mann überhaupt nicht reagierte, drehte sie unsicher ihren Kopf weg. Vielleicht ist er wirklich viel zu jung, dachte Liana noch.

„Rosi", begann sie dann, „weißt du, was ich gerne wissen würde?" Sie sah zu ihrer Kollegin. Doch Liana bemerkte sofort, dass ihre Frage ins Leere gegangen war. Rosi sah nur stur vor sich hin, denn sie war in ihre eigenen Probleme vertieft. Sie dachte: Ich werde weder Liana noch sonst jemandem sagen, dass ich schon längst geschieden bin. Ich muss aber vorsichtig sein; ich darf mich nicht ungewollt verplappern.

Dann schob Rosi ihre Gedanken weg. Dieser junge Mann stellte sich ausgerechnet neben ihr an die Theke, wo soeben eine Lücke freigeworden war.

„Ein Bier, bitte!" Seine Stimme war kräftig.

Rosi schwankte, wie sie sich verhalten sollte. Sie fühlte in sich eine unbegreifliche Nervosität.

Liana stupste Rosi energisch mit ihrem Ellbogen.
„Heute ist er besser gekleidet!" Rosi reagierte nicht.
„Sprich ihn doch an, frage mal, was er hier bei uns macht" wurde Liana deutlicher.
„Frage ihn doch selbst. Ich tausche gerne den Platz mit dir", Rosi war jetzt verärgert.
Sie stand wütend auf und stellte sich an Lianas andere Seite. Auch Mölles Augen waren jetzt wachsam auf den jungen Mann gerichtet. Und auf Frau Mader.
Liana hatte nun freien Blick und schielte ständig zu ihrem Nachbarn, der sich aber für sie nicht interessierte. Mölle überlegte: Diese Rosi ist nicht so leicht zu durchschauen, wie ihre Arbeitskollegin. Liana ist eine lebhafte Frau. Sicherlich ist sie etwas lebenshungrig, dachte Mölle. Naja, sie hat ja einen älteren Gatten!
Nach diesem Gedanken wollte Mölle bezahlen und erhob sich. Er hatte genug gesehen, eine Bar war nicht mehr seine Welt. Er hatte andere Interessen.
Rosi schob sich an ihren vorherigen Platz zurück. Ihre Augen streiften dabei die des Kommissars. Sie zuckte zusammen. Aber ganz kurz nur, dann drehte sie rasch ihren Kopf weg, so als hätte sie ein schlechtes Gewissen.
Mölle nahm dies amüsiert wahr. Er beobachtete noch, dass der junge Mann von den Damen immer noch keine Notiz nahm. Es tut sich nichts, folgerte Mölle. Dies war sowieso nicht mehr möglich, weil Rosi, als sie wieder saß, dem Mann ihren Rücken zudrehte.
Dann gab es doch noch für Mölle etwas äußerst Interessantes. Auch der junge Mann drehte sich jetzt weg,

wobei sein Ellbogen quer über Rosis Rücken strich. Rosi reagierte nicht.
Oh, fand Mölle, das war Absicht von ihm. Na, denn, liebe Frau Mader, der Abend verläuft wahrscheinlich nicht nach Ihren Wünschen!
Aber er verläuft auch nicht nach meinen Erwartungen, sah er ein. Deshalb legte Mölle sein Geld auf die Theke und schritt endgültig rasch in die kühle Nachtluft.
Draußen stoppte er jäh.
„Solch ein Zufall, Herr Assul, weshalb kommen Sie jetzt erst? Ich habe schon lange Zeit auf Sie gewartet!"
Lu Assul war keinesfalls verlegen.
„Ach, guten Abend, Herr Kommissar. Ich freue mich, dass Sie meinen Gesang hören wollen."
Er klopfte Mölle auf die Schulter, als wären sie alte Freunde und fuhr fort: „Ich war bereits um siebzehn Uhr in meinem Raum. Dann habe ich die Girls begrüßt, musste aber nochmals schnell nach Hause. Ich hatte meinen Text vergessen. Zum Glück ging ich nochmals zurück, denn mein Hund hatte sich übergeben. Doch ich habe alles schon wieder auf Glanz."
Mölle erwiderte nur: „Was Ihnen alles einfällt!" Dann ließ er Lu Assul stehen.
Dieser sah Mölle lange nach und runzelte seine Stirn. Auch noch als er den Moon-Club betrat. Kurz danach nahm Herr Assul seine Arbeit auf. Er sang.
Rosi konnte nicht umhin, sie musste Liana necken: „Da, der Sänger, er würde doch bestens in dein Schema passen, ich denke zumindest vom Alter her."
Liana zog die Augenbrauen hoch. Sie rechtfertigte

sich: „Du, ich bin verheiratet."
„Das bemerkt man nicht sehr oft", Rosi zwinkerte mit den Augen, grinste und hüstelte unnatürlich. Ab und zu konnte sie so treffend direkt sein.
Liana fühlte sich genervt.
„Entschuldige mich Rosi, ich muss mal schnell raus."
Rosi hatte sich heute besondere Locken gedreht. Das war ihre Ausgeh-Frisur. Sie war gut geschminkt, aber auch das war die Ausnahme. Jetzt drehte sich Rosi zu dem jungen Mann um. Er lächelte Rosi an und sie lächelte zurück. Der Kellner sah den Augenkontakt der beiden. Jetzt nickten sie sich sogar kaum merklich zu. Der Kellner wunderte sich, denn die beiden hatten kein Wort miteinander gesprochen. Das Lächeln stand immer noch bei Rosi auf den Lippen, als der Mann aufstand und bezahlte. Er blieb noch kurz an der Theke stehen und sah nochmals zu Rosi. Sie reagierte nun nicht mehr.
Lu Assul legte gerade eine Pause ein. Der junge Mann ging auf den Sänger zu, wechselte einige Worte mit ihm, sah nochmals zur Theke und ging dann schnell auf den Ausgang zu. Lu Assul wusste nun, welches Lied er als nächstes zu singen hatte.

Liana sah sich nach ihrer Rückkehr um. Der nette Mann war leider weg und Rosi hatte ihr Glas ausgetrunken. Lu sang wieder. Dabei kam er immer wieder in Richtung Theke auf die beiden Frauen zu. Rosi war verstummt. Ihre Augen schimmerten feucht.
„Möchtest du gehen?", stellte Liana in den Raum und deutete auf Rosis Glas. Rosi reagierte nicht. Auch

nicht, als Liana ihre Frage etwas lauter wiederholte. Erst beim noch lauteren dritten Anlauf von Liana klappte die Verständigung.

„Nee, von mir aus können wir noch ein bisschen bleiben." Liana schwieg.

„Auch wenn dein Begehrenswerter schon weg ist?", fügte Rosi mit einem gewissen Unterton in der Stimme noch hinzu.

Liana überging diese Bemerkung und rief den Kellner. „Bitte noch zwei Campari-Soda!"

Dann wollte Liana wissen: „Du, Rosi, kennst du diesen Sänger?"

„Warum sollte ich ihn kennen?" zuckte Rosi mit den Schultern.

Damit war ihr Gespräch für lange Zeit beendet. Jede nippte schweigend am Glas und hörte offenbar aufmerksam Lu Assul zu. Rosi gab schlechthin nur den Anschein vom Zuhören. Ihre Gedanken waren bei den Vorfällen der letzten Tage. Und komischerweise war auch Liana nun sehr in sich gekehrt. Sie hatte wohl gespürt, dass sich ihre Arbeitskollegin nicht mehr unterhalten wollte.

„Möchtest du nach Hause, Rosi?"

„Ja, wenn es dir nichts ausmacht", Rosi sprach leise.

Als die beiden Frauen bald darauf das Lokal verließen, trafen sie keine Fußgänger mehr. Es war sehr dunkel. Viele Fenster der Häuser waren nicht mehr erleuchtet. Autos jedoch fuhren selbst in dem kleinen Ort noch zur Genüge an ihnen vorbei.

„Lauter Spätheimkehrer, wie wir", witzelte Liana.

Dann kamen sie in das Wohngebiet, das seitlich der Hauptstraße lag.

Die Kolleginnen vernahmen plötzlich Schritte, die wie drohend durch die Nacht hallten.

Liana drehte sich kurz um und murmelte dann: „Es ist niemand zu sehen."

„Liana", entschied Rosi, „komm, lass uns rascher gehen, die Schritte hören sich unheimlich an."

Und schon hatte Rosi ihren Schritt beschleunigt, so dass Liana einfach das Tempo übernehmen musste, denn ihre beiden Arme waren fest eingehakt.

Liana war mutiger: „Bleib ruhig, wenn jemand etwas von uns wollte, würde er nicht so geräuschvoll auftreten." Und sie nahm einen kleinen Schirm aus ihrer Tasche. „Lassen wir ihn doch vorbeigehen, wir sind schließlich zu zweit", machte sie einen Vorschlag.

„Nein", zischte Rosi so heftig, dass Liana keine Gegenrede mehr geben wollte.

„Ich kann dich noch ein Stück begleiten", bot Liana an, und dachte, Rosi ist ängstlich.

„Nein, ich glaube, das ist nicht nötig. Ich bin ja gleich zu Hause", antwortete Rosi nun tapfer.

Da mischten sich plötzlich zu den Schritten des Verfolgers weitere Schritte. Die Frauen hörten ein leises Sprechen. Dann entfernten sich die Schritte.

„Na, also, Rosi, vielleicht wäre es schön gewesen, die beiden kennenzulernen. Es war alle Angst umsonst", ermunterte Liana.

„Aber Liana, ich war anfangs wirklich erschrocken. Man kann heutzutage doch nicht mehr wissen!"

Rosi vervollständigte den Satz nicht mehr. Liana war befremdet, Rosis Stimme hatte einen seltsamen Klang, der nicht einzuordnen war. Irgendetwas war jetzt bei Rosi anders, seltsam anders, fand Liana.
„Komm` gut nach Hause, Rosi!"
„Danke Liana, du auch."

Dass ihre Kollegin es nun überhaupt nicht mehr eilig hatte, bemerkte Liana nicht mehr. Bereits nach kurzer Zeit waren wieder Schritte hinter Rosi. Seltsamerweise zeigte sie kein Angstgefühl mehr, im Gegenteil. Als die Schrittgeräusche ganz nahe herangekommen waren, hörte Rosi: „Geht es Ihnen ordentlich?"
„Ja, alles im Lot! Danke! Vielen Dank!" „Für alles", fügte sie noch schnell hinzu .
„Keine Ursache, schlafen Sie gut!"
Danach war absolute Stille. Rosi vernahm nur noch ihre eigenen Schrittgeräusche.

Durch das plötzliche Alleinsein wurde Rosi Egger traurig, sogar fast ein bisschen verzweifelt. Sie versuchte diese Gefühle zu unterdrücken und auch das erneute Feuchtwerden ihrer Augen. Sie summte deshalb ganz leise eine Melodie, die sie ohne zu überlegen angestimmt hatte. Doch dadurch bekam sie keine Ermunterung. Die Töne drückten schwer auf ihre Schultern. Sie schluchzte kurz. Es ist das falsche Lied, verspürte Rosi, es erinnert mich doch nur an frühere Zeiten. Der Widerhall in ihrem Gefühl war fast unerträglich.

Liana dagegen hing, bereits in einiger Entfernung, total anderen triftigen Gedanken nach.

Sie wägte ihre Zukunftsmöglichkeiten ab. Und, dass sie eigentlich überhaupt noch nicht nach Hause gemocht hatte. Warum musste ich auch Rosi danach fragen, ärgerte sich nun Liana. Aber, sinnierte sie nun, eigentlich könnte sie ja noch etwas anderes unternehmen.

Sie hatte, immer noch überlegend, sehr langsam diese angedachte Richtung eingeschlagen, als sie plötzlich rasche Schritte hörte. Sie schob sich hinter eine Hecke. Jemand eilte an ihr vorbei.

Liana fühlte einen Schlag, so, als hätte sie ein Stock auf dem Kopf getroffen. Sie erstarrte, als sie sah, welchen Weg diese Person nahm. So ein Biest, so ein Miststück, dachte sie.

Was wurde nur mit ihr gespielt? Sie hatte die Frau genau erkannt und sie sah auch erschreckt, in welche Richtung sie ging!

Liana war einige Zeit regungslos, bis ihre Muskeln zur Bewegung drängten. Dann lief sie in schnellem Tempo kreuz und quer durch die Straßen. Sie konnte jetzt nicht nach Hause, sie musste abwarten.

Nein, und sie würde niemand darauf ansprechen. Dessen war sie sich bewusst. Aber sie ahnte jedoch auch, wie schwer es ihr fallen würde, ihr Wissen für sich zu behalten.

Es verging über eine Stunde, bis sie sich schließlich langsamen Schrittes nach Hause wagte. Vorsichtig öffnete sie die Türen; alle Räume lagen im Dunkel.

Sie fand in dieser Nacht keine Ruhe.

## Abendflimmern

Am nächsten Tag waren Leni und Lars bei ihren Nachforschungen erfolgreich. Nach etlichen weiteren Befragungen war klar, dass allein in Sofias Beutel das giftige Stück gewesen sein konnte.

Mölle überlegte: „Also, doch! Die Möglichkeit war nur nach dem Sturz denkbar, also bestimmt beim Fröhlich! Dass er selbst Gift in den Garten gelegt hatte, ist unwahrscheinlich! Danke, sehr gute Arbeit von euch!", lobte Mölle.

Mölle klingelte erst am späteren Abend an Fröhlichs Haustür. Schon mit dem Aufleuchten des Lichts, schnellte der Hund vor und bellte. Die Tür wurde mit einem winzigen Spalt geöffnet. Fröhlich zerrte den Hund am Halsband hinter sich.

„Sitz", herrschte er ihn an. Seine Stimme blieb barsch, Mölle war darauf vorbereitet.

„Was wollen Sie?", warf Fröhlich hitzig dem Kommissar entgegen. Dieser hielt ihm seinen Dienstausweis durch den Türspalt.

„Warten Sie", Fröhlichs Stimme bekam einen anderen Klang, „ich muss erst den Hund an die Kette legen."

Die Tür fiel zu. Mölle hatte Geduld. Endlich durfte er eintreten, doch nur in die Diele. Fröhlich zeigte kein Gebaren, Mölle ins Wohnzimmer, geschweige denn in die Küche zu bitten.

„Ich habe einige Fragen zu gestern Abend."

Weiter kam Mölle nicht. Fröhlich herrschte ihn an.

„Ja, ja, wahrscheinlich wegen dieser unverschämten Bettelei." Mölle atmete tief durch.

„Wie mir das gegen den Strich geht. Weshalb wird so ein Firlefanz eigentlich gesetzmäßig nicht verboten?", musste Fröhlich noch loswerden.

„Na, ja, das wäre etwas übertrieben. Waren Sie nie jung?" Fröhlich schluckte. Mölle hatte ihn an einer verwundbaren Seite gepackt.

Herr Fröhlich zog seine Lippen zu einer Seite hoch. Ganz kurz erlaubte er sich eine Pause. Dann wetterte er weiter: „Hat mich jemand angezeigt? Ich werde mich an meinen Rechtsanwalt wenden. Unverschämtheit! Ich habe die Kinder nur weggejagt. Das ist auf meinem Grundstück mein gutes Recht! Oder?"

„Natürlich, Herr Fröhlich, natürlich! Allerdings bin ich nicht deshalb hier."

„Dann gehen Sie einfach wieder, ich lege keinen Wert auf Ihre Anwesenheit", zeigte Herr Fröhlich seine direkte Art. Doch Mölle erschütterte dies nicht.

„Ich muss Sie etwas fragen. Halten Sie es für möglich, dass auf Ihrem Grundstück Gift ausgelegt war. Wissen Sie etwas darüber?"

Fröhlich konnte einen Moment seinen Mund nicht schließen. Seine Zunge zog an der Innenseite seiner Unterlippe von links nach rechts und zurück; offensichtlich um zu überlegen.

Es dauerte bis er verstand.

„Was fällt Ihnen ein", brauste er dann gewaltig auf.

„Bei mir im Garten Gift? Sind sie noch bei Sinnen? Sie denken, ich hätte Gift gelegt?"

Fröhlichs Wangen färbten sich dunkelrot. Mölle spürte, die Geduld seines Gegenübers war äußerst begrenzt.

Schlichtend lenkte der Kommissar deshalb ein: "Nein, ich denke nicht Sie. Es müsste jemand ausgelegt haben, der sich durch irgendetwas bei Ihnen gestört fühlt. Hätten Sie dafür eventuell eine Vermutung?"
„Was soll das denn?" wurde Fröhlich empörter, „wer sollte bei mir Gift auslegen, aus welchem Grund?"
„Nun, das weiß ich nicht. Vielleicht sogar wegen Ihres Hundes". Mölle machte eine kleine Pause.
„Herr Fröhlich, ein Mädchen ist an Halloween beim Weglaufen in ihrem Vorgarten gestolpert. Ein Junge sammelte die verstreuten Süßigkeiten wieder ein. Möglicherweise war dabei das giftige Teil in den Beutel des Mädchens gelangt. Ein fremder Junge, hat danach auf der Straße dem Mädchen Süßigkeiten entwendet und liegt nun mit einer Vergiftung im Krankenhaus. Nach unseren bisherigen Nachforschungen ist es fast die einzige Möglichkeit, dass das Gift hier im Garten lag und so später zu dem Jungen kam."
Fröhlich hatte dauernd ungläubig seinen Kopf geschüttelt. Er war kein sogenannter Schnelldenker.
„Wieso isst ein Kind denn Gift?"
Mölle hatte, trotz seiner antrainierten Gelassenheit Mühe, sich eine unverschämte Antwort zu verkneifen.
„Dieses Gift muss in dieser geklauten Süßigkeit gewesen sein!" Der Kommissar blieb äußerlich ruhig.
Jetzt trumpfte aber Herr Fröhlich lauthals auf: „Von mir hat kein Kind etwas bekommen! Es ist seit jeher ein festes Prinzip von mir, Betteleien nicht zu unterstützen, das können Sie mir glauben!"
Mölle musste wieder äußerst geduldig sein!

„Aber Herr Fröhlich, verstehen Sie doch!"
Mölle machte absichtlich eine kleine Pause.
„Das Gift muss jemand bei Ihnen ausgelegt haben!"
„Ach so! Aber warum denn?"
Mölle gab auf: „Tja, das wüssten wir auch gerne!"
„Also, lieber Herr Mölle, dann suchen Sie weiter, nur nicht bei mir", bestimmte der Hausherr. Dann wirkte er für einen kurzen Moment abwesend. Und Mölle glaubte wieder mal, ein Geräusch aus einem Zimmer zu vernehmen. Es klang nach unterdrücktem Husten.
Fröhlich hakte nun abermals nach, denn er war mit Mölle noch nicht einig.
„Übrigens, was haben fremde Kinder in meinem Garten zu suchen? Bin ich etwa dafür verantwortlich? Warum passen Eltern nicht besser auf ihre Bälger auf?" fühlte sich Fröhlich wiederum auf der Gewinnerseite.
Für Mölle uferte das Gespräch in Zeitverschwendung aus. „Also, Herr Fröhlich. Ich komme nochmals vorbei."
„Ich bin nicht wild darauf", war Fröhlichs bissige Antwort. Mölle überging extrem lässig den frechen Einwurf und behielt die Höflichkeit:
„Kann ich mir denken, Herr Fröhlich!
Bitte lassen Sie den Hund im Haus bis ich außerhalb Ihres Grundstückes bin."
„Der liegt schon seit Sie hier unangemeldet aufgetaucht sind an der Kette hinter meinem Haus. Sagte ich doch!"
Mölle gab Fröhlich ungern und äußerst widerwillig noch einen Ratschlag.

„Und lassen Sie zukünftig ihren Hund nicht unbewacht hier vorne in Ihrem Garten frei laufen!"
Herr Fröhlich konnte gedanklich wieder nicht folgen.
„Warum?"
Mölle hätte seine Antwort liebend gerne verschwiegen. Doch es war seine Pflicht, diesen Herrn darauf hinzuweisen: „Falls noch mehr Gift ausgelegt wurde. Eventuell für Ihren Hund!"
Fröhlich schnappte nach Luft. Mölle freute sich insgeheim. Er hatte Fröhlich verunsichert.
„Ich glaube, Sie spinnen sich da etwas zusammen, Mister Kommissar!" Fröhlich gab sich noch arglos.
Jetzt schwankte Mölle, ob Fröhlich ihm etwas vorgaukelte oder ob er wirklich so naiv war. Er sah ihm in die Augen, aber seltsamerweise hielt dieser Fröhlich den Blick sehr lange aus.
Endlich, mit: „Also, vielen Dank fürs Gespräch, schönen Abend noch", verabschiedete sich Mölle freundlichst, indem er leise: „Blöder Fratz" murmelnd schon zum Gartentor schritt.
Nun, eigentlich konnte er doch ganz zufrieden sein. Denn Fröhlich hatte unbewusst gerade Mölles Wissbegier befriedigt.

Der Kommissar war sich nun sicher, dass noch jemand im Haus war. Eine Person, die sich nicht zeigen wollte. Es war jemand, den der Hund kannte. Sonst wäre er schon bei Mölles Eintreffen an der Kette gelegen. Also wurde dieser Mann doch nicht von allen gemieden. Vielleicht konnte er sogar manchmal umgänglich sein, wer weiß! Das soll es ja alles geben!

Mölle wusste dies allzu gut!

Er hätte sich jetzt auf die Lauer legen können. Doch es war ihm gerade nicht so wichtig, Fröhlichs Besuch kennenzulernen. Also, das Gift war wahrscheinlich die Rache, den Nebenbuhler mit dem Tod seines Hundes zu bestrafen!

Mölle dachte nun optimistisch: Auch das wird sich einmal klären. Er war äußerst zufrieden und sogar sehr erheitert. Eine Volksweisheit fiel ihm gerade ein.

Jeder Mensch hat seine zwei Seiten, mancher vielleicht sogar drei, grinste er vor sich hin. Und er überlegte anschließend sehr lange und ernsthaft, wie viele Seiten wohl er selbst hatte.

Frau Doern war wieder einmal mehr in ihrem Element. Die Bäckerei stand abends noch voller Kunden. Das Geschwätz über Unfähigkeit der Kripo hatte noch nicht nachgelassen. Im Gegenteil, es flammte ständig von Neuem auf. Wenn es abzuebben drohte, brachte es Frau Doern immer wieder zum Entflammen. Sie hatte Geschick darin. Und dadurch ständig auch eine gut besuchte Bäckerei. Brodel würde ihr danken. Sie hoffte es jedenfalls.

Gommler betrat auch noch den Bäckerladen und wartete geduldig, bis alle sonstigen Kunden freundlichst bedient waren.

Dann bettelte er: „Hallo, Doernchen, was gibt`s Neues?" Aber Isolde kannte das schon.

„Kommen Sie nur, um mich wieder auszuhorchen, Gommelchen?"

„Nee, aber ich möchte auch einen Anteil am aktuellen

Gesprächsstoff haben", grinste der Gemüsehändler.
Frau Doern war klug: „Natürlich sind Sie ebenso darauf erpicht, ihre Kundschaft in ein ausdauerndes Gespräch über all die Vorkommnisse zu verwickeln!"
„Ach, Doernchen, nicht böse sein, ich nehme Ihnen die Kundschaft doch nicht weg."
„Wäre ja noch schöner! Schließlich habe ich etwas anderes als bloß Gemüse zu verkaufen."
Frau Doern wusste nur zu genau, dass er sich durch Mord-Gespräche auch mehr Kauferfolg ausrechnete.
„Also, Doernchen, heraus damit, was gibt es Neues? Wenn Sie mich aufklären, lade ich Sie einmal auf einen Kaffee ein."
„Ein Bier heute Abend wäre weitaus gefälliger, lieber Herr Gommler, obwohl: meine Tipps sind eher ein ausführliches Abendessen wert."
„Gewiss, Doernchen, das ist eigentlich schon lange einmal fällig! Also, die Einladung steht!"
„Gut, wenn das amtlich ist, kann ich Ihnen ja sagen, dass es nichts Neues gibt, Gommelchen!"
Damit konnte Herr Gommler zwar schmunzelnd, aber nicht unbedingt informiert die Bäckerei verlassen. Er würde Frau Doern einladen. Aber eigentlich möchte ich das gleich tun, dachte er und kehrte nochmals zu ihrer Ladentür zurück.
„Bis nachher", rief er. Frau Doern nickte zustimmend.

Bei der Bevölkerung ballten sich natürlich zunehmend Vermutungen zusammen.
Alle irgendwo aufgeschnappten Gespräche wurden an diesem Abend im Gasthaus „Hopfen" erneut verhan-

delt. Deshalb funktionierte die örtliche Wirtschaft vortrefflich, worüber der Wirt sich sehr freute. Mit ihm war Gommler Regieführender.

„Dem Jungen geht es noch nicht gut! Es ist fast eine Unverschämtheit, dass die Kripo noch keinen Verdächtigen erkundet hat", fauchte Gommler.

Der Wirt meinte bierzapfend: „Die haben doch keinen Schimmer. Jeder von uns kann der Nächste sein!"

Das war hier nun der allgemeine Tenor. Und es gab große Entrüstung darüber!

Ehrlicherweise waren die Verbrechen für die Mehrzahl der Gäste auch beängstigend. Doch der Wirt hatte noch einen anderen Gesichtspunkt.

„Ich weiß nicht, eventuell führt uns die Kripo ein wenig an der Nase herum!"

„Warum sollte sie das?", kam die Frage von Gommler. Die war allerdings schon zum Teil in dem Geraune der Gäste untergegangen.

„Na", folgerte der Wirt, „ich kann mir nicht denken, dass die überhaupt noch keine Spur haben. Drei Verbrechen! Irgendein Anhaltspunkt ist doch sicher da! Vielleicht fehlt nur noch der Beweis."

Die Vermutungen der Gäste kreuzten nun lodernd über Tischflächen längs und quer und füllten den gesamten Raum. Es wurde zunehmend lauter in der Gaststube.

Jeder versuchte seine eigene Ansicht anderen aufzudrücken. Selbstverständlich war die Situation nicht befriedigend. Über manche Gesichtszüge zogen deutliche Merkmale der Enttäuschung. Deshalb leerte sich das Gasthaus nach und nach. Mit zu den letzten Gästen, gehörten Herr Gommler und Frau Doern. Als die beiden heimwärts schlenderten, waren Verbrechen längst nicht mehr ihr Gesprächsthema.

Mölle war am Tag darauf schon sehr früh unterwegs. Er traf Frau Doern, als sie zu ihrer Arbeit ging. Sie strahlte ihm schon von Weitem entgegen. Aha, dachte Mölle, sie will etwas von mir hören! Also, auf in den Kampf!
„Ach, guten Morgen, Herr Kommissar!"
Mölle erwiderte den Gruß unter Kopfnicken.
„Na, was macht Ihre Arbeit?" Frau Doern baute sich vor Mölle auf. Ihr Mund verzog sich und ihre dunklen Augen blitzten listig.
Mölle antwortete gelassen: „Danke gut, ich bin genauso erfolgreich wie Sie bei Verkaufsgesprächen!"
Frau Doern stutzte. Sie wusste mit dieser Aussage nichts anzufangen. Oder doch?
Schließlich gab sie sich ahnungslos und säuselte: „Schönen Tag, Herr Mölle, und bestes Gelingen!"
Mölle grinste.

Willi Zissel zeigte sich heute, trotz der angreifenden Sprüche aus der Bevölkerung, seltsamerweise weniger empfindlich. Mölle machte ihm deshalb ein Kompliment, das Zissel in sich aufsog.
Die beiden Kommissare waren sich über mehr Zusammenarbeit einig geworden. Dabei brachte Mölle nun eventuelle Verkettungen der Fälle ins Gespräch.
Zissel bestätigte nach kurzem Überlegen: „Das wäre eine Möglichkeit!"

Nach nochmaliger Pause fragte er: „Mölle, bedeutet das, dass du mir bei der Aufklärung mithelfen wirst?"
„Ja", räumte Mölle ein und fügte hinzu: „Aber den Fall Markus bearbeite ich weiterhin alleine!"
Vielleicht kommt noch weitere Hilfe hinzu, dachte Zissel, doch Mölle braucht noch nichts davon zu wissen. Vielleicht überhaupt nie! Zissel hatte natürlich keine Absicht, einen Erfolg mit Mölle zu teilen. Und auch mit Lars und Leni nicht. Er hatte sich schon zurechtgelegt, wie er verfahren könnte, wenn Mölle und die beiden Polizisten ihm entscheidende Hinweise geben würden. Er würde Mölle zu gegebener Zeit ein zweites Mal ausbooten! Seine eigenen verschiedenen Quellen müsste er nicht einmal bekannt geben. Und seine wichtigste „Quelle" würde schweigen; ja sie müsste sogar schweigen, um einige Menschen nicht ins Elend zu stürzen. Es wäre vor der Öffentlichkeit allein mein Erfolg, dachte Zissel, bereits in einer Art Vorfreude.

Vier nachdenkende Köpfe waren im Kommissariat versammelt. Mölle hatte das immer noch Unaufgeklärte auf eine Tafel geschrieben.

Männliche Leiche auf der Wiese: Identität unklar.
Ermordet. Rotwein mit Gifthinweis im Magen.
Abgestelltes unbekanntes Auto verschwunden.
Weibliche Leiche mit Perücke: Identität unklar.
Anonymer Hinweis auf die Frau? Bisher erfolglos.
Vergiftung von Markus: mutwillig oder unbeabsichtigt.
Gift für anderes Opfer bestimmt? Für wen?
Täter: Fröhlich? Assul? Mader? Unbekannter?

Mölle betonte: „Wir haben nicht wirklich viel in der Hand, um nicht zu sagen fast nichts! Was wir hingegen annehmen können ist, dass Markus nicht ermordet werden sollte. Weder Fröhlich noch Ganner könnten einen triftigen Grund haben. Nicht einmal Assul wegen Markus` angeblichen Stehlens. Assul verdient genug. Die Verpflichtung würde ihn nicht sonderlich belasten.

Der Assul ist kein Typ für Rache. Er braust wohl auf, wenn Markus ihn strapaziert, trotzdem schreibe ich Assul einen Übergriff auf seinen Sohn nicht zu. Assul ist ein Schönling, ein Frauenheld und ein Egoist. Aber Mord? Nee, traue ich ihm wirklich nicht zu. Markus ist also fast hundertprozentig ein Zufallsopfer."

Dann kamen die beiden Toten ins Gespräch.

„Der Mörder des Mannes und der Frau ist vielleicht nicht unbedingt von unserem Ort. Oder? Es wäre doch möglich, dass es ein Fremder war", vermutete Lars.

„Natürlich, wäre es das", entgegnete Mölle sehr nachdenklich und leise. „Aber es sieht doch so aus, als wollte jemand hier aus dem Ort aufzeigen, wem die Perücke gehörte. Und dieser Jemand war – warum auch immer – sich sicher, dass die Frau da unten lag und dieser Jemand wollte, dass sie gefunden wird."

Er verstummte jäh, drehte seinen Kopf zum Fenster, sah hinaus und räusperte sich.

Als er weitersprach schien es, als wolle er nur seine Gedanken laut loswerden.

„Es muss jemand sein, der die Frau vermisst hat und von ihrer schweren Erkrankung wusste."

Jetzt schlug Zissel zu: „Der Hinweis auf die Frauenleiche kam nach dem Mord an dem Mann. Sie ist nach dem Mann ermordet worden, das ist klar. Zwei Fremde hier im Ort und beide sind jetzt tot. Vielleicht war sogar noch ein weiterer Fremder hier, der schon wieder weg ist." Zissel hatte seine wichtigste Miene aufgesetzt, er sprach jedes Wort überdeutlich.
Leni und Lars grinsten sich an, was Zissel ärgerte.
Mölle überging es und folgerte: „Ja! Zissel, so könnte es gewesen sein. Aber wäre es denkbar, dass die Tote den Mann auf der Wiese ermordet hatte? Wir kennen weder sie noch ihn."
Mölle stellte anschließend noch die allerwichtigste Frage: „Was übersehen wir? Was haben wir eventuell schon übersehen? Ich weiß es nicht!"
Erneut sah Mölle, just verstummt, aus dem Fenster.
Lars warf wieder ein: „Wenn die ermordete Frau den Mann zuvor vergiftet hatte, dann weiß es hier vielleicht doch jemand. Der Mörder, der den Mann gerächt hat."
„Oder hat die Frau sich selbst umgebracht", vermutete Leni.
„Vollkommen ausgeschlossen", meinte Mölle nun verhalten, „das wissen wir. Doch wo laufen die Fäden zusammen?" Mölle ging zum Schreibtisch.

Zissel war nun beachtlich still. Er nagte an seiner Unterlippe und schob die Füße in seine ausgezogenen Schuhe. Dann blinzelte er einige Male schnell hintereinander, schüttelte einmal seinen Kopf. Jetzt stand er auf und sah mit starrem Blick aus dem Fenster.
Ihn fragte ja niemand mehr!

Liana kam vom Abendspaziergang zurück.

„Ach, du bist schon zu Hause? Hat das Fitnessstudio geschlossen?"

„Nein", antwortete Liana, „mir ist nur so heiß. Ich glaube, ich habe Fieber, deshalb bin ich früher weg."

Tatsächlich hatte sie rote Wangen. Gustl Mader wusste natürlich nicht, dass Liana gerade kurz vor ihm gekommen war. Und keinesfalls vom Fitnesscenter. Sie hatte ihn bei Frau Wenzel stehen sehen und war noch schnell vor ihm ins Haus geflitzt.

Gustl Mader entledigte sich seines Jacketts. Liana zog geräuschvoll Luft ein und putzte die Nase.

„Wo warst du denn. Du bist abends nie so lange weg!"

„Ich habe noch mit Frau Wenzel gesprochen. Ich treffe sie oft. Ihr Dackel hat heute überhaupt nicht nach Hund gerochen!" Er sah Liana tiefgründig an.

„Vielleicht hatte sie ihn erst kürzlich gebadet", warf Liana zögerlich ein.

Ihr Mann brummelte nachdrücklich: „Er hat überhaupt noch nie nach Hund gerochen!!!"

Dabei stellte er seine Schuhe in den Flur. Dann zog er sich im Wohnzimmer den Sessel an seine Lieblingsstelle. Schon wieder mit einem Buch in der Hand. Doch er überlegte kurz und entschied sich anders.

„Liana, was denkst du denn von dieser Situation hier?"

„Ich weiß nicht", war Liana unsicher, „Die Kripo hat offensichtlich keine Ahnung. Die zwei Toten sind genauso mysteriös wie die Vergiftung des Jungen."

Herr Mader stand jetzt hektisch auf. „Ich muss mal schnell raus. Entschuldige bitte."

Liana wunderte sich über die letzten zwei Worte. Diese hatte sie schon lange nicht mehr gehört. Und wie lange hatte er sie nicht mehr nach ihrer Meinung gefragt? Liana wusste es nicht.
Eigentlich war sie heute gar nicht zu einer größeren Unterhaltung aufgelegt.

Als ihr Mann zurückkam verabschiedete sich Liana.
„Gustl, ich gehe zu Bett, mir ist nicht gut. Gute Nacht!"
Herr Mader sah erstaunt auf. Wegen eines Schnupfens geht sie zu Bett? Er vertiefte sich in sein Buch.
Liana stand im Schlafzimmer noch lange am Fenster und dachte über ihr Schicksal nach.

Und Gustl Mader saß spät bis Mitternachts noch im Wohnzimmer. Das Buch steckte ungewohnt seitlich im Sessel. Er konnte seine plagenden Gedanken einfach nicht bändigen. In seinem Körper schwang eine Fülle Angst. Was brachte die Zukunft? Was würde mit Liana sein? Wie würde sie reagieren? Wie reagiere ich dann?
Herr Mader fand keine Antwort. Seine Augenlider fielen schwer nach unten. Er war müde. Und doch drückte er die Lider immer wieder nach oben, um seinen mutlosen Blick durch das Zimmer streifen zu lassen. Irgendwann schlief er dann im Sessel sitzend ein.

Mölle stand einmal mehr in der Abenddämmerung nahe Fröhlichs Haus. Dazu hatte er einen Platz hinter winterharten Sträuchern ausgesucht. Durch das vorhandene Blattwerk war er vor Entdeckung geschützt. Zudem trug er heute dunkle Kleidung.

Mölle war bedingungslos geduldig, obwohl er schon lange kalte Füße bekommen hatte. Aber seinem Pflichtgefühl kam er stets nach. Und seine Anwesenheit hier hielt er gewaltig für seine Pflicht. Irgendetwas war in diesem Haus vorgegangen. Ehe Fröhlich das Licht anknipste, hatte er in jedem Zimmer blickdichte Gardinen vorgezogen oder ließ Rollläden herunter. Mölles Fußzehen hatten sich die ganze Zeit aufgeregt bewegt. Irgendwann hatte es den Anschein, als würde sich hinter einer Hecke an der Hausrückseite etwas bewegt haben. Er nahm dies kurz wahr, weil für wenige Momente nur ein winziger Strahl Helligkeit von der wohl geöffneten Tür dort hinfiel. Warum wieder kein Hundegebell? Er roch regelrecht die seltsame Atmosphäre. Mölle war ausgefuchst.

Er fragte sich nun: Männlich oder weiblich? Narrte Fröhlich seine gesamte Umgebung? Gab er sich als komplizierter rabiater Nachbar, damit sich niemand um ihn kümmerte? Aber konnte er sich so als Ekel verstellen?

Mölle schmunzelte. Das wäre ja ein toller Schachzug von Fröhlich. Er wird diesen Griesgram in Zukunft unbedingt im Auge behalten! Seine Entlarvung versprach Aufsehen, spürte Mölle. Mit diesen Gedanken verließ er beinahe vergnügt den Beobachtungsposten.

Als Mölle zu Hause war, ging er nach dem Essen seiner Lieblingsbeschäftigung nach, von der niemand etwas wusste. Nicht einmal Zissel hatte eine Ahnung.

Heute Abend war es wieder so weit. Mölle setzte sich gemütlich in seinen hohen Sessel. Die bunten Schuhe

hatte er schon ausgezogen. Er legte seine Füße auf einen Stuhl auf und wählte seinen Lieblingsfilm. Er versäumte diese Fernsehfilme ungern.
Sein Herz hing am „Traumschiff." Schon bei der Anfangsmelodie vergaß er die Rauheit des Tages. Und nicht selten befiel ihn eine gewisse Sehnsucht.
Wenn er hier gemütlich im Sessel saß, schloss er seine Augen, so dass er nur noch die Stimmen der Schauspieler vernahm. Jetzt war er auf seine Fantasie angewiesen, denn er spielte stets gedanklich bei einer Stimme mit und versetzte sich in die Person auf dem Schiff. Er malte sich aus, wie er im Film aussehen würde, wie und wann er lächelte, erdachte die ständige Verwandlung seiner Mimik, wenn er sprach und ließ dabei seinen Armen eine gestikulierende Freiheit. Ebenso hatte er sein Gehen und Stehen sowie Drehungen genauestens vor Augen.

Und wenn dann dazwischen immer wieder der Anfang der Filmmelodie eingespielt wurde, bekam Mölle schon ab und zu Gänsehaut. Jedoch auch Landausflüge konnte er in sich aufnehmen und hatte analog die Szenen in Orten und an Stränden vor Augen. Mölles Fantasie fand oft keine Grenzen. Dazu schaukelte er seinen Körper kaum merklich, wie bei Seegang, und seine Lippen bewegten sich tonlos.
Für Mölle war dies wie ein berufsmäßiges Training. Oftmals dachte er nach dem Film grinsend: Jeder hat seinen Vogel. Wirklich jeder!

**Verkettungen**

Einige Tage später lebte der Ort in artikulierender Hinsicht wieder auf. Durch die extrem große Überschrift eines Artikels in der Presse brach fast ein erneutes Drama aus.

-Vergiftete Sänger Lu seinen eigenen Sohn Markus?- Herr Assul schäumte vor Wut. Er tauchte das erste Mal seit vielen Jahren oben vor Frau Vorslers Wohnung auf.

Meta Vorsler öffnete arglos. Herr Assul legte noch an der Eingangstür seine Hände um ihren Hals.

„Weshalb sollte ich Markus vergiften? Wieso steht so etwas in der Presse? Das kannst nur du veranlasst haben. Willst du mir alles kaputtmachen?" Dabei drückte er seine Finger heftiger in den Hals seiner früheren Gefährtin.

Frau Vorsler schrie noch laut auf und versuchte ihren Kopf zu schütteln. Zum Glück hatte Lu Assul die Wohnungstür offen gelassen. Frau Finke kam durch das Geschrei alarmiert in den Hausflur und erkannte sofort die Gefahr. Sie schlug mit ihren Fäusten heftig auf Herrn Assuls Rücken. Es sah aus, als würde Frau Finke ihm dadurch seinen Zorn aus dem Körper hämmern.

Lu Assul lockerte verstört seine Finger. Er zog seine Hände zurück, als hätte er sie verbrannt. Als ihm sein Tun soeben richtig bewusst geworden war, schüttelte er seinen Kopf. „Verzeihung!" brachte er hervor.

„Doofer Saukerl", keuchte Frau Vorsler und fasste an ihren Hals. Etliche Blessuren waren schon zu sehen.

Sie hustete, sehr laut und ausgiebig, wobei der Husten nach und nach unechter klang.
Lu Assul blickte wie irr von einer Ecke zur anderen. Er wirkte plötzlich sehr schmächtig und war wie umgewandelt. So war auch seine Stimme. Kleinlaut.
„Entschuldige, ich war außer mir. Wieso hast du bei der Presse solch eine Behauptung aufgestellt. In welche Schublade steckst du mich eigentlich? Ich vergifte doch nicht meinen eigenen Sohn."
„Du doofer Affe, ich habe keine Zeitung und weiß auch nicht was darin geschrieben wurde. Ich habe nichts mit dem Zeugs zu tun. Du spinnst doch wie immer! Ich habe keine Ahnung, weshalb du dich so aufregst. Ich kann mir nämlich, dank dir, keine Zeitung leisten!" Meta Vorsler hatte sich wieder gefangen.
Lu Assul wandte sich jetzt zerknirscht an Frau Finke.
„Vielen Dank, dass Sie so beherzt eingegriffen haben. Vor Wut war ich wohl außer Sinnen. Sie haben mich gerettet."
„Noch mehr sicherlich mich", fauchte Frau Vorsler.
Lu Assul gab keine Antwort mehr, er drehte sich in Richtung Treppe und ging davon.
„Ich werde dich anzeigen, du Aas!"
Das waren die letzten Worte, die er noch von seiner Ehemaligen vernahm. Zu einer Anzeige kam es selbstverständlich nie, denn Frau Vorsler ertränkte ihren Schreck und ihren Groll auf andere Weise.
Frau Finke rief beim Kommissariat an.
Mölle war postwendend zu Fuß auf dem Weg zu Frau Vorsler. Dabei konnte er lange gründlich nachdenken.

Auch darüber, dass Zissel wohl immer noch seine alleinige Doppelmord-Aufklärung witterte. Ich möchte nicht, dass er seinen Erfolg bekommt, dachte Mölle und argwöhnte, dass schon schwierige Zeiten anbrechen könnten.

Nicht nur wegen der Halloween-Sache, die ihm vom Chef auferlegt wurde. Aber, wusste Mölle, Zissel war sich der Lage wohl noch nicht recht bewusst. Er wird weiterhin erfolglos in seinen Vermutungen stochern, von der Wahrheit weit entfernt.

Nun, eigentlich war ja seine Mithilfe abgesprochen! Doch wenn es irgendwie möglich ist, verschiebe ich die Aufklärung zunächst noch, überlegte Mölle.

Dann brachen seine Gedanken abrupt ab. Schon von Weitem sah er Frau Vorsler in einer Menschengruppe stehen. Sie schien in ihrem Element zu sein. Mölle konnte zwar nicht hören, was sie zu erzählen hatte, doch offensichtlich war es etwas Interessantes, denn er bemerkte die neugierigen Blicke der Zuhörer.

Als Frau Vorsler Mölle erblickte, verschloss sie sofort ihren Mund. Sämtliche Köpfe drehten sich nacheinander zu Mölle um. Zögerlich begann die Ansammlung sich dann aufzulösen. Manch ein böser Blick traf Mölle. Das verstärkte seine Vermutung, dass Frau Vorsler mit besten Ausschmückungen von ihrer unliebsamen Begegnung mit Herrn Assul erzählt hatte. Dann stand Frau Vorsler alleine.

Mölle grüßte höflich: „Hallo, Frau Vorsler, ich habe da noch ein Problem." Meta Vorsler runzelte ihre Stirn.

Sie schimpfte los: „Sie haben ein Problem? Ich habe

ein Problem! Ich, ich!" bekräftigte sie ihr Geschrei und deutete Richtung Krankenhaus.

„Dort, dort liegt mein Sohn und niemand kann mir sagen, ob er überleben wird. Die Ärzte reagieren nicht, die Kripo, wie immer, noch weniger! Ich glaube, unser Leben spielt bei euch überhaupt keine Rolle! Wie lange wird es noch dauern, bis ihr endlich den Täter gefunden habt?"

Mölle witterte Alkohol. Frau Vorsler ertränkt wieder ihre Angst, dachte er.

„Frau Vorsler, Ihr Junge ist uns nicht gleichgültig. Wir arbeiten mit Hochdruck an der Sache!"

Das war für die Mutter erneut Wasser auf die Mühle.

„Sache?", schrie sie schrill. „Sache? Mein Sohn ist keine Sache. An ihm wurde ein Verbrechen verübt. Sie haben genau die schlampige Art wie die Ärzte. Keiner will mir helfen."

Schon hatten sich einige Fenster geöffnet. Allerdings konnte man von der Straße aus nicht erkennen, wer am Fenster stand.

Mölle musste sich nun beherrschen. So eine dreistdumme Person! Er zwang sich zu ruhigem Sprechen.

„Frau Vorsler, bitte werden Sie nicht anmaßend! Die Ärzte und wir sind sehr besorgt um Ihren Jungen!"

„Ph", kam noch von Markus' Mutter. Sie drehte sich weg und ging mit etwas unkoordinierten Schritten ins Haus. Mölle folgte ihr mit einigen Stufen Abstand.

„Ah, hallo, Me…ta-tag Herr Mölle." Ganners Stimme zerfiel in Wortfetzen, als er den Kommissar hinter Frau Vorsler erblickte.

Herr Ganner schob sich linkisch mit gesenktem Kopf an beiden vorbei und schnellte die Treppe hinunter. Er fand nicht einmal den Mut, noch etwas zu sagen.

Mann oh Mann, dachte Mölle vergnügt, jetzt war Ganner aber geistesgegenwärtig.

Frau Vorsler öffnete die Wohnungstür. Mölle blickte um eine Erfahrung reicher Herrn Ganner lächelnd nach. Er fragte sich, ob Frau Vorsler in ihrer Trunkenheit Ganner überhaupt wahrgenommen hatte und schob sich gleich nach ihr in die Wohnung.

„Weshalb hat Frau Finke angerufen? Der Vater von Markus hat Sie bedroht?"

Mölle ließ Frau Vorsler keine Möglichkeit zu einer Ausrede.

„Dieser Dreckskerl", Frau Vorsler hatte wieder keinen großen Wortschatz, aber dafür war er umso geschmackloser. Einige scheußlichere Schimpfwörter gebrauchte sie ständig und lautstark. Wahrscheinlich sind solche Worte bei ihr eingraviert, dachte Mölle, und gleichzeitig kurz an Herrn Ganner. Vorsler und Ganner. Sind die beiden liiert?

„Wie gut kennen Sie Herrn Ganner?", war deshalb Mölles logische Frage.

Für Frau Vorsler war es offensichtlich eine höllische Frage. „Geht Sie das etwas an?"

„Natürlich, mich geht alles etwas an!" Somit war für Mölle die Situation geklärt. Warum auch nicht, dachte er. Beide sind alleinstehend. Ganners Niveau entsprach letztlich nicht unbedingt Frau Vorslers.

Eine Zweckgemeinschaft? Wegen Geld?

Herr Ganner war sicher als früherer Buchhalter gut situiert. Wäre ein Wohl für Frau Vorsler.
Wie sie ihn wohl geködert hatte? Von ihm ging doch bestimmt keine Initiative aus! Er ist zu scheu, um Frauen anzusprechen. Wahrscheinlich hatte sie Interesse gezeigt und Ganner fühlte sich geschmeichelt.
„Wollen Sie im Flur stehen bleiben?" Frau Vorslers harsche Stimme beendete Mölles Gedankengang.
„Nein, wenn möglich nicht."
Wieder saßen sie im Wohnzimmer. Der Tisch war heute zwar sauber. Unter dem Tisch standen zwei Pantoffelpaare. Mölle sah nach unten.
Frau Vorsler beeilte sich: „Ein Paar gehört Markus. Er lässt immer und überall seine Sachen rumstehen!"
Dann musste sie sich stark räuspern.
Mölle überging die Bemerkung wohlweislich. Markus war doch noch im Krankenhaus! Uns dieser Junge, hat derartige Hausschuhe! Das ist grotesk! Nun ja, jetzt gab es Wichtigeres! Mölle konzentrierte sich aufs Wesentliche.
„Frau Vorsler, von Ihrer Nachbarin, Frau Finke, kam ein alarmierender Anruf. Herr Assul hätte Sie angegriffen?"
„Och, das war weiter nicht schlimm. Der Assul ist manchmal etwas unbeherrscht."
Mölle glaubte, nicht richtig zu hören. Das waren plötzlich nahezu milde Töne, die Frau Vorsler von sich gab. Sie rieb sich mit einer Hand ihren Hals.
„Nun, Frau Finke war aber anderer Meinung. Sie war

Augenzeugin und hat von einem Angriff auf ihren Hals erzählt." Mölle ließ nicht locker.

Die Antwort kam nur widerwillig: „Naja, es sah wohl schlimmer aus, als es war. Der Assul dachte, ich hätte der Zeitung mitgeteilt, dass er seinen Sohn vergiften wollte, oder so."

„Und haben Sie, oder haben Sie nicht?" Mölle war direkt.

Frau Vorsler zuckte zusammen.

„Sind Sie bescheuert? Nee, das können Sie mir glauben. So etwas mache ich nicht! Dieser Blödel! Weiß der Himmel, was der sich alles zusammenreimt!"

„Aber es stand in der Zeitung", warf Mölle ein.

„Ich weiß es nicht, ich habe keine Zeitung. Den Schuft, der so etwas in die Zeitung setzt, den sollten Sie mal fassen!" Frau Vorslers Vokabular kehrt langsam in die gewohnte Bahn zurück. Mölle wusste nun genug.

„Sie haben Male an ihrem Hals. Von Herrn Assul?" Er musterte Frau Vorsler.

„Die vergehen wieder. Ich erstatte gegen den Saukerl keine Anzeige, hören Sie, keine, falls Sie deshalb gekommen sind", betonte sie und nickte einige Male nachdrücklich.

Mölle verabschiedete sich. Er spürte, dass Frau Vorsler nicht ganz ehrlich war. Und er sah aber auch ein, dass sie zu einer Anzeige keinesfalls bereit war. Das wunderte ihn und er fragte sich nach dem Grund. Assuls Befragung vertagte er.

Auf der Dienststelle knetete Mölle nervös seine Hände. Hatte Zissel etwas herausgefunden? Auf seinem

Schreibtisch war keine einzige Unterlage zu entdecken. Sieht aus wie Urlaub. Weiter kamen seine Gedanken nicht, denn sein Chef trat ein.

„Hallo Mölle, was gibt`s Neues?" Zissel sah seinen Kollegen forschend an.

„Ich hatte eine geifernde Frau Vorsler vor mir. Kein Wunder, dass der Assul sie nicht geheiratet hat. Nun hat die Vorsler mit dem Ganner ein Verhältnis".

Mölle meinte, dass Zissel das wissen dürfte.

„Oho, irre interessant!" Zissel zog Luft durch seine Zähne, ein zischendes Geräusch entstand.

Dann fragte Zissel plötzlich etwas zum ersten Mal und ganz direkt: „Hast du eigentlich deine Frau je wieder gesehen?"

Mölle war etwas verwirrt. Er fühlte plötzlich das Glühen seiner Wangen. Wie kam Zissel von Frau Vorsler auf seine ehemalige Frau? Er schüttelte seinen Kopf. Dann erfasste Mölle, dass ihm eine Frage gestellt wurde. „Nö", antwortete er gedämpft, „und ich möchte sie auch nicht wiedersehen. Nie mehr!"

Damit drehte er seinen Kopf etwas seitlich und starrte zum Fenster. Mölles Blick könnte fast die Scheiben zerspringen lassen, dachte Zissel. Er trägt etwas mit sich herum. Nur was?

Zissel blieb still. Er fühlte förmlich noch die vorhandene offene Wunde, in die er seine Finger gelegt hatte. Na, so ganz kaltblütig ist Mölle wohl nicht, dachte er noch, denn er konnte sich vorstellen, dass der handgreifliche Streit zwischen Assul und Vorsler seinen Kollegen sehr belastete. Vielleicht? Nein sicher! Es ist die Erinnerung an seine Ehe! Und an seine damalige Situation. Zissel brach seine Gedanken abrupt ab.

„Wie geht es dem Jungen, Mölle? Warst du nochmals in der Klinik?"

Mölle antwortete sichtlich erleichtert: „Ja, ich habe ihn besucht, er erholt sich langsam. Die Therapie hat angeschlagen. Die Ärzte sagen, dass Markus nur eine kleine Menge Gift abbekommen hat."

Dann änderte Mölle das Thema.

„Übrigens, Frau Vorsler bagatellisiert den Angriff von Herrn Assul. Die Merkmale an ihrem Hals mildert sie auf ein Minimum. Es ist sonderbar, wie sich alles entwickelt. Frieden, Freude, Eierkuchen. Wahrscheinlich in Geld verpackt! Ich weiß momentan nicht, wo ich nun ansetzen soll."

Es entstand eine kurze Pause.

Dann: „Mensch Zissel, ich fühle, dass etwas in der Luft liegt. Manchmal denke ich, die Lösung steht vor mir und ich bin zu blind um sie zu sehen."

Willi Zissel verzog seinen Mund.

„Glaubst du mir geht es besser, Mölle? Ich durchdenke alle Geschehnisse, versuche das kleinste Detail mir ins Gedächtnis zu rufen, doch ich hänge. Wir übersehen wohl beide das Wichtigste."

Zissel schien etwas deprimiert. Er stellte seinen Unterarm auf und stützte seinen Kopf mit der Hand ab.

„Hast du etwas von dem verschwundenen Auto erfahren?", schlug Mölle nun in die Kerbe.

Zissel schüttelte verblüfft den Kopf. „Nein, das hat sich genauso aufgelöst wie manchmal mein Denken ent-

flieht. Die Leute werden mich verspotten. Ich höre schon ihr Hohngelächter im Wirtshaus."
Mölle war sich nicht sicher, ob Zissel die Wahrheit sprach. Er zweifelte.
Zissel ging es jedoch nicht anders, er misstraute Mölles Wahrheit.
Jeweils mit solch ähnlichem Bedenken setzten sie ihr Zusammensein schweigend fort.
Mölle nun sitzend und Zissel stehend am Fenster. Jetzt betrachtete der Hauptkommissar intensiv draußen die Landschaft und überlegte: Wenn das Fenster ein Gehirn hätte, würde es denken, dass wir beide uns beim Hinaussehen abwechseln!
Manchmal dachte er arg humorvoll-skurril.
„Mölle, bevor es dämmrig wird, gehe ich nochmals zur Glashalde. Vielleicht entdecke ich noch etwas!"
Zissel lehnte jetzt seinen Rücken gegen die Wand.
Mölle grinste bitter. Vielleicht auch nicht, dachte er und überlegte: Er verschweigt mir etwas, ich spüre es. Er verhält sich andersartig!
Mölles Nerven waren angespannt. Seine Arme kribbelten. Er zog geräuschvoll die Schreibmaschine zu sich heran, um Nachforschungen zu dokumentieren.
„Na dann, schönen Tagesausklang später", lächelte Zissel, schob sich von der Wand weg, um sehr umständlich seine Jacke überzuziehen.
Mölles Scharfsinnigkeit sagte ihm, dass sich Zissel heute besonders außergewöhnlich benahm.
„Ich gehe nachher auch noch an die Luft", gab er kurz Auskunft. Er rief noch als sein Chef schon die Tür ge-

öffnet hatte: „Tschüs, ebenso schönen Abend, Zissel!"
Etwas später beendete Mölle seine Arbeit und verschloss sorgfältig den Schreibtisch.

Das Kribbeln seiner Arme hatte sich als flaues Gefühl in den Bauchraum verschoben. Eigentlich hatte er bloß gewartet, bis Zissel gegangen war und sich weit genug entfernt hatte.

Die Sonne stand weit westlich. Mölles Weg führte zum Hohbergsee. Im Wald war es schon etwas dunkler. Die Tannen sahen heute besonders düster aus. Es fehlt der weiße Nebel, der ihre dunkle Färbung sanft bemustert, dachte Mölle.

Plötzlich glaubte er links oberhalb im Wald Schritte zu hören. Dort verlief hinter Buschwerk ein kleiner Pfad parallel zum Hauptweg. Mölle blieb stehen und lauschte: Raschelte es dort? Nein, es blieb still. Er ärgerte sich, weil ihn seine Sinne narrten. Das kommt vom schlechten Gewissen! Aber trotzdem werde ich Zissel nicht alles erzählen! Mölle ging weiter. Erneut kam ein Geräusch. Wieder bohrte er erfolglos seinen Blick durch die Büsche. Kurz vor dem Fischerknab glaubte er einen Schatten auf dem kleinen Pfad zu sehen. Vielleicht ein Camper, beruhigte er sich, beschleunigte jedoch seinen Schritt. Auf dem Campingplatz flackerte schon ein Lagerfeuer.

Mölle verharrte am Rand des Hohbergsee-Geländes in tiefen Gedanken. Als er endlich zum See ging, schimmerte bei den letzten Sonnenstrahlen im Gras etwas Helles. Der Kommissar bückte sich. Eine Perle? Tatsächlich, eine Perle! Wie lange er mit der Perle in der Hand sinnierend stand, erfasste er zeitlich nicht.

Ein merkwürdiges Gefühl kam in ihm auf, das sein Denken anstachelte. Es veranlasste ihn, die Perle schleunigst zu verstauen. Eine neue Spur! Sie hatte wahrscheinlich eine Perlenkette getragen, die gerissen war. Da müssten noch mehr sein, fieberte Mölle und sah hastig suchend über die Wiese. Tatsächlich, ganz in der Nähe lagen zwei weitere Perlen.

Er erforschte den weiteren Umkreis und setzte sich für einen besseren Einblick in die Hocke, und er wurde wiederum fündig. Fast ungläubig besah er die vierte Perle. Niemand darf davon jetzt schon wissen!

Wie gelähmt blieb er lange Zeit in der Hockstellung. Oh, fiel ihm endlich ein, den letzten Fund sollte er auch eiligst wegstecken!

Er erschrak! Eine fest zugreifende Hand lag auf seinem Nacken. Mölle schnellte in die Höhe, fuhr herum und sah in ein grinsendes Gesicht.

„Wie kannst du mich so erschrecken?", fuhr er Zissel heftig an.

Der lachte auf: „Wollte ich nicht, tut mir leid. Was machst du denn auf dem Boden? Turnübungen?"

Mölle wollte nicht antworten, er stellte eine Gegenfrage: „Warst du vorhin auf dem kleinen Pfad?"

„Oh, du hast gute Ohren!" amüsierte sich Zissel. „Ja, ich war es. Übrigens, gut ist, dass du dir über das Verbrechen hier auch Gedanken machst."

„Du wolltest doch zur Glashalde", konnte sich der verärgerte Mölle nicht verkneifen.

„Eigentlich schon. Ich weiß nicht warum ich es mir

anders überlegte. Ich bekam urplötzlich den Drang, hierher zu gehen." „Wie du!" fügte Zissel noch hinzu und machte sein unschuldigstes, fast verzweifeltes und wieder um Verzeihung bittendes Gesicht.

„Und du bist die ganze Zeit hinter mir gegangen?" Mölle dachte amüsiert, genau wie bei seinen Ermittlungen! Immer einen Schritt zu spät! In jeder Hinsicht!

Dann überlegte er jedoch ernsthaft: Hat Zissel geahnt, was ich vorhatte? Hat er mich schon länger beobachtet? Wenn ja, ist das bedenklich!

Unterschätze ich ihn, war für Mölle nun die heikle Frage. Zissel ist ein Fuchs. Er ahnt bestimmt etwas. Ich werde ihm die fehlenden Glieder aber nicht liefern!

Als Mölle so ausgedehnt in seinen Gedanken hängen geblieben war, begann Zissel endlich zu erläutern.

„Der Gang über den kleinen Pfad ist beschwerlich, man darf es nicht eilig haben"

Mölle überlegte. Was sollen diese öden Worte? Was bezweckt Zissel damit? Er hat mich beobachtet! Warum? Zweifelsohne forscht er mir nach!

Dann war Mölle trotz seiner Befürchtungen etwas schadenfroh, weil er seinem Chef wahrscheinlich nicht nur eine, sondern schon zwei Nasenlängen voraus war. Natürlich schwieg er darüber. Wieder sehr lange!

Zissel besah sich indessen ausgiebig die Umgebung. Er schürzte seine Lippen.

„Bist du öfters hier?" Diese beiläufig an ihn gestellte Frage ließ Mölle argwöhnisch aufhorchen.

„Ja, ab und zu", gab Mölle zögerlich Antwort, „Nein eigentlich eher öfters! Ich gehe gerne an der Schutter entlang. Das Wasser ist für mich fast beruhigend. Es plätschert, als wolle es etwas erzählen."

Für Zissel klangen die Worte wie Abbitten. Er schüttelte sich innerlich und konnte nicht mehr stillstehen. Er entfernte sich unerwartet etliche Meter von Mölle, kam mit schnellen Schritten zurück, entfernte sich nochmals kurz, um dann abermals wieder zum See und an Mölles Seite zurückzukehren.

Mölle wurde unruhig. Er wusste Zissels Verhalten nicht zu deuten. Der ist vollkommen von der Rolle, dachte Mölle. Da hörte er unverhofft: „Die Leiche an dieser Uferseite abzulegen, war clever."

„Wieso", fragte Mölle, verblüfft über den Hinweis.

„Weil weiteres Gelände gebraucht wird. Geplant ist, den See nochmals zu verkleinern."

„Ja?" Mölles Fragestellung war beiläufig.

Kurz darauf kamen von Zissel längere Erklärungen.

„Ein weiterer Teil des Ufers wird an der Stegseite trocken gelegt, also mit Kies, Sand und Grund aufgefüllt."

Mölle drückte seine Backenzähne zusammen; so stark, dass sein Kiefer schmerzte. Er fragte lauernd: „Ja und, was bedeutet das?"

Die Erklärung kam schnell: „Der Zeltplatz wird ins Schuttertal verlagert."

Zissel sah Mölle tiefgründig an. „Auf diesem Gelände hier sind weitere Häuser mit Grünflächen in Planung. Der Bootssteg muss weg!" „Ach ja? Und?"

„Das heißt, hätte der Täter von der Perücke gewusst, und hätte er sie entfernt, wäre die Leiche bestimmt nie entdeckt worden."

Mölle machte ein verblüfftes Gesicht und Zissel erklärte weiter: „Niemand wäre auf den Gedanken gekommen, hier Nachforschungen anzustellen. Die Tote wäre für immer unter Kies und Sand verschwunden."

Mölle zitterte jetzt innerlich. Das wusste Zissel also auch! Er hatte von dem städtischen Bebauungsplan einmal erfahren, gab sich aber jetzt ahnungslos.

„Oh, Baugebiet! Schade um den idyllischen See."

„Tja, die Zeiten ändern sich. Es muss leider manches weichen, was uns lieb geworden ist, nicht wahr. Doch wer würde nicht ab und zu manches gern unterm Kies vergraben?" Zissel machte eine Pause.

Ja, leider!" Mölle wurde nun still. Was sollte er weiter dazu sagen? Was wollte Zissel ihm sagen?

Dieser begann wieder nervös auf- und abzugehen. Mann, der läuft ja wie gehetzt, dachte Mölle. Er leidet wohl unter seinem Misserfolg!

Dann blieb Zissel auf einmal wieder stehen.

„Ein Camper hat einen Mann und eine Frau hier gesehen, die sich auffallend benahmen. Aber so ein Mist, er konnte niemand erkennen, nur zwei Personen eben, die sich arg merkwürdig bewegt haben." Zissel ließ jetzt keinen Blick von Mölle.

Oje, nee, dachte Mölle, jetzt hat er es doch noch erfahren! Hoffentlich hat der Camper nichts von meinen Nachforschungen erzählt! Weil aber Zissel sich endlich wegdrehte und nur abwesend vor sich hinstarrte, beruhigte sich Mölles Herzschlag.

„Mal sehen, was die Gerichtsmedizin noch findet."

Gehen wir?" Diese Frage kam überraschend.

„Ja, gehen wir", erwiderte Mölle und hatte ein dubioses Gefühl. Hoffentlich spricht er mich nicht mehr an, bangte er! Schweigend gingen sie übers Gelände.

Die Sonne war nun untergegangen. Zissel ging zum Rosenweg und Mölle Richtung Dienststelle.

Nach kurzer Zeit, wie unter Zwang, schlich Mölle aufgerüttelt oberhalb des Campingplatzes über die Wiese, um von dieser Seite nochmals Einblick auf das Seegelände zu bekommen. Sein Gefühl hatte ihn nicht getäuscht. Hab` ich mir`s doch gedacht, fluchte Mölle innerlich, der Zissel ist zurückgekommen. Und jetzt sucht er kniend das Gelände ab! Sogar mit einer kleinen Taschenlampe! Hoffentlich verdreht er sich sein Knie, war Mölles Wunsch.

Oh, jetzt hat er etwas in seine Jackentasche gesteckt! Ich muss meinen Plan schnellstens ändern, dachte Mölle und verspürte im Brustkorb einen stark reißenden Schmerz. Seine Atemzüge wurden flüchtig.

Mühsam schleppte er sich bis zum Fischerknab und ließ sich dort auf die Steinbank fallen. In seinem Brustkorb trommelte das Herz. Die Kälte der Bank spürte er nicht. Es war schon dunkle Nacht, als ihn seine Beine endlich wieder tragen konnten.

Wie atmete er auf, als er zu Hause war. Die Schmerzen in Brust- und Magengegend ließen langsam nach. Die bunten Schuhe hatte er schon ausgezogen. Seine Füße fühlten sich noch bleiern an. Er legte sie auf das Polster eines Stuhls. Er war erschöpft und spürte nur noch eine folternde Leere in seinem Körper.

**Angriffe**

Es vergingen etliche Tage. Da erhielt Mölle die Nachricht, dass Markus außer Lebensgefahr war. Er ging ins Krankenhaus, um mit dem Jungen zu sprechen.

Doch Markus konnte ihm nicht viel helfen. Nur seinen Übergriff auf Sofias Süßigkeiten musste er zwar sehr unwillig, jedoch zwangsläufig zugeben.

„Hattet ihr auch bei Fröhlich geklingelt?"

„Ja. Aber der hat so gewettert, dass wir sofort davonliefen. Ich glaube, er wollte den Hund auf uns hetzen!"

„Hast du auf seinem Grundstück ein Bonbon oder Ähnliches gefunden?"

„Nein, dazu war überhaupt keine Zeit. Mein Freund und ich sind sofort wieder weggelaufen."

„Also nochmals, zuvor hattest du dem kleinen Mädchen Süßigkeiten weggenommen!"

„Ja", wurde Markus nun unruhig und stammelte nicht sehr überzeugend: „es tut mir leid."

Mölle überging diese nicht plausible Entschuldigung.

„Hast du von den Süßigkeiten unterwegs gegessen?"

„Ja, aber nur so etwas wie ein kleines Stück Keks."

Markus sah den Kommissar fragend an.

„So, aha!" Mölle wollte gehen, er wusste genug. Jetzt hatte Markus eine Frage: „Bin ich deshalb im Krankenhaus?"

„Möglich. Das müssen dir die Ärzte erklären. Naschen ist manchmal ungesund! Doch kleine Mädchen bestehlen war für dich gerechterweise noch viel ungesünder!" Damit verabschiedete sich Mölle und ging in Richtung Tür.

Auf Markus´ argwöhnischer Frage: „Aber wieso?", antwortete der Kommissar: „Erzähle ich dir beim nächsten Besuch!"
Markus war also eindeutig ein Zufallsopfer.
Vor der Tür stand ein älterer Mann, der sich sofort wegdrehte als die Tür aufging. Er ging rasch den Flur entlang. Mölle bemerkte noch, dass er ein Buch in seiner Hand hatte.
Für den Kommissar war dringlich die Zeit gekommen, Herrn Ganner nochmals zu besuchen. Auf diese Aussprache musste sich der Kommissar gedanklich gut einstellen.
Herr Ganner öffnete sehr langsam seine Wohnungstür. Mölle stellte wieder einen Fuß vor. Gleichzeitig öffnete sich die Tür gegenüber. Mölle drehte seinen Kopf, ohne den Stand seiner Füße zu ändern.

Frau Doern trat in den Flur und sah keinesfalls erfreut aus, als sie den Kommissar erblickte. Trotz ihrer offensichtlichen Anspannung grüßte sie äußerst freundlich: „Oh, Herr Kommissar, was führt Sie zu uns?"
„Ja, hallo, Frau Doern, schön zu wissen wo Sie wohnen."
„Aber, wenn Sie dies interessiert hat, weshalb haben Sie mich nicht einfach neulich bei Ihrem Einkauf danach gefragt? Ich hätte es Ihnen gesagt!"
„Nun, so neugierig war ich anfangs nicht. Sie sind ja noch nicht so lange hier. Was weiß ich, was Sie dann, eventuell von mir gedacht hätten!"
„Was, Herr Mölle, denken Sie denn, was ich von Ihnen eventuell hätte gedacht haben können?"

Frau Doern war keinesfalls auf den Mund gefallen. Sie grinste über ihre zusammengekünstelte Antwort.

„Aha, Männergedanken", lachte sie dann, als sie keine Antwort bekam.

Alle Achtung, dachte Mölle. „Nun Spaß beiseite, liebe Frau Doern. Betreffs Wissensdrang: Männer sind viel neugieriger als Frauen. Nur quatschen sie nicht so viel! Tschüs, schönes wortreiches Arbeiten!"

Frau Doern drehte sich weg. Sie hatte keine herzlichen Gedanken für den Kommissar übrig.

Mölle rief noch provozierend hinterher: „Tschü-hüs!" Frau Doern ließ die Eingangstür lautstark ins Schloss fallen. Mölles Mundwinkel waren in Bewegung.

Er wandte sich nun an Herrn Ganner.

„Sie liebt mich einfach nicht!", sagte er und Herr Ganner lächelte. Mölle sah zum ersten Mal, dass der ehemalige Buchhalter seine Lachmuskeln bewegte.

„Kann ich kurz mit Ihnen sprechen?" Schon wurde Herr Ganner hektisch. „Bitte, wenn es sein muss!"

„Es muss!" Mölle stand schon im Flur der Wohnung. Ganner führte ihn heute demütig in sein Wohnzimmer. Sein Gang drückt ein schlechtes Gewissen aus, dachte Mölle und betrat den Raum.

Er bekam heute sogar einen Platz im schönsten Sessel angeboten.

„Herr Ganner", Mölles Strategie war es jetzt, sehr deutliche Fragen zu stellen.

„Kennen Sie Frau Vorsler näher?" Herr Ganner verschob sein Gesäß auf dem Sessel und wackelte dabei mit seinen Armen.

„Nun ja, wie man eben seine Mitbewohner kennt." Ausrede, dachte Mölle.

„Ich fürchte, Sie sagen mir nicht die ganze Wahrheit, Herr Ganner!"

Dann griff der Kommissar, einer Eingebung folgend, direkt an.

„Herr Ganner, hat Markus Sie letztes Jahr überfallen? Sagen Sie mir die Wahrheit, sonst lasse ich Sie noch heute aufs Lahrer Revier vorladen."

Herr Ganner fiel in sich zusammen.

„Ja, aber es war doch nicht weiter schlimm. Ein dummer Jungenstreich. Ich möchte deswegen kein Aufsehen erregen. Frau Vorsler hat Markus ausgeschimpft. Er hat sich dann bei mir entschuldigt."

Jetzt musste Herr Ganner schwer atmen. Mölle dachte: Das war eventuell eine von Ganners längsten zusammenhängenden Reden für heute.

„Waren Sie verletzt?" Die Antwort ließ auf sich warten.

„Nein, eigentlich nicht." Mölle wartete. Sein Blick lag stur auf Ganners Gesicht. Dieser wusste genau, worauf es jetzt ankam. „Naja, ich hatte eine kleine Platzwunde am Kopf."

„Durch was verursacht?" Mölle konnte in seinem Wissensdrang unnachgiebig sein.

Ganner wich wieder aus. „Ich weiß es nicht mehr so genau! Wirklich nicht!"

Mölle war still. Ganner musste reden.

„Vielleicht vom Schlag mit einem Stock, oder..."

Den Rest des Satzes erfuhr Mölle nicht mehr. Doch dies war ihm nun gleichgültig.

Denn er wollte ja noch etwas anderes wissen.

„Kennen Sie Herrn Assul?"

„Ja, aber nur flüchtig."

„Kommt er manchmal noch zu Frau Vorsler?"

„Ich, ich weiß nicht, ich sehe ihn, höchst selten im Flur. Ich gehe ihm aus dem Weg. Wenn ich ihn sehe, ziehe ich mich sofort zurück."

„Er kommt also nicht regelmäßig?" Mölle war mit Ganners Antworten nicht zufrieden.

„Das weiß ich nicht, Herr Mölle, ich führe keine Strichliste darüber. Allerdings ist es lange her, dass ich ihm begegnet bin."

Also, war Mölle stolz, meine Einschüchterung vorhin betreffs Vorladung hat gewirkt; Ganner ist aufgeschlossener.

„Haben Sie sich jemals mit ihm unterhalten?"

Ganner stützte seine Arme auf die Sessellehnen und drückte sich in den Sitz. „Kaum, meistens tauschten wir nur Grüße."

„Mann, Herr Ganner, jetzt ziehen Sie sich schon wieder in ihr Schneckenhaus zurück. Ich möchte endlich eine umfassende Antwort von Ihnen. Was war, wenn Sie nicht nur Grüße tauschten?"

Ganner schien entkräftet. Seine Stimme wurde fast jammernd. „Einmal habe ich länger mit Herrn Assul gesprochen. Er hat über Markus geschimpft. Sehr sogar und laut!"

Jetzt suchte sich Ganners Blick eine Zimmerecke.

„Und? Wie war das?" Mölle biss sich fest. Ganners Armbewegungen wurden tatsächlich roboterartig.

„Herr Assul hat erzählt, dass Markus versucht hatte, ihn zu bestehlen. Aber ich kann mir das nicht vorstellen", fügte Ganner mit scheuem Blick schnell hinzu.
„Weshalb können Sie sich das nicht vorstellen? Wegen Markus oder wegen Frau Vorsler?"
Ganners Unterkiefer war lautlos in Bewegung.
„Tschüs, Herr Ganner!" Mölle wusste nun, was er wissen wollte.
Auch für ihn war das Gespräch anstrengend gewesen. Normalerweise ist er mehr Auskunftsbereitschaft gewöhnt. Der Ganner deckt Frau Vorsler und ihren Sohn, wo er kann! Er hat nicht einmal meinen Abschiedsgruß erwidert! Dann belächelte er das ungewohnte `Herr` vor `Mölle`. Ganner hatte ihn, aber nicht nur deshalb, unbewusst stark aufgeheitert.
Die Gaststube „Zum Hopfen" wäre jetzt pure Entspannung, oder sie würde ihm viele Fragen einbringen. Nun, er war heute mutig. Jedenfalls fühlte er sich gerade so.

Die Gaststube war total belegt. Mölle stellte sich an die Theke. Herr Gommler war auch Gast. Er stand sofort vom Tisch auf und gesellte sich zu Mölle. „Noch ein Bier und eines für Mölle", bestellte er.
„Sie trinken doch eines mit?" Mölle nickte.
„Gerne, Herr Gommler, wenn Sie für das Bier von mir keine Auskünfte über die Fälle möchten!"
„Nein, wie kommen Sie denn darauf, Mölle?"
Gommler lachte, sein Bauch hüpfte. „Doch Sie könnten mir schon sagen, ob Sie zumindest in einem Fall Erfolg hatten."

Mölle grinste. „Ja, in einem Fall; das kostenlose Bier!"
Jetzt lachte Gommler so laut, dass die anderen Gäste zur Theke sahen. Und Mölle amüsierte sich mit.

Der Sonntag war wunderbar klar und sonnig. Fast ein Zwang zog Mölle nach draußen. Es war eine Flucht aus den eigenen vier Wänden. Er wollte einfach einmal seinen Kopf frei bekommen. Von der Arbeit, ach überhaupt von allem!
Gegen Mittag machte er sich auf den Weg. Zu dieser Zeit waren kaum Spaziergänger unterwegs.
Heute ging Mölle zwischen Wiesen und Schutter entlang in östlicher Richtung. Nach einiger Gehzeit setzte er sich auf eine Bank. Die Sonne wärmte noch gut.
Mölle dachte: Bei der Uferseite gegenüber liegt das Wasser wie eine glänzende Fläche. Auf meiner Seite hüpfen kleine glitzernde Wellenkämme, die zwar alle gleich aussehen, aber doch total verschieden sind. Wie bei Menschen? Mölle besah seine Schuhe. Ob er sie ausziehen sollte?
Dicht bei seinen Füßen wuselten korrekt zwei sich entgegenkommende Linien kleiner rötlicher Wiesenameisen. Mölle beobachtete sie. Die Tierchen waren flink! Plötzlich lief eine große, Waldameise quer auf dieses Gewusel zu. Die Kleinen stoben wild auseinander. Als die Waldameise die Linie durchquert hatte, reihten die Wiesenameisen sich sofort wieder ein, total unbeirrt, als hätte es keine Störung gegeben.
Groß und Klein, dachte Mölle, sind alle gleich wichtig? Sind Große wichtiger? Was bleibt von ihnen? Was bleibt nur von uns allen?

Mölle stand blitzartig auf, ging mit schnellen Schritten weiter in Richtung Schuttertal und bog irgendwo in den Wald ab. Er konnte die Gedanken nicht wegschieben: Diese solide Zuverlässigkeit der Ameisenkolonne, dieses sofortige Schließen der Lücke! Es zeigte ein einwandfreies soziales Verhalten.

Da pickte in einiger Entfernung ein Vogel. Der Stärkere vernichtet Schwächere. Menschen picken nicht nur, sie raffen. Zissel und ich? Erfolgreicher wäre Gemeinsamkeit! Wenn, ja wenn dieses blöde Ego nicht wäre! Doch ich will nicht kooperieren!

Jetzt beruhigte sich Mölle damit, dass einige Personen im Ort das auch nicht wollten. Männer wie Frauen!

Mit: Ich könnte sie alle namentlich aufzählen, schloss er sein quälendes Überlegen.

Ohne bewusstes Vorhaben war er zum Steingrabenfelsen gelangt. Er hatte kaum den Aufstieg wahrgenommen. Er sah ins Schuttertal hinunter. Man sollte demütig werden und nach unten sehen, dachte er, weil man immer auf irgendwelchen Schultern steht, die zum Erfolg beigetragen haben. Er musste, plötzlich an seine Frau denken. Sie hatte ihm sehr lange Zeit finanziell den Rücken freigehalten. Und er konnte damals gut leben und hatte alle Möglichkeiten, beruflich nach oben zu klettern.

Sein Dank? War sein Verhalten ihr gegenüber damals zu gleichgültig? Weil er ständig an Sonja dachte?

Weshalb denke ich immer nur „meine Frau" und nie an ihren Vornamen wie bei Sonja?

Mölles Blick schweifte ringsum über Bergrücken und

Täler. Höhen und Tiefen, wie im Leben, fiel ihm auf. Man erklimmt mühsam eine Bergseite, und schlittert an der anderen Seite wieder bergab. Höhen und Tiefen? Wie bei Zissel und mir!
Nein, Mölle scheute sich plötzlich weiterzudenken.
Er wollte mit solch schwerwiegenden Gedanken sich an seinem freien Tag nicht länger auseinandersetzen.
Er rieb kräftig seinen Nacken und sah nach oben. Ein Segelflugzeug klinkte sich gerade bei einem Sportflugzeug aus, um oben eigenständig zu kreisen.
Mit: Meine Frau hat sich auch ausgeklinkt, hatte Mölle schon wieder zu Vergangenem gewechselt. Sicher habe ich ihr die ideale Thermik geliefert, überlegte er seltsam ehrlich.
Fliegen, das müsste man können. Einfach allem davonfliegen, dorthin wo sich alles ganz leicht anfühlt. Dort oben hin, wo man das Erdgeschehen aus großem Abstand besichtigen könnte.
Als er abends zu Hause gemütlich in einen Sessel saß, dachte er: Ich möchte eigentlich schon Sieger sein! Ich muss es einfach sein! Ich werde es auch sein! Oder? Mit dieser Überlegung rekelte Mölle sich in seinem Sessel.

Montage sind oft blöde Tage, so wie heute, dachte Mölle. Es hatte schon damit angefangen, dass ihm auf dem Weg ins Kommissariat ein offensichtlich schlecht gelaunter Gommler begegnete.
Schlechte Laune kam sonst bei diesem äußerst selten vor. Mölle ließ sich nichts anmerken. Er grüßte höflich: „Guten Morgen, Herr Gommler." Der Gemüsehändler

sah ihn nur kurz an und schüttelte den Kopf. Schon sah es so aus, als würde er an Mölle vorbeigehen. Aber Gommler drehte sich um.

„Mölle, es kann doch nicht sein, dass es noch keinerlei Erkenntnisse bei den Morden gibt! Der ganze Ort macht sich Sorgen, was noch alles geschieht!"

„Und, was möchten Sie denn hören, Herr Gommler?"

„Na, die Wahrheit Mölle."

„Ach, Herr Gommler, die ist vielfältig. Gibt es überhaupt eine einzige Wahrheit? Überlegen Sie mal!"

„Hören Sie mit dem doofen Blah-Blah auf", knurrte Gommler gereizt. „Wir werden offensichtlich für dumm verkauft."

Ob seine miese Laune am Montag lag, sinnierte Mölle und sagte sehr ruhig: „Keinesfalls Herr Gommler. Wir tun doch unser Bestes, ich meine betreffs Morde."

„Ha, immerhin habt ihr noch kein einziges Ergebnis. Muss denn noch Schlimmes geschehen", redete Gommler sich noch mehr in Rage.

Mölle blieb höflich: „Aber nein-nein, Herr Gommler, kein Mensch möchte so etwas. Wir haben uns die Fälle nicht gewünscht! Haben Sie schlecht geschlafen?"

„Wenn ja, dann nur wegen euch! Arbeitet ihr altertümlich? Es gibt doch heutzutage gute Mittel und Wege, die Wahrheit ans Licht zu bringen!"

Mölle lächelte. „Ach, Herr Gommler, natürlich gibt es diese, sehr gute sogar. Jedoch gibt es genauso Mittel und Wege, sich wütende oder neugierige Mitmenschen vom Hals zu halten. Ach, grüßen Sie bitte Frau Doern recht herzlich von mir! Sie sind gewiss gerade auf dem Weg zu ihr. Sie hat allemal Zeit, Sie zu beruhigen! Ich wünsche Ihnen einen sehr schönen Tag!"

Damit ließ Mölle den Gemüsehändler stehen und setzte seinen Gang fort. Dann kam Mölle aber noch eine Idee. Er dreht sich nochmals zu Gommler um.

„Ich glaube, das zweite Glas Bier wird bald fällig!", rief er laut. Gommler schaute entgeistert und drückte seinen Unmut durch Aufblasen seiner Wangen aus.

Mölle setzte seinen Gang zur Dienststelle fort. Er schüttelte seinen Kopf und sich innerlich vor Lachen. Der triste Montag war passé.

Es dauerte etwas, bis er die Aufzeichnungen von der Vorwoche gelesen hatte und die nächste nötige Maßnahme für ihn klar war.

Zissel kam. „Morgen, Mölle, du bist schon hier?"

„Morgen, Zissel." Neugierig spähte Zissel über Mölles Schulter. Doch der war schnell und hatte schon, ganz zufällig, seinen Unterarm schräg über die Notizen gelegt. Zissel schwenkte um. Er hatte die Aussichtslosigkeit erkannt und verzog sich taktvoll zu seinem Schreibtisch, um die Schuhe auszuziehen. Ein stummer Vormittag folgte.

Mitte der Woche überschlugen sich betreffs Halloween die Ereignisse. Markus war noch im Krankenhaus, wusste aber, dass er bald nach Hause durfte.

Das erfuhr Mölle, als er erneut bei Frau Vorsler war.

„Frau Vorsler, Herr Assul behauptet, er hätte Ihnen stets den Unterhalt für Markus im Kuvert in den Briefkasten gesteckt."

„Der lügt doch, ich habe keinen Pfennig erhalten. We-

der ohne noch mit Umschlag, wirklich nicht, Herr Kommissar, jetzt glauben Sie mir doch!"
„Kann es sein, dass jemand das Geld widerrechtlich an sich genommen hat?"
„Quatsch, was sagen Sie denn da? Das ist doch totaler Blödsinn. Es könnten doch nur der Ganner oder die Finkes sein. Nein, die nehmen mir nichts weg, für die kann ich beide Hände ins Feuer legen."
Markus' Mutter runzelte nun ihre Stirn. Dabei legte sie den Zeigefinger der rechten Hand quer über ihren Mund und vergrub ihre Zähne in ihm. Es sah aus, als wollte sie die Zähne fletschen.
„Wer könnte sonst noch die Möglichkeit gehabt haben? Die kürzlich zugezogene Frau gegenüber von Herrn Ganner kommt ja nicht in Frage."
Mölles Frage kam behutsam. Er ließ Frau Vorsler jetzt viel Zeit. Er sah, wie ihre Augen von links nach rechts flatterten. Sie stütze einen Ellbogen auf den Tisch und legte kurz den Kopf in ihre Hand. Und ihre Füße rutschten verräterisch vor und zurück.

Denn sie kapierte plötzlich, was Mölle dachte. Der ihr eigene zänkische Tonfall kam an die Oberfläche.
„Was wollen Sie eigentlich, Sie Schnüffler? Wen verdächtigen Sie denn? Haben Sie wieder ihre verdammt abwegigen Ermittlergedanken?"
Aber sie unterließ es, ihre Vermutung über Mölles Annahme auszusprechen.
Sie setzte auf Ablenkung. Ihr Gesicht kam dem des Kommissars sehr nahe. Ihre Stimme wurde jetzt giftig.
„Ich sage Ihnen nur: Fragen Sie Assul, und verhalten

sich nicht wie eine Blindschleiche. Der Lebenswandel von diesem Assul frisst die Moneten schneller, als er sie verdienen kann. Neulich hatte er so ein mächtig aufgedonnertes Flittchen bei sich!"

„Ach, sieh` an, Sie waren bei ihm? Was wollten Sie denn bei Herrn Assul?" Mölle betonte das „Herrn".

„Es geht Sie nichts an", schnaubte nun Frau Vorsler. „Lassen Sie mich in Ruhe mit ihrer doofen Fragerei! Ich bin zu keiner Antwort verpflichtet."

Mölle wartete und wartete.

Dann wurde Ihre Stimme gellend: „Warum werde nur ich immer angeprangert! Machen Sie das mal mit dem doofen Assul!"

Mölle wusste, dass er in dieser Richtung nicht weiterkam. Darum änderte er das Thema.

„Sie kennen Herrn Ganner sehr gut? Sind sie schon länger mit ihm befreundet?"

„Darauf antworte ich nicht! Es gibt auch für mich eine Privatsphäre, oder wie man das nennt!"

„Natürlich, Frau Vorsler, die gibt es. Aber ich bin doch hier um die Umstände von Halloween aufzuklären. Deshalb forsche ich in allen Richtungen."

„Ihre Richtung bei mir ist falsch!" Frau Vorsler wurde zunehmen wütender.

Doch Mölle fuhr unbeirrt fort:

„Es war eventuell nur ein Zufall, dass Markus etwas Vergiftetes gegessen hatte. Er hatte einem kleinen Mädchen Süßigkeiten weggenommen. Dadurch kam, wie es aussieht, etwas Vergiftetes zu ihm."

Frau Vorslers Stimme wurde noch schriller.

„Sie spinnen doch! So schlecht ist mein Junge nicht, er bestiehlt niemand! Das hat wohl der Assul behauptet! Wenn Sie nur Verleumdungen bringen, können Sie gehen!"

Dabei war Markus` Mutter aufgesprungen und holte eine Flasche aus dem Kühlschrank. Sie schenkte sich ein Glas Wein ein und schluckte ihn gierig hinunter.

Danach atmete sie wie erleichtert auf und setzte sich wieder auf ihren Platz.

Aber Mölle bohrte weiter: „Frau Vorsler, auch wenn Sie es nicht hören wollen, eventuell könnte Markus das Geld von Herrn Assul stets an sich genommen haben."

Meta Vorsler füllte mit zitternden Händen ein zweites Glas. „Lassen Sie mich und Markus in Ruhe!"

„Ich möchte nochmals in das Zimmer von Markus", war Mölle mit ruhiger Stimme nun befehlend.

„Nein, das kommt nicht in Frage, verschwinden Sie!"

„Frau Vorsler, ich kann auch mit einem Hausdurchsuchungsbefehl kommen. Dann müssen Sie mir die Wohnung zugänglich machen. Eventuell kommen dann noch mehr Leute mit."

Jetzt rannte Frau Vorsler zur Tür und schrie wie irr durchs Treppenhaus: „Hilfe!"

Sogleich wurde gegenüber die Tür geöffnet.

Frau Finke war offenbar gewohnt, ein Ohr bei Frau Vorsler zu haben.

„Was ist?"

Frau Vorsler änderte sich schlagartig: „Entschuldigung, ich war etwas verwirrt. Der Kommissar ist gera-

de bei mir und er hat mich genervt."
Dann knirschte sie mit ihren Zähnen und schloss schnell die Wohnungstür. Sie war jetzt kleinlaut. Diese Frau kann sich von einer Minute zur anderen total ändern; solche Fähigkeit hat nicht jeder, dachte Mölle, vielleicht bewirkt das der Wein!

Frau Vorsler sprach überraschenderweise nun wieder ganz normal und einigermaßen ruhig: „Also, machen Sie, was Sie wollen!"

Mölle kannte den Weg. Ihn interessierte nur dieses kleine Kästchen, das ihm neulich aufgefallen war und an einer Seite wie ein Buchrücken aussah. Er brachte es zu Frau Vorsler. Sie war teilnahmslos im Wohnzimmer sitzen geblieben und starrte vor sich hin.

„Frau Vorsler, was ist da drin?"
„Woher soll ich das wissen, ich schnüffle, im Gegensatz zu Ihnen, meinem Sohn nicht hinterher."
„Hätten Sie es mal getan, vielleicht wäre Ihr Verhältnis zu Herrn Assul besser. Bitte öffnen Sie das Kästchen."
„Nein, das kann ich nicht."
„Darf ich es tun?"
Von Frau Vorsler kam nur noch ein schwaches „Ja." Sie hatte den Widerstand aufgegeben.

Für Mölle war das Öffnen nicht schwierig. Er hatte nach wenigen Versuchen mit einem seiner Schlüssel geschickt das Schloss aufgebrochen.

Etliche gefaltete und auch zerknitterte Geldscheine quollen heraus.

Frau Vorsler sackte zusammen, bekam eine aschfahle Gesichtsfarbe. Und sie jammerte:

„Woher? Wieso?", brachte sie soeben den Zusammenhang erkennend nur noch schluchzend heraus.
Mölle wartete mit der Antwort etwas ab, bis er sagte: „Vom Briefkasten. Assul hat die Wahrheit gesagt."
Frau Vorsler schwieg. Mölle schob aber noch nach.
„Oder denken Sie, ihr Sohn hat noch eine andere Einnahmequelle?"
Weil Frau Vorsler nicht antwortete, sondern nur noch „mh" verlauten ließ, beendete Mölle seinen Besuch.
„Ich nehme dieses Kästchen mit."
Dann zählte er das Geld unter Frau Vorslers Augen und ließ sie auf seinem Notizblock den Betrag bestätigen, was sie widerstrebend tat. Beim Hinausgehen sah der Kommissar noch, wie Frau Vorsler wieder Richtung Weinflasche ging.

Es war für Mölle eine Leichtigkeit, Markus zu einem Geständnis zu bewegen. Der Junge war in die Enge getrieben und sah keine Möglichkeit, etwas anderes zu behaupten. Sich flink eine Ausrede einfallen zu lassen, dazu reichten Markus` geistige Fähigkeiten nicht.
Mölle dachte, Herrn Assuls Schlagfertigkeit hat er nicht geerbt!
Und Herr Assul nahm den Diebstahl von Markus äußerst gelassen hin.
„Ach, Herr Kommissar, Sie überraschen mich nicht. Es war mir fast klar, dass leider nur mein eigener Sohn das Geld genommen haben konnte. Seine Mutter muss ihre Nachsichtigkeit ablegen! Jetzt hat sie", er

nannte Frau Vorslers Namen nicht, „den Beweis. Vielleicht wird sie einsichtig und versucht nun, Markus besser zu erziehen. Wenn es nicht schon zu spät ist!"

Für Mölle war diese Aufklärung die einfachste der Welt. Es lagen aber einige folgenschwerere Dinge auf seinem Gemüt.

Egal welchen schlimmen Charakter Markus hatte, seine Vergiftung musste aufgeklärt werden. Diese war schlimmer!

Noch viel schlimmer freilich waren die beiden Morde.

Wie stark die noch nicht aufgeklärten Fälle Mölle belasteten, ahnte jedoch niemand.

**Sind aller schlimmen Dinge drei?**

Liana und Rosi waren kurz vor Feierabend noch in ihre Arbeiten vertieft.

„Rosi, hast du eigentlich seit jenem Abend von deinem Mann noch einmal etwas gehört?"

Rosi wurde etwas verlegen. „Nein, ich habe ihn aber kurze Zeit später angerufen."

„Und, was meinte er?"

„Liana, ich hatte dir doch gesagt, dass ich nie mehr darüber sprechen möchte.

„Oh, tut mir leid, ich hatte es vergessen", gab Liana wenig glaubhaft von sich. Rosi schwieg nun über ihre Arbeit gebeugt.

Liana war unzufrieden. Ihr Verhältnis zu Rosi war nicht mehr dasselbe. Sie war tief enttäuscht und zugleich enorm wütend. Früher waren sie ganz offen zueinander. Irgendwann werde ich ihr zu gewissen Dingen knallharte Vorhaltungen machen müssen.

Nach einiger Zeit versuchte Liana wieder, ihre Kollegin zum Sprechen zu bringen:

„Mensch, Rosi, übrigens ist das Fahndungsfoto des Toten entfernt worden. Unsere Beamten sind wohl nicht weitergekommen. Dieser zum großen Teil gesichtsverdeckende Schnurrbart war sicher für die Ermittlungen hinderlich."

Rosi hob ihren Kopf: „Liana, bitte lass mich in Ruhe, ich muss mit den Gedanken bei meiner Arbeit sein."

Jetzt war Liana, wenn auch widerwillig, still. Sie hätte sich gerne noch weiter mit Rosi unterhalten. Es brannten schon noch sehr heikle Fragen auf ihren Lippen.

Diese könnten ihre Kollegin beschämend in die Enge treiben, doch sie verkniff sich diese. Aber nachdenken darf ich wohl noch, ging's durch Lianas Kopf.

„Rosi", fragte Liana vorsichtig nach sehr langem Stillschweigen, „gehst du heute Abend mit ins Fitness?"
„Nein!" Die Antwort war knapp. Liana wollte die Unterhaltung nun doch aufrechterhalten.
„Du, Rosi, weißt du auf was ich Lust hätte?" Rosi gab keine Antwort. Sie knurrte nur ein bisschen.
„Ich würde mal gerne wieder mit dir im Taubergießen spazieren gehen."
Rosi zuckte kurz mit ihren Schultern: „Ich nicht."
Liana gab auf. Es verwunderte sie nicht, dass Rosi immer einsilbiger wurde.

Gustl Mader schrieb einen Brief.
Seine Hand zitterte und er ärgerte sich über seine undeutliche Schrift. Aber er musste den Brief einfach zu Ende schreiben. Das war er der Frau schuldig und natürlich auch sich selbst.
Den ersten Versuch hatte er schon klein zerrissen beim Müll entsorgt. Lesen ist einfacher als Schreiben, dachte er; ich bin aus der Übung, mein Schriftbild ist schlecht. Früher hatte er keine Probleme damit. Früher, ja früher lief alles besser von der Hand.
Als er Liana nach Hause kommen hörte, verschloss er rasch seine Schreiben im Briefumschlag, den er in seine Jackentasche steckte.
„Hallo", Liana war wie immer kurz angebunden
„Hallo, Liana, du bist heute ja so früh zuhause. Hast du schon Feierabend?"

„Ich habe eine Überstunde abgefeiert. Du Gustl, macht es dir etwas aus, wenn ich nach dem Abendbrot noch ins Fitnessstudio gehe? Ich war schon einige Tage nicht mehr dort. Mein Körper braucht dringend Bewegung."
„Natürlich kannst du das gerne, Liana. Ich möchte mir aber vor dem Abendbrot noch etwas meine Füße vertreten. Ich esse also später."
„O.K.", Liana hatte es sehr eilig. Sie knabberte kurz an einer Scheibe Brot und bereitete gleichzeitig auch für Gustl eine kleine Mahlzeit zu. Dann zog sie ihre Sportkleidung an.
„Geht deine Kollegin auch mit?"
„Ich weiß noch nicht, ich gehe nachher bei ihr vorbei und frage sie."
Warum rufst du nicht an?"
„Weil sie am Telefon ständig Ausreden hervorbringt, dass sie gerade mit etwas Wichtigem beschäftigt ist. Wenn ich ihr gegenüberstehe, wird sie nicht absagen."
„Tja", Gustl Mader überlegte bevor er weiter erläuterte: „Tja, du bist schlau! Gegenüberstellungen sind fast immer erfolgreich. Na, ich gehe dann mal. Ich wünsch euch ein gutes Schwitzen und einen schönen Abend!"
Gustl bekam einen leichten Wangenkuss mit einem gehauchten „Tschüs!", als er seine Jacke überzog.
Er staunte. Ein Kuss von seiner Frau zum Abschied verwunderte ihn. Doch gedanklich war er dann sofort wieder bei seinem Schreiben. Kurze Zeit später ging er nach unten zum Briefkasten. Frau Wenzel kam sofort auf ihn zu, als hätte sie auf ihn gewartet.

Herr Mader steckte gerade den Brief in den Kasten und murmelte etwas, das Frau Wenzel sehr erstaunte. Aber sie fragte nicht nach, es ging sie ja nichts an. Ihr Nachbar hätte sicher deutlicher gesprochen, wenn er ihr etwas mitteilen wollte. Herr Mader unterhielt sich danach angeregt noch lange Zeit mit Frau Wenzel. Seine Sprache war nun klar und geistvoll wie immer, sie wurde nur ständig leiser.

Doch auch Frau Wenzels Stimme hatte ihre Lautstärke abgeschwächt. Sie plauderten und vergaßen die Zeit. Solange, bis Frau Wenzel sich daran erinnerte, dass eigentlich der Hund ausgeführt werden sollte.

„Er braucht viel Bewegung, Herr Mader, sonst wird er zu dick." Herr Mader spöttelte launig: „Genau wie meine Frau."

Frau Wenzel überlegte, ob ihr Nachbar noch etwas loswerden wollte, denn es schien, als wäre ihm unwohl. Aber Herr Mader erklärte weiter nichts.

„Schönen Abend noch, Frau Wenzel."

„Ihnen auch, Herr Mader, bis demnächst!"

Liana war schon weg. Gustl Mader war froh darüber, denn er suchte in der Wohnung wieder vergeblich nach einer kleinen Dose, die er bereits längere Zeit gut versteckt gehalten hatte. Er vermisste sie schon seit Tagen und machte sich große Sorgen, weil er sie nicht fand.

Ließ sein Gedächtnis nun schon so stark nach? Hatte er die Dose nicht in sein Versteck zurückgestellt? Nein, das durfte ihm auf keinen Fall passiert sein. Hoffentlich hatte Liana sie nicht weggeworfen!

Nee, verwarf er den Gedanken, das hätte sie ihm sicher gesagt. Doch trotzdem, wo war sie nur, diese Dose? Mein Kopf ist nicht mehr ganz klar, ängstigte sich Herr Mader nun.
Das Telefon klingelte. „Ja, bitte?"
Eine undeutlich harsche Stimme schrie in Maders Ohr: „Mörder! Sie Saukerl, Sie haben meinen Sohn getötet. Sie verfluchter Hund, Sie Bestie!"
Gustl Mader drückte den Hörer auf die Gabel. Das konnte nicht wahr sein!
Er hatte doch neulich die ihn entlastende Auskunft bekommen. Jetzt war doch noch das Schlimmste passiert! Der blanke Horror für ihn!
Er begann zu schwitzen. Da sah er, dass der Anrufbeantworter aufleuchtete. Als er ihn abhörte, schrie dieselbe Stimme die gleichen Worte. Gustl Mader war verwirrt. Er wusste nicht, was das bedeuten sollte. Und seine Sorge um die vermisste Dose wuchs. Hatte sie jemand anderes in die Hand bekommen? Verdammt, sie musste doch hier irgendwo sein. Wo hatte er sie bloß abgestellt?
Liana hatte ihm ein Abendbrot gerichtet. Es stand zugedeckt auf der Arbeitsplatte. Nachdem er gegessen hatte, würde er weitersuchen. Doch das Abendessen schmeckte nicht so gut, er kaute vor lauter schlimmen Gedanken lustlos sein Brot. Er bemerkte nicht einmal, was Liana als Brotaufstrich genommen hatte. Zu stark drang bei Gustl Mader die Unruhe um die fehlende Dose in den Vordergrund. Er zitterte. Er musste diese Dose finden. Das Atmen fiel ihm schwer.

Zu sehr später Stunde hat Frau Wenzels Hund seltsamerweise an der Tür geschrarrt. Trotz ihres Verbots, kratzte seine Pfote weiter. Frau Wenzel musste sich erweichen lassen. „Was ist denn heute mit dir los? Du warst doch schon draußen!"

Als sie aus der Haustür trat, zog der Hund winselnd zu Maders Haus. Frau Wenzel wunderte sich, was ihr Hund dort wollte. So etwas hatte er noch nie getan. Sie sah von ihrer Straßenseite schon, dass bei Maders die Haustür offenstand. Im Flur brannte das Licht. Und am Ausgang lag jemand!

Ihr Hund riss sich los und war schon bei Herrn Mader, bevor Frau Wenzel die Straße überquert hatte. Herr Mader lag etwas gekrümmt und seine Augen waren weit aufgerissen. Er röchelte ganz leise. Frau Wenzel getraute sich nicht, ihn anzurühren. Sie ahnte, dass er sie nicht mehr erkannte. Sie schrie so laut um Hilfe, dass sogar vier Anwesen weiter noch die Fenster aufgingen.

Der Hund schleckte ständig über Herrn Maders Arm. Frau Wenzel stand wie versteinert. Sie konnte sich von Herrn Mader nicht mehr abwenden. Seine Augen hatten den Glanz verloren. Er röchelte auch nicht mehr. Frau Wenzel glaubte nur etwas Schaum an seinen Lippen zu sehen. Es waren nun einige Nachbarn auf der Straße. Jemand hatte den Notdienst gerufen.

Just, als der Krankenwagen abgefahren war, traf Mölle vor Fröhlichs Vorgarten ein, wie meistens, zu Fuß. Diesmal war er von einer anderen Richtung gekommen. Er wollte heute Einsicht aus dieser Perspektive.

Deshalb hatte er den Krankenwagen nicht gesehen.
Bei Fröhlich war nichts erleuchtet. Mölle überlegte, ob er wohl ausgegangen sei, konnte sich das jedoch nicht gut vorstellen.

Als Mölle die Menschenmenge auf der Straße weiter oben erblickte, gesellte er sich hinzu. Aber er konnte aus dem Stimmengewirr nicht viel heraushören, nur dass ein Mann auf der Straße gelegen hätte. Er fragte in die Menge, wer den Mann zuerst gefunden hatte. So stieß er auf Frau Wenzel. Mölle bat sie um ein Gespräch und entfernte sich mit ihr von der Gruppe.

Denn er wusste: Mit Augenzeugen ist es genauso wie mit den Köchen.

Zu viele verschiedene Aussagen verschleiern den Blick für das Wesentliche. Nach einem kurzen Gespräch mit Maders Nachbarin, rief Mölle die Spurensicherung.

In Fröhlichs Haus waren nun sonderbarerweise plötzlich zwei Räume hell erleuchtet.

Oh, schön, dachte Mölle, nicht ohne berufsmäßig sehr aufschlussreiche Gedanken. Zissel mischt mit!

Die weißgekleideten Beamten untersuchten ausgiebig die Stelle vor der Haustür, als Liana Mader zurückkehrte.

„Was ist denn hier los?" fragte sie stirnrunzelnd. Ihre Augen zuckten hin und her. „Wieso sind so viele Leute hier? Wieso steht bei uns die Eingangstür offen? Wo ist mein Mann?"

Sie drehte den Kopf um in die Menge zu sehen. „Wurde bei uns eingebrochen?"

Mölle kam und stellte sich, obwohl Liana ihn eigentlich kennen müsste, vorschriftsmäßig vor.
„Frau Mader, können wir ins Haus gehen?"
Liana wurde blass. Sie ahnte wohl, dass etwas Schlimmes auf sie zukam.
„Wo ist mein Mann?" Ihre Stimme klang bedrückt.
„Was ist denn los? Warum sind die Türen offen?"
Mit diesen Worten stolperte sie ins Haus, den Kommissar nicht mehr beachtend. Mölle ging wortlos hinterher und mit ihm die Beamten der Spurensicherung.
Mölle sprach erst, als er mit Liana alleine war.
„Frau Mader, ihr Mann ist im Krankenhaus, aber es sieht nicht gut aus. Frau Wenzel hat ihn gefunden, er lag halb auf der Straße. Es sieht so aus, als hätte er gerade noch geschafft, so weit zu kommen. Er ist dann zusammengebrochen."
Es entstand eine kleine Pause. „Nein", schrie Liana.
„Was war denn los? Hat mein Mann Frau Wenzel gesagt, was er hat?"
„Er konnte es nicht mehr, Frau Wenzel sah nur, dass er bewegungsunfähig war und röchelte."
Liana schluchzte: „Nein!" Sie konnte nichts mehr sagen und auch nichts mehr fragen. Mit fahrigen Fingern fasste sie sich an ihre Kehle. Sie ließ sich in einen Sessel fallen, fuhr aber sogleich wieder hoch und schrie: „Ich möchte zu ihm, bringen Sie mich ins Krankenhaus!"
„Beruhigen Sie sich etwas. Im Moment können Sie nichts tun. Ich werde nachher mit Ihnen ins Krankenhaus gehen!" Mölle suchte mit flinken Augen die Wohnstube ab.

„Darf ich mich einmal umsehen?"

Liana nickte unter Tränen.

Mölle besichtigte die Küche, den Flur, das Badezimmer und die separate Toilette.

„Darf ich auch ins Schlafzimmer?", fragte er, als er zu Liana zurückkehrte. Liana nickte nur und deutete auf eine Tür gegenüber. Mölles scharfe Blicke brachten ihm einige Erkenntnisse über die Bewohner. Er ging zu Liana zurück und ließ sie über die Zeit berichten, bevor sie das Haus verließ.

„War Ihr Mann krank?" Liana schüttelte nur den Kopf.

„Nein, ich wüsste nicht, er war total gesund."

Als sie soeben ausgesprochen hatte, war plötzlich Zissel da.

Er war ohne zu klingeln ins Haus gekommen.

Verdammt, dachte Mölle, wieso kommt der denn hierher? Wer hat ihn informiert?

„N´Abend, Frau Mader, hallo Mölle", grüßte Zissel leise und blickte sich flink in der Wohnung um.

„Frau Mader, ich muss Ihnen leider mitteilen, dass Ihr Mann vor einer Viertelstunde verstorben ist. Es tut mir sehr leid."

Liana sprang auf, rannte zur Wand, heulte auf und schlug ständig mit beiden Fäusten gegen die Wand. Mölle holte sie behutsam zurück zum Sessel, wo sie vollkommen zusammenbrach.

„War Ihr Mann depressiv?"

„Nein", Liana sah fragend zu Zissel.

„Er ist durch Gift umgekommen. Ich bekam vom Krankenhaus einen Anruf. Es war eindeutig Gift!"

„Das ist doch unmöglich", jammerte Liana, „wieso Gift?" Liana irrte wieder durch den Raum. Ihr Körper zitterte und ihr Gehirn ließ keinen Gedanken mehr zu.

„Ich muss Sie fragen, wo Sie heute Abend waren."

„Ich? Ich weiß nichts mehr. Ach, doch, ich wollte mit meiner Arbeitskollegin ins Fitnessstudio, aber Rosi ging nicht mit."

„Und Sie? Gingen Sie alleine?" Zissels Frage war prägnant.

„Ja, natürlich. Würden Sie mich jetzt bitte in Ruhe lassen! Ich kann nicht mehr denken!"

Mölle spielte indessen am blinkenden Anrufbeantworter. Die kreischende Frauenstimme füllte für Ohren schmerzhaft den Raum aus.

Von Liana kam ein erneuter Aufschrei: „Was ist denn das? Was bedeutet das?"

„Kennen Sie die Stimme?" Zissel war seinem Kollegen schon wieder voraus.

„Nein, sollte ich?", gab Liana nur verhalten Auskunft. Da Zissel seinen Kollegen Mölle auch jetzt nicht beachtete, fühlte er sich überflüssig.

„Mein Beileid, Frau Mader, ich werde jetzt gehen. Hauptkommissar Zissel wird zu Ihren Aussagen noch ein Protokoll anfertigen."

Jetzt war Zissel offensichtlich missmutig. Gerade diese Anfertigung wollte er eigentlich auf Mölle abwälzen, doch der war ihm sehr geschickt zuvorgekommen.

Du Gewitzter, das sieht fast nach Rache aus! Ob Mölle meine Gedanken lesen kann? fragte sich Zissel.

Mölle ging jetzt stark überlegend durch die Nacht.

Es stimmte etwas nicht. Zissel hatte ihn mit seiner blöden Fragerei total aus dem Konzept gebracht. Gift? Giftiges Keksstückchen? Kein Bonbon! Also ohne Papier! Er war auf falscher Fährte gewesen. Ziemlich lange sogar! Dabei lag die einfache Lösung, oder zumindest ein Teil, wahrscheinlich sozusagen Haus an Haus! Trotz dazwischenliegenden Grundstücks!

Jetzt ärgerte sich Mölle über seinen Chef. Das war reines Ermittlungswildern von Zissel, in dem Gebiet, das Zissel doch noch vor kurzer Zeit weit, weit von sich geschoben hatte. Was für eine Verschlagenheit von ihm! Er denkt wohl, dass er jetzt hier punkten kann. Ich werde mich rächen, dachte Mölle, ich werde ihm nicht mehr alles berichten. Nur das Nötigste wird er noch von mir erfahren. Zissel sah wohl keinen Zusammenhang, weder im Fall der Süßigkeiten noch an dem anderen viel wichtigeren Punkt.

Anders jedoch Mölle. Er argwöhnte da schon einen verdächtigen Berührungspunkt. Selbstmord? Warum? Dachte Herr Mader womöglich, dass er den Jungen auf dem Gewissen hatte? Aber der Junge war doch wohlauf! Es wird jetzt kompliziert und es könnte noch wesentlich mehr zu tun geben. Mölle beschleunigte seine Schritte. Vielleicht um einen klaren Kopf zu bekommen. Morgen, dachte Mölle, morgen werde ich mir Zissel vorknöpfen! Ich muss ein deutliches Zeichen setzen.

Zissel war schon früh im Büro.
„Was denkst du Mölle?"
Diese Frage kam, als Mölle soeben die Tür von innen

schließen wollte.

„He, lass mich doch erst einmal richtig hereinkommen!" Mölle zog die Stirn kraus.

„Entschuldigung, aber ich war gerade mitten im Nachdenken, als du kamst." Zissel blinzelte demütig zu Mölle.

„Zissel warst du noch lange bei Frau Mader? Sie war ja total von der Rolle!" Mölle sagte dies nicht ohne Tücke. Er wappnete sich, um zuzuschlagen.

„Tja", meinte Zissel, ich konnte sie auch nicht beruhigen. Aber es wäre nicht normal, wenn sie nicht gänzlich fertig wäre."

„Zissel, wie hast du von der Sache erfahren?" Jetzt wurde die Situation für Zissel unangenehm.

„Na, wie", bohrte Mölle weiter.

„Nun, es kam ein Anruf auf deinen Apparat."

Also habe ich richtig vermutet, erkannte Mölle. Dann wurde er wütend. Er fauchte Zissel an, obwohl er sein Vorgesetzter war. Doch das war Mölle im Moment egal. Er schlug sogar zweimal mit der Faust auf den Tisch.

„Zissel, du hast mir die Ermittlung in diesem Fall als Chefsache zugeschustert. Und du hast mir das Telefonat gestern vorenthalten; du hättest mich erst informieren sollen. Wenn du dich nochmals derartig in meine Nachforschungen einmischst, dann kannst du von mir aus den Fall ganz übernehmen. Ich verbitte mir das zukünftig!" Mölle hatte sich in Rage geredet, er war nun richtig aggressiv.

Und Zissel war auffallend ruhig, er äußerte sich nicht.

Was sollte er auch sagen? Am besten nichts, dachte er, dann beruhigt Mölle sich am schnellsten wieder. Seine Nerven brennen zurzeit wie aufgeschichtetes loderndes Gestrüpp. Es ist ja nicht verwunderlich; mal sehen, wie ich das wieder ins Lot bringe. Zissel sah aus dem Fenster.

Mölle lief im Büro hin und her, so als fände er die Tür nicht. Er ärgerte sich jetzt über sich selbst und sprach erst, als er sich etwas abgeregt hatte. Trotzdem hielt sein spannungsgeladener Zustand an.

„Ich werde mir heute nochmals den Fröhlich vornehmen", ließ Mölle endlich schroff vernehmen und war schon halb aus der Tür.

Zissel sah ihm verwundert nach und dachte: Mölle hat sich nicht einmal hingesetzt. Dann rannte er zur Tür und rief Mölle nach: „Denk` mal genau über deinen Sachverhalt nach, ob du vielleicht nächstes Mal weniger aufbrausend sein kannst!"

Zissel sah keine Reaktion. Er dachte: Wie begierig ist Mölle, die Vergiftung des Jungen aufzuklären? Es geht diesem doch gut. Eigentlich gibt es Wichtigeres! Was geht in ihm vor, er wird doch nicht...? Weiter wollte Zissel gerade nicht überlegen.

Dass Mölle wegen einer ganz anderen Angelegenheit zu Fröhlich wollte, ahnte Zissel natürlich nicht.

Aber Mölle ging zuerst noch zur Spurensicherung. Er musste die Ergebnisse wissen. Darauf würde er seine Strategie aufbauen. Er wurde schnell aufgeklärt.

„Eine Dose mit Gift wurde sichergestellt. Im Mülleimer lagen Wurstsalat-Reste." Mölle pfiff kurz vor sich hin.

„Die Wurstreste waren ohne Befund. In einer Mineralwasserflasche war Zitronensaft zugesetzt.
Darin hat sich auch das fast geschmacklose Gift befunden. Ebenso in einigen Keksen, die in dieser Dose zwischen Kühlschrank und Küchenschrank weit nach hinten an die Wand geschoben worden war. Diese Dose hatte nicht nur Herr Mader in den Händen gehabt." Es entstand ein kleine Pause.
„Fingerabdrücke auf allen wichtigen Gegenständen waren von zwei Personen, sicher von ihm und von seiner Frau. Lediglich die meisten Bücher sind ausgenommen. Allerdings lag in einem ein Zettel."
Mölle bekam ihn in die Hand gedrückt. – Frau Wenzel, 20.00 Uhr – stand in kleiner Schrift darauf.
Mölle war noch nicht ganz zufrieden. „Habt ihr wirklich alles untersucht?"
„Ja, natürlich!" Aber Mölle musste weiterforschen. Irgendwie fühlte er, da ist noch ein brisanter Anhaltspunkt zu finden.
Es wäre das erste Mal, dass er sich auf seine Scharfsinnigkeit nicht verlassen könnte.
„Was ist mit Besteck? Gab es da irgendwo Giftspuren?"
„Ja, auf einem kleinen Löffel."
„Und?" Dann erfuhr Mölle endlich, was er eigentlich wissen wollte.
„Danke, ihr habt gut gearbeitet. Gebt bitte diese Keksstücke beim Krankenhaus ins Labor. Das Gift muss abgeglichen werden."
Danach war der garstige Ole Fröhlich Mölles Ziel.

Halt, nein, entschied er, erst Frau Wenzel. Mit diesem Zettel! Mölle machte eine Kehrtwendung. Er musste Maders Nachbarin noch einmal sprechen.
Der Hund bellte, als Mölle klingelte.
Frau Wenzel öffnete. Sie pfiff kurz und ihr Hund suchte seinen Platz im Korb.
„Entschuldigen Sie, Frau Wenzel, wenn ich Sie so früh am Morgen aufsuche."
„Kein Problem, ich stehe immer sehr frühzeitig auf. Wissen Sie, der Hund. Er ist schon älter und muss deshalb öfters nach draußen!"
Mölle wechselte zum brisanten das Thema. „Sie kannten Ihren Nachbarn gut?"
„Nun, ja, wie man halt Nachbarn so kennt. Wir trafen uns sehr oft abends, wenn ich mit dem Hund rausging. Ich kann es noch nicht fassen, dass er nicht mehr lebt."
Ihre Augen wurden feucht, sie musste sich Tränen wegwischen. Dann fügte sie noch hinzu: „Wissen Sie, ich werde nun hier noch einsamer sein, besonders abends auf der Straße."
„Wann haben Sie Herrn Mader zuletzt gesprochen?"
„Erst gestern Abend noch, bevor..!" Ihre Stimme versagte. Sie machte eine kurze Pause.
„Ich brachte eine Karte zum Postkasten und er einen Brief. Da war Herr Mader äußerst seltsam. So habe ich ihn nie gesehen! Beim Einwerfen des Briefes sprach er so etwas wie von einer schwerwiegenden Entschuldigung. Ich wusste nicht, was er damit meinte. Ich habe aber nicht gefragt und er hat sich nicht

weiter ausgesprochen."

Jetzt wurden Mölles Augen schmal. „Wissen Sie vielleicht, an wen dieser Brief adressiert war?"

„Nein, als der Brief jedoch in den Kasten fiel, murmelte er nur noch."

Mölle schwieg wieder geduldig, bis Frau Wenzel fortfuhr: „Wenn ich ihn richtig verstanden habe waren seine Worte so ähnlich wie: Die arme Frau, hoffentlich verzeiht sie mir!"

Mölle zog noch den Zettel aus der Tasche.

„Frau Wenzel, was bedeutet denn diese Notiz?"

Darauf war nun die liebe Frau Wenzel nicht vorbereitet. Sie zog kurz die Schultern hoch, drehte sich weg und schwieg. Aha, war es Mölle klar, diese Nachbarn haben sich sicher auch nicht nur zum Posteinwerfen getroffen.

Frau Wenzels Schultern zuckten verdächtig. Mölle verabschiedete sich, verzog sein Gesicht und hoffte, dass es beiden gut getan hatte. Er hörte noch, wie Frau Wenzel ihre Nase putzte. Mölle ahnte, wie sehr sie litt. Er hatte ein bisschen Mitleid mit ihr.

Der Kommissar ging nun zu Fröhlich. Dieser war heute schnell an der Haustür. Zu schnell, dachte Mölle. Der Klingelton war kaum verhallt, schon wurde die Tür geöffnet – ohne, dass sein bellender Hund wild an der Tür hochsprang.

Dafür kam aber wieder ein seltsames Geräusch wohl aus der Küche.

„N`Morgen, Herr Fröhlich!"

„Guten Morgen, Herr Kommissar."

Fröhlich war wie umgewandelt, er triefte vor Freundlichkeit. Doch er ließ Mölle nur bis zum Türrahmen kommen. Dort stellte er sich trotzig und breitbeinig, wie in einer Abwehrstellung, vor den Kommissar. Mölle ging in die Offensive: „Ist Ihr Hund in der Küche?"
„Wie kommen Sie denn darauf", war Herr Fröhlich verdutzt, aber nun vorsichtig.
„Nun ich habe ein Geräusch gehört, ich dachte es könnte aus der Küche kommen. Es klang, als liefe jemand mit Krallen über Fliesen. In den Zimmern haben Sie doch bestimmt einen anderen Bodenbelag, oder?"
Herr Fröhlich war auf der Hut.
„Was Sie alles zu hören glauben. Ja, es stimmt, meine Geschirrspülmaschine ist angeschaltet."
Mölle hätte am liebsten gefragt: Die Zweibeinige? Er musste sich das aber verkneifen, denn Fröhlichs Besuch ging ihn nichts an. Wenigstens in diesem Moment noch nicht.
„Tja, Herr Fröhlich, kann es sein, dass Ihr Nachbar, Herr Mader, Ihren Hund vergiften wollte?"
Fröhlich runzelte die Stirn, als würde er nachdenken.
„Man hat es mir so zugetragen. Ich habe schon gehört, dass sich gestern Abend da drüben ein Drama abgespielt hat."
„Von Frau Mader?" Mölles Frage war knapp.
Fröhlich umging diese. „Weshalb hat sich Herr Mader denn selbst vergiftet? Weil der Junge das Gift abbekommen hatte?"
„Sie sind fast gut informiert! Bloß nicht über alles, Herr

Fröhlich!" Mölle sah ihn erwägend von der Seite an. Dann dachte er: Der geschwätzige Zissel!

Fröhlich bemerkte komischerweise fast entschuldigend: „Nun, in dieser Straße bekommt man alles mit."

„Sie hatten doch überhaupt keinen guten Draht zu Ihrer Nachbarschaft!" Mölle klang anklagend. Er wartete deshalb das Ende von Fröhlichs Schweigen geduldig ab. Die Pause dauerte. Bis Ole Fröhlich gut nachgedacht hatte.

„Aber, Herr Kommissar, wenn es sich um solche schwerwiegenden Dinge handelt, haben alle eine enorme Auskunftsfreudigkeit, oder besser gesagt eine Wichtigtuerei, sogar mir gegenüber. Obwohl ich der verhasste Nachbar bin. Bei dieser Angelegenheit ist der Mitteilungsdrang stärker als all die Abneigung und Ausgrenzung, die mir normalerweise entgegengebracht wird. Müsste Ihnen wirklich klar sein!"

Der Fröhlich ist heute total auskunftsfreudig, war Mölle erstaunt. Er ließ seine Stimme mitfühlend klingen: „Oh, doch, auf Wiedersehen, Herr Fröhlich, das ist mir klar, und ob! So klar, wie noch vieles! Sie zeigten heute eine enorme Mitteilungsbereitschaft! Danke!"

Ole Fröhlich stand noch sehr lange nachdenklich an seiner Haustür.

Fröhlich lebt alleine in diesem großen Haus, er wird manchmal sehr einsam sein. Manchmal? überlegte Mölle, als er jetzt zurück schlenderte, manchmal ja, aber sicher nicht immer! Und dann war es da, das Gefühl! Er hatte es gerade durch sein Nachdenken heraufbeschworen. Denn auch er kämpfte gegen sei-

ne enorme Einsamkeit. Manches Mal sogar erheblich, wenn er von der Arbeit in seine quälende Ein-Mann-Bude nach Hause kam. Doch es konnte und wollte ihm niemand helfen!
Wer hätte dies auch tun können?
Mölles blöder trüber Gedankengang war nicht bereit, sich zu verflüchtigen. Sonja! Die Zeiten mit ihr waren voller Fröhlichkeit. Bei ihr war ich immer gut aufgelegt, versank Mölle wiederum mehr in seine Vergangenheit. Warum hatte er mit Sonja solch ein gutes Verhältnis, warum konnte er zu ihr sehr lieb sein, aber warum nicht ebenso zu seiner Frau?
Nein, ich will nicht darüber nachdenken. Erinnerung lass mich in Ruhe! Er schubste die Gedanken weg.
Plötzlich kamen Mölle in Bezug auf seine Ermittlung merkwürdige Zweifel, die sein Nachdenken in eine ganz besondere Richtung verschob. Bei jedem Schritt mehr. Es war wie ein mahnendes Anklopfen an seine Wahrnehmung. Er hätte doch viel drängendere Fragen an Fröhlich stellen sollen. Deshalb entschloss er sich jäh, Fröhlich nochmals auf den Zahn zu fühlen.

Als Mölle die Richtung wieder gewechselt hatte und in Fröhlichs Straße einbiegen wollte, stand plötzlich die schwarz gekleidete Liana Mader vor ihm. Sie hatte eine knappe gutaussehende Mütze auf dem Kopf, von der seitlich bei den Ohren blonde Haarbüschel herausragten. Und sie trug die Einkaufstasche eines teuren Bekleidungsgeschäfts in einer Hand.
Sicher hatte sie Trauerkleidung zur Auswahl zu Hause und bringt einiges wieder zurück.

Mölle schob seine Augenbrauen zusammen. Nein, dann war es wohl wirklich die Spülmaschine, erkannte er. Vermutung fehlgeschlagen! Mann oh Mann! hatte ich die ganze Zeit über falsch gedacht? Oder?

Oder doch nicht? Von welcher Seite war sie in diese Straße eingebogen?

„Herr Kommissar", grüßte Liana sofort traurig, „was bringt Sie in unsere Gegend?"

„Guten Tag, Frau Mader! Ich wolle an die frische Luft!" Mölle war bewusst, dass er nicht überzeugend war, denn Liana Mader sah ihn forschend an.

„Wie geht es Ihnen, Frau Mader?" Das war das Einzige, was dem Kommissar soeben einfiel.

„Ich weiß nicht, wo mir der Kopf steht!"

„Alles Gute", brachte Mölle dann noch heraus.

Lianas Stimme klang stockend: „Danke, Ihnen auch!"

Diese Mader hatte ihn jetzt total aus seinem Konzept gebracht, das hatte ihm gerade noch gefehlt! Als er einige Schritte gegangen war, drehte er seinen Kopf. Liana Mader ging langsam, aber auch sie hatte ihren Kopf gedreht. Kurz fielen ihre Blicke nochmals ineinander, dann ging jeder schnell seines Weges.

Eigentlich hatte er sich noch nie länger mit Liana Mader unterhalten können. Sie war schon eine attraktive Frau. Auch in schwarzer Kleidung. Mölle schüttelte den Kopf stärker und somit auch diese abstrusen Gedanken weg, er musste seine Pflicht tun.

Bald stand der Kommissar wieder vor Fröhlichs Garten. Sämtliche Vorhänge waren nun, entgegen Mölles Besuchs zuvor, zugezogen. Und der Hund lag, seltsamerweise, dösend im Vorgarten, allerdings an einer Kette. Mölle zischte gedankenvoll leise durch die Zähne, worauf der Hund seinen Kopf hob und ein leichtes Knurren aus seiner Kehle entließ. Ein Vorhang bewegte sich leicht. Mölle schüttelte beim Weggehen andeutungsweise den Kopf. Was spielt dieser Fröhlich bloß für eine unbegreifliche Rolle? Das ist doch irre! Die Mader! War sie vorhin bei ihm, oder war sie nicht bei ihm? Wer aber könnte es sonst gewesen sein? Vielleicht die schwatzhafte Verkäuferin von der Bäckerei?

Zissel saß noch im Dienstzimmer, als hätte er sich seit Mölles Weggang nicht gerührt. Mölle war an keiner weiteren Auseinandersetzung interessiert, dachte er, und ruderte gedanklich schon zurück, dass er wohl etwas zu heftig in der Frühe reagiert hatte. Dann vertiefte sich schnell in seine Arbeit

Einige Tage vergingen. Zissel beäugte seinen Kollegen ständig. Er fragte sich bang: Wie weit ist Mölle mit den Ermittlungen? Ist er noch zuverlässig? Soll, muss oder darf ich eingreifen? Inwieweit bin ich ihm Respekt schuldig und darf ihm noch seine Freiheit lassen, ohne mich zu schädigen? Mich als sein Vorgesetzter? Dann besänftigte Zissel sich selbst. Es wird sich schon alles geben, glättete er deshalb sein schlechtes Gewissen, als Mölle ihn unerwartet ansprach.

„Zissel, der Mader hat vor seinem Tod noch einen Brief in den Kasten gesteckt. Frau Wenzel sagte, er hätte gemurmelt, dass er auf die Verzeihung einer Frau hofft. Das war wahrscheinlich wegen des Jungen. Ich glaube bei Mader und Fröhlich, da lichtet sich etwas. Sie stecken wahrscheinlich beide in einem Sumpf. Alle keksähnlichen Stücke von Maders waren mit dem gleichen Gift angereichert, das Markus wohl abbekommen hatte."

Zissels Schnurrbart bewegte sich auf und ab.

„Weshalb hatten Maders solch vergiftete Stücke?"

Jetzt zeigte Zissel wieder seine Naivität. Mölle konnte auch heute wieder nicht einschätzen, ob sein Chef sich unwissend gab oder ob er es tatsächlich war. Wenn ich nur einmal sein Gedankenspiel erforschen könnte, dachte er. Mölle erklärte geduldig weiter.

„Mader konnte den Fröhlich nicht leiden und noch weniger seinen Hund."

Alles Weitere brauchte er nicht zu wissen.

„Ah, klar! Maders hatten also das vergiftete Zeug ausgelegt. Wohl für den Hund, den sie nicht leiden konnten", zeigte Zissel nun sein Verstehen.

„Ja, so in etwa", erwiderte Mölle, verschwieg aber, dass er nicht nur an Herrn Mader als Giftausleger dachte. Er ahnte weitere Unklarheiten in anderer Richtung. Es reicht, wenn später die ganze Ortschaft darüber redet oder sich deshalb proletenhaft ereifern wird, dachte er, zuerst behalte ich es noch für mich!

Aber auch Zissel dachte nach. Er versank in Gedanken, die nichts mit dieser Mader oder dem Fröhlich zu tun hatten. Sein Nachdenken lag bei anderen Personen, in einer für ihn beängstigenden Richtung. Und er wusste nicht, wie er sich verhalten sollte. Konnte er helfen? Oder könnte er durch sein Eingreifen nur noch alles schlimmer machen?

Dann vernahm er Mölles Ausruf: „Ich muss ganz dringend weg."

„Wo gehst du hin?"

„Zissel, ich muss nochmals schnell zu Frau Vorsler."

„Wieso?"

„Der Brief, Zissel, ich muss den Brief lesen!"

„Frau Vorslers Brief, wieso?"

„Herrn Maders Brief, den er noch vor seinem Tod für Frau Vorsler in den Briefkasten gesteckt hatte."

„Woher weißt du das?"

„Von Frau Wenzel, sie hat Herrn Mader nämlich abends getroffen. Ich habe dir doch davon erzählt."

„Ach so, ja. Deshalb willst du weg? Hat diese Frau Wenzel denn gesehen, an wen er adressiert war?"

„Nein, aber ich kann es mir denken. Wahrscheinlich an Frau Vorsler. Hoffentlich hat sie ihn aufbewahrt."

„Was erhoffst du dir von der Vorsler ihrem Brief?"

Ach nee, mein Chef hat mal wieder nichts kapiert, dachte Mölle. „Viel, sehr viel sogar. Nun, wir werden sehen, Zissel!"

Dann war Mölle schon aus der Tür.

Bei Frau Vorsler bekam Mölle den letzten für ihn sicheren Überblick. Herr Mader hat sich in dem Brief entschuldigt, dass Markus durch ihn lebensgefährlich krank wurde. Er wollte doch nur dem Hund schaden. Mader hatte sogar einige dicke Banknoten beigelegt. Bei Maders hatte Frau Vorsler nie angerufen! Auch das erfuhr Mölle noch.

Das hatte er allerdings bereits geahnt.

## Abschiedszeiten

Zwei Tage später, am Freitagnachmittag, wurde Herr Mader beigesetzt. Nach einer gefühlsbetonten Aussegnungsfeier stand nun eine große Trauergemeinde beim Grab. Beinahe alle Bewohner des Lahrer Ortsteils gaben Herrn Mader das letzte Geleit. Mölle dachte: Mader hat nichts mehr davon. Er könnte auch ohne Trauergäste beigesetzt werden.

Liana Mader stand ganz in schwarzer Kleidung. Sie trug einen Hut mit einem Schleier, der ihr Gesicht verdeckte. Lange Zeit stand sie bewegungslos, wie eine Statue, erkannte Mölle. Erst als der Pfarrer mit seinen letzten Abschiedsworten angesetzt hatte, zitterte ihr Körper. Dann musste sie mit einem Taschentuch Tränen abwischen, wozu sie soeben mit dem Schleier kämpfte, weil er sich schlecht anheben ließ.

Dann erblickte Mölle Ole Fröhlich. Obwohl Mader ihn nicht leiden konnte und seinen Hund vergiften wollte, stand dieser Fröhlich sogar mit in vorderster Reihe. Hämisch dachte Mölle: Das passt! Vielleicht denkt sich Fröhlich dies als Zeichen seiner Vergebung!

Dicht an Fröhlichs Seite war Rosi mit versteinertem Gesicht zu sehen.

Die einzige Person, die außer Liana weinte, war die etwas abseits stehende Frau Wenzel. Mölle hielt ihre Tränen für am ehrlichsten.

Doch halt, auch Rosi Egger liefen jetzt kleine Tränenbäche übers Gesicht. Wie gerne würde Mölle in diesem Augenblick Rosis Gedanken lesen können.

Er vermutete, dass ihre Traurigkeit bestimmt nicht

Herrn Mader galt.

Oder zumindest war sie nicht vollständig ihm gewidmet. Mölle fragte sich, ob Trauer gleichzeitig für mehrere Tote gefühlsmäßig teilbar ist. Welche Rolle spielt dabei die Seele?

Mölle, Leni und Lars standen abseits. Mölle wartete ab. Er studierte weiterhin aus seiner Position das Verhalten der Leute. Das Gebet interessierte ihn nicht. Der Pfarrer schloss mit: „Amen."

Dann gab er Frau Mader die Hand und ging still davon. Die Trauergemeinde verharrte noch. Neugierige Blicke hingen an Liana Mader. Sie musste sich jetzt in Bewegung bringen. Das fiel ihr offensichtlich schwer. Als sie zum Grab schritt und einen Strauß Rosen als Abschiedsgruß hinunter warf, schluchzte Frau Wenzel deutlich hörbar auf, drehte sich um und ging weg.

Plötzlich war es sehr still. Nur die Schritte von Frau Wenzel knirschten durch den Kies. Als diese verklungen waren, ging ein Raunen durch die Menschenmenge, das Mölle leider nicht verstand.

Die Trauergemeinde löste sich nur langsam auf. Als sich fast alle Trauergäste von Frau Mader verabschiedet hatten, setzte sich Mölle in Bewegung und stellte sich neben Liana Mader.

Sie sah ihn an. Ihr Atem ging schnell. Dadurch kam der Schleier in sanfte Bewegungen. Ihr Blick flatterte. Obwohl Mölle kaum Lianas Augen sah, bemerkte er es am schnellen kurz Hin- und Herdrehen ihres Kopfes. Sie weiß Bescheid, dachte er. Sie weiß, was mich hierher führt!

Liana begann zu zittern. Das Grab, Ole Fröhlich, Rosi und auch Mölle verschwammen vor ihren Augen.

Für den Kommissar war es jetzt eine äußerst schwierige Maßnahme. Er litt mit Liana Mader.

Er ahnte und kannte teilweise die Hoffnungslosigkeit, die sich im Moment durch Lianas Seele bohrte. Irgendwie hätte er Liana am liebsten geholfen, aber das war gegen seine Berufspflicht. So schwieg er noch einige Zeit, Liana fest im Blick habend.

Er fühlte den Zwiespalt zwischen Wunschdenken und Wirklichkeit. In diesen Situationen fühlt sich selbst ein kurzes Schweigen wie Stunden an.

Pausen jedoch, wie lang oder kurz sie waren, müssen einmal ein Ende haben. Mölle atmete durch, was für Liana nicht unbemerkt blieb.

Sie fasst sich an den Hals. Bevor Mölle sprach, liefen noch mehr Tränen über ihre Wangen. Sie musste den Schleier anheben, um die Wangen zu trocknen. Ihre Tränen sind nun wirklich echt, dachte Mölle. Aber es sind keine Abschiedstränen! Sie weiß, dass, sie verspielt hat.

Was jetzt für sie noch kommt ist Einsamkeit. Ein trostloses und auch hoffnungsloses Dasein. Die Tränen sind also eher ihrer kommenden Situation gezollt, das wusste Mölle auch!

Seine Stimme hatte deutlich an Kraft verloren.

„Frau Mader, es ist Ihnen klar, weshalb ich hier bin."

Liana stand wie eine Statue.

„Frau Mader, Ihr Mann wusste bereits, dass der Junge außer Gefahr war!"

Lianas Körper straffte sich. Doch ihre Schultern senkten sich sofort wieder.
Mölle fuhr fort: „Ich habe einen Haftbefehl. Sie stehen unter Verdacht!" Liana Mader sah zu Boden.
„Unter dem Verdacht, Ihren Mann vergiftet zu haben."
„Ole!" wimmerte Liana Mader nur noch. Es klang wie ein Hilferuf.
Ole Fröhlich wurde bleich. Sein Körper erstarrte kurz, doch noch hatte er sich gut im Griff.

Und Rosi Egger stieß einen schrillen Laut aus, den man nicht beschreiben konnte. Sie drückte ihre Hände auf ihr Gesicht.
„Nein, nein, nein" ließ sie ständig wiederholend verlauten, während Tränen zwischen ihren Fingern durchsickerten.
Ole Fröhlich nahm regungslos Rosis wiederholtes „Nein" auf. Er senkte nur einige Male langsam seine Augenlider. Es sah aus, als brannte er dadurch dieses dreifache „Nein" in seinem Hirn ein.
Jetzt baumelten seine Arme, kraft- und teilnahmslos an den Körperseiten.
Hilflos ist er, dachte Mölle. Tja, welch eine Veränderung geht in Fröhlich gerade vor! So hartgesotten wie er sich sonst immer gab, jetzt ist er ganz weich! Weich und auffallend sensibel ist er, erkannte Mölle, aber er selbst musste jetzt endlich handeln.

Leni und Lars erhielten vom Kommissar einen Wink. Sofort hielten sie Liana Mader in ihrer Mitte, so dass diese keine Möglichkeit mehr hatte, sich ihrem Nachbarn zu nähern.

So gingen sie stracks in Richtung Ausgang. Eine Hand der beiden Polizisten hielt jeweils Lianas Arm. Ihre andere Hand drückte gegen Lianas Rücken. Deshalb war ein Stehenbleiben von Liana Mader ausgeschlossen. Sie versuchte zwar noch einmal zurückzublicken, aber die nötige Drehung ihres Kopfes misslang.

Ole Fröhlich sah den dreien erschrocken nach. Sein Gesicht war so aschfahl geworden, dass seine Nase plötzlich viel größer und spitzer aussah, als sie in Wirklichkeit war. Und seine Lippen zuckten, als würden sie schmal in die Mundhöhle kriechen wollen.
Rosi blickte starr zum Boden. Sie schwankte.
„Herr Fröhlich, wussten Sie davon?"
„Nein! Sie werden mich doch nicht eines Verbrechens verdächtigen! Das meinen Sie doch nicht wirklich!"
„Ich muss Sie trotzdem bitten, in den nächsten Tagen einmal aufs Revier zu kommen. Den Termin bekommen Sie mitgeteilt. Sie dürfen den Wohnort nicht verlassen. Falls Sie sich nicht daran halten, wird die Staatsanwaltschaft offiziell nach Ihnen suchen lassen."
„Ich habe damit wirklich nichts zu tun!" Ole Fröhlich jammerte fast.
Mölle wusste jedoch zu erwähnen: „Aber Sie hatten doch mit Frau Mader zu tun und soeben sofort erkannt, was Sache ist. Ihre Geliebte ist eine Mörderin. Wahrscheinlich sogar Ihretwegen eine Mörderin."
Ole Fröhlich war offensichtlich schockiert.
Er sah sich ertappt, er war in die Enge getrieben.

Wie lange weiß dieser Mölle das schon, dachte er, bevor er antwortete: „Aber ich bin unschuldig, ich habe weder davon gewusst und noch etwas dazu beigetragen."

„Vielleicht glaube ich Ihnen sogar", gab sich Mölle selbstgefällig, „dennoch die Auflagen sind amtlich. Sie werden die schriftliche Form bereits in Ihrem Briefkasten finden. Wir werden der Wahrheit auf die Spur kommen."

„Und Sie sind eine Freundin von Frau Mader?" Mölle sah Rosi die wie eine geknickte Blume dastand, eindringlich an.

„Ja", Rosis Antwort war dünn. Sie schob das Wort zwischen ihren beiden zusammengepressten, fast farblosen Lippen hervor. Sie sah jetzt erbärmlich aus.

„Hatten Sie Kenntnis vom Vorhaben ihrer Freundin?"

„Nein! Ich hätte sie davon abgehalten. Ehrlich! Ich kannte Herrn Mader nur flüchtig, er war ein sehr ruhiger und belesener Mensch."

Zu ruhig, dachte Mölle.

„Welche Rollen spielen oder spielten Sie überhaupt, Frau Egger?"

Jetzt atmete Rosi geräuschvoll. Ihre Finger drehten nervös an einem Mantelknopf.

„Ich? Ich spiele überhaupt keine Rolle."

Rosis Stimme klang verängstigt und war kaum wahrnehmbar, denn Mölles durchschauender Blick hing an ihren Augen.

„Na, vielleicht doch! Sagen Sie es mir bitte, wenn es Ihnen einfällt. Bitte!"

Mölle machte Pause. Eventuell enthüllte sie ihm doch, was er wissen wollte. Mölle konnte ausharren.

Aber Rosi auch, damit hatte Mölle eigentlich nicht gerechnet. Sie wirkte doch stets eher schüchtern. Sie verschränkte beide Arme hinter ihrem Rücken und sie biss auf ihre Zähne. Mölle erkannte dies an der Bewegung ihrer Gesichtsmuskeln. Ihre zwei umherirrenden Augen zeigten Mölle, wie stark ihre Gefühle zwischen Kopf und Bauch wechselten.

„Frau Egger, Sie sollten vielleicht noch wissen, dass ich bestens schweigen kann", warf Mölle Rosi als Perspektive zu. Doch auch dies funktionierte nicht.

„Also dann, Frau Egger, falls Sie sich anders entschließen, wissen Sie ja, wo ich zu finden bin. Ich würde mich, Ihnen zuliebe, sehr gerne einmal länger mit Ihnen unterhalten. Ich bin zwar von der Gegenpartei, dennoch bekämpfe ich Sie nicht! Ich muss diese Sache irgendwie zu Ende bringen, das ist meine Pflicht, das wissen Sie genau! Außer mir kann Ihnen niemand helfen, vertrauen Sie mir doch! Ich bitte Sie sehr darum!"

Schließlich entschloss sich Mölle, die ungute Situation zu beenden. Auch Rosis Schultern waren jetzt nach vorne gefallen, sie schwieg aber immer noch. In ihren Augen schimmerten weiterhin Tränen.

„Ich lasse von mir hören", beendete Mölle jäh die angespannte Stimmung. Er ließ dann zwei geschockte Personen stehen und ging gelassen und auch sehr selbstzufrieden davon.

Lianas Geliebter und Lianas Freundin sahen sich kurz

fassungslos an. Sehr betroffen und mit blassem Gesicht verfolgten ihre Blicke den Kommissar. Dann sank Rosis Kopf an Fröhlichs Schulter.
Sie weinte jetzt sehr heftig.
Wenige Trauergäste standen noch schwatzend beim Friedhofsausgang. Darunter waren auch Frau Doern, Herr Gommler und erstaunlicherweise sogar Lu Assul. Doch ehe Mölle sie erreichte, hatten sich alle taktvoll zurückgezogen.
Seinen Chef nahm er nicht wahr, denn der Hauptkommissar belauschte einige Gräberreihen weiter, hinter einer Hecke verborgen, längst schon die Menschen, die noch Ruhestätten ihrer Angehörigen aufgesucht hatten. Sie gingen nicht weit von Zissels Standort vorbei. Entsetzen zeichnete ihre Gesichter. Sie unterhielten sich lebhaft und laut. Zissel erkannte Gommlers Stimme: „Ich habe doch schon immer gesagt, dass allein Mölle dazu fähig ist, Verbrechen aufzuklären. Der Zissel ist viel zu träge."
„Ja", pflichtete jemand bei, bevor eine Frauenstimme sich einmischte.
„Nun, der Mölle ist eben auch noch jünger. Zissel ist wahrscheinlich etwas abgeklärt. Der denkt sicherlich nur noch an seine Pension!"
Dann ging es wie ein Stromschlag durch Zissels Körper als er noch eine sehr energische Stimme vernahm: „Ich denke, er ist einfach unfähig!"
Zissel ärgerte sich, weil er diese Stimme nicht erkannte. Er verharrte wie Beton in seiner Position bis er nur noch die letzten Schritte hörte, die sich schnell ent-

fernten.
Na, prima, dachte er, so sehen mich meine Mitmenschen. Ich wäre also ein unfähiger, stets erfolgloser und total überflüssiger kriminalistischer Versager. Eine Niete, die sich auf Staatskosten bereichert. Sie verurteilen mich zu Unrecht. Und weder kann ich noch will ich momentan etwas dagegen tun!
Er fuhr mit seiner Hand über den Kopf und überlegte: Niemand kommt je auf den Gedanken, dass ich nicht alles was ich weiß, sagen kann, will und darf. Ich muss mir einen dickeren Pelz anschaffen denn solche verletzende Meinungen dürften mich nicht belasten. War nicht besonders diese Situation ein gewichtiges Thema damals bei meiner Ausbildung? Ob ich, so ganz nebenbei, mein Problem einmal bei Mölle anschneiden soll?
Bei dieser sich selbst gestellten Frage schüttelte Zissel seinen Kopf so stark, dass sich sein Schnurrbart heftig mitbewegte.
Dann ging er langsam Richtung Hinterausgang des Friedhofgeländes.
Mölle verschaffte sich, während er nach Hause ging, gedanklich nochmals einen Überblick. Wird man durch Bitterkeit zum Mörder? Hier gab es einen Bruch zwischen Eheleuten. Ganz offensichtlich war durch Liebe zum Nachbarn ein Abgrund entstanden, der ständig größer wurde. Durch Flucht in die vermeintlich bessere, eine angenehmere Zukunft?
Wie bei mir damals? Was wäre geworden, wenn…?
Wahrscheinlich hatte seine Frau auch ihre bessere

Zukunft vor Augen!

Dann war er wieder bei der Gegenwart. Herr Mader wollte einen Hund töten. Seine Frau hat ihn getötet. Wie kommt man eigentlich dazu, einen Mord zu begehen? Durch was entsteht solch ein Vernichtungsdrang? Schwelt das Vorhaben längere Zeit! Wer oder was schaltet alle Hemmungen aus? Und wie ergeht es dem Mörder nach der Tat? Doch sicher niemals gut! Mölle kam zu keinem Ergebnis. Überhaupt zu gar keiner zufriedenen Einordnung seiner jetzt gerade wirren Gedanken!

Nach längerer Pause ordnete er sie logisch:
- Liana Mader war inhaftiert.
- Die Untersuchungen als Komplize gegen Ole Fröhlich und wegen Mitwisserschaft gegen Rosi Egger werden schnellstens anlaufen; doch wahrscheinlich ergebnislos.
- Und im Ort wird es brodeln, nicht nur in der Bäckerei Brodel bei Isolde Doern.
- Sondern wegen Frau Maders Liebschaft mit ihrem Nachbarn, Ole Fröhlich, dem sich kaum jemand sonst nähern durfte.
- Ole Fröhlich und Liana Mader! Dabei waren die beiden so gegensätzlich! Ganz kurz ging Mölles Kopf einige Male von einer Seite zur anderen.

Na, ja, doch zumindest eine Gemeinsamkeit hatte Ole mit seiner Liana sicher, schmunzelte Mölle. Dann dachte er aber sogleich, ich sollte das nicht belächeln.

Das Wochenende war vorüber. Der Ort war wieder sehr gesprächsfreudig. Diese hübsche und immer schicke Liana war abhandengekommen. Sie war als Mörderin aus dem Kreis der Ortsgemeinschaft ausgetreten. Mutmaßungen über Liana schwängerten wieder die Luft, jedoch nicht lange.

Allein die liebe Nachbarin, Frau Wenzel, trauerte echt. Sie stand jeden Tag verzagt an Herrn Maders Grab. Sogar mit ihrem Hund. Manchmal legte sie ein Blümchen nieder. Wer sollte es denn sonst tun?

Und der Kommissar Mölle aalte sich in einem Erfolg. Zissel konnte eigentlich über die Arbeit seines Kollegen recht zufrieden sein. Schließlich zeigte sich die Aktivierung dieser Dienststelle als gerechtfertigt.

Am Montag, als Mölle zur Arbeit ging, wurde er sehr freundlich gegrüßt. Er erhielt an diesem Tag auch etliche Telefonate, die er dankend beantwortete.

Und Zissel hatte schon wieder den verächtlichen Klang der Bevölkerung im Ohr. Doch ein bisschen konnte er sich selbst trösten. Es kommen gewiss andere Zeiten! Zeiten, in denen er dringend gebraucht würde. Es wird sich gewiss fügen!

Warum also sich grämen?

Millionen Menschen gab es auf dieser Erde, die nichts von ihm wussten oder auch nur ahnten! Und über die Meinung der wenigen, die ihn hier kannten, sollte er sich aufregen? Das sollte ihm doch alles sowas von gleichgültig sein. Wahrhaftig, das sollte es, dachte er nochmals nachdrücklich.

Nervig fuhr er mit den Fingern durch seine Haare und sein Bart wackelte entsprechend.

Wie komme ich aus der dringlicheren Misere heraus,

fragte er sich. Was weiß Mölle, was ich noch nicht weiß? Was weiß ich, was Mölle noch nicht weiß? Musste er seinen Kollegen schon ständig überwachen? Oder doch noch nicht? Wo lag die Gefahr? Wann und an was war sie festzumachen? Zissel schluckte. Er konnte noch so lange nachdenken, er kam zu keinem sinnvollen Ergebnis.

Aber Zissel kam natürlich nicht umhin, Mölle zu loben. „Für die rasche Aufklärung jeden Falles gratuliere ich dir, Mölle. Du hast wieder erstklassige Arbeit geleistet. Ich werde die Presse entsprechend informieren."

Leni und Lars stimmten bei.

Und Zissel fuhr eifrig fort: „Jetzt könnten wir beide uns nochmals zusammen den anderen Morden zuwenden. Denn da brennt es in allen Ecken und Enden. Mölle, was meinst du?"

Mölle erwiderte schon ein bisschen stolz: „Zuerst danke für dein Lob, Zissel und euch, Leni und Lars, für eure Hilfe. Und ja, Zissel, gehen wir in Kürze die ungelösten Fälle gemeinsam an! Wir müssen der Lösung endlich näherkommen! Die Bevölkerung wird sonst immer mehr aufmüpfig!"

Dabei begutachtete er Zissel ganz genau und dachte: Er vermutet, dass ich etwas weiß. Er will bestimmt einiges von mir hören!

Mölles Gedanken gingen weiter: Hoffentlich bewahrheitet sich mein Gefühl nicht! Würde Zissel eine Schuld auf sich laden? Wäre es möglich, dass er es schon tat? Entgegen aller Regeln der Kriminologie?

Zissel rutschte indessen etwas unruhig auf seinem

Stuhl hin und her. Dann vertiefte er sich in seinen Bericht, den er schreiben musste.

Auch Mölle setzte sich an seinen Schreibtisch.

Bevor er aber mit seiner Arbeit begann, dachte er noch: Zissel, wir sitzen auf zwei sehr verschiedenen Stühlen. Du eine Stufe höher, als ich. Doch jeder Stuhl, egal wie hoch, hat seine eigene vierbeinige Wahrheit.

Dann klopfte er sich gedanklich auf die Schulter: Mensch Mölle, eigentlich ist das ein verdammt guter Ausspruch.

Ich habe oft gute Gedankengänge, wusste er gleichmütig; selbst auch, wenn nicht alle Menschen diese verstehen.

Aber das berührte ihn wenig.

## Aussichtslos mit Aussichten

Tage zogen sich, wie Spinnweben. Zäh, klebrig, vergittert. Mit verworrenen Gedanken, die wie in einem Netz hängen blieben. Aber auch mit dem einen klaren Wunschgedanken, dass nun endlich der Täter von der Glashalde und auch von der Toten im See gefasst werden müsste.

Das erwarteten die Einwohner begierig.

Und Mölle wusste das nur zu genau. Ihn plagte der Gedanke, dass die Zeit noch nicht reif war. Er verhörte Liana Mader in der Untersuchungshaft. Sie war sehr bleich, als sie hereingeführt wurde.

„Bitte, setzen Sie sich, Frau Mader." Liana nahm umständlich Platz. Ihre glanzlosen Augen zeigten eine abnormale Mattigkeit und um ihren Mund hatten sich tiefe Falten eingegraben. Mölle fand keine Anzeichen ihrer früheren Frische. Ihre erhabene Ausstrahlung war weg. Was für ein Unterschied!

Der Kommissar wartete einige Zeit bis Lianas Nervosität etwas nachließ. Sie hatte feuchte Augen; doch sie konnte gerade noch Tränen verhindern.

Mölle benötigte nicht lange, um das zu hören, was er wissen wollte. Liana Mader war geständig. Aber zum Schluss brachte sie Belastendes für Ole Fröhlich.

„Herr Kommissar, Ole hat mich ständig bedrängt!"

Mölle war erstaunt: „Wie?"

Lianas Stimme zauderte jetzt. „Er, er hat gesagt, er würde mich heiraten, wenn es bei mir keinen Hinderungsgrund gäbe!"

Mölle runzelte die Stirn als Liana fortsetzte: „Und er

würde mit in den Süden ziehen, wenn ich frei wäre!"
„Und das melden Sie jetzt erst?"
„Ich war bei der Beerdigung nicht mehr fähig, zu denken! Und ich weiß heute nicht mehr, weshalb ich meinen Mann vergiftet habe. Mein Verhältnis mit Ole hatte meinen Mann überhaupt nicht interessiert. Er konnte den Fröhlich nur nicht leiden."
„Wahrscheinlich eher seinen Hund nicht!" berichtigte Mölle und dachte: Warum gehen viele Dinge schief?

Liana war verstummt. Mölle war es, als könnte er sogar aus dem versteinerten Gesicht ihre Stimme hören. Eine Stimme, die dem vergangenem Glück nachweinte, weil sie dieses in ihrer Ehe nicht erkannt hatte. Mölle ließ sich Zeit, bis er die Unterhaltung wieder aufnahm.

„Nun, Frau Mader, es wird sehr schwer sein, Herrn Fröhlich eine gewisse Mittäterschaft nachzuweisen." Mölle schwieg.

Dann richtete sich Frau Mader ruckartig auf: „Sie glauben mir nicht!"

„Aber Frau Mader! Wir kennen doch beide die Wahrheit! Sie wollten Herrn Fröhlich zurückgewinnen. Denn Sie ahnten, oder wussten sogar, was zwischen ihm und ihrer Freundin Rosi im Entstehen war. Das wollten Sie verhindern. Deshalb musste Ihr Mann sterben." Er machte eine kleine Pause. „Rosi Egger hatte Sie am Abend nach dem Café-Besuch an der Ecke vor Fröhlichs Haus erkannt. Ihre Kollegin wusste auch, dass sie von Ihnen erkannt wurde, Frau Mader."

Mölle ließ eine angegriffene, verzweifelte Liana Mader

zurück. Wie sollte er ihr helfen? Er wusste, er konnte es nicht. Und sie weiß es auch, dachte er. Aber er fühlte ganz genau, sie wird ständig über eine versäumte glückliche Zukunft mit Herrn Mader nachdenken.

Heute schrieb Mölle mühsam seinen Bericht nieder. Im Moment war auch er ausgelaugt und müde. Zu müde, um sich gepflegt zu fühlen. Viel zu erschöpft, um noch länger über die verdammte Aussichtslosigkeit von Frau Mader nachzudenken.

Er würde seinem Chef noch nichts von den Anschuldigungen gegen Fröhlich erzählen. Zissel war für ihn nicht hilfreich. Ich glaube, mein Chef spielt auf Zeit, ahnte Mölle.

Zwei Fälle habe ich ja gelöst, Zissel wartet sicher, bis ich ihm die Lösung für die anderen beiden Morde hinblättere, sinnierte er. Dabei könnte er, selbst bei Ermittlungserfolg nicht punkten, das war ihm klar.

Zissel hatte wohlweislich überall verbreitet, dass die beiden ersten Mordfälle allein in seinen Händen liegen.

Dass sich Rosi Egger noch nicht gemeldet hatte, bedrückte Mölle. Sie könnte es doch so leicht haben. Das erkannte sie wohl nicht. Sie traut mir nicht! Hat sie Angst vor mir? Dabei bin ich doch momentan der Einzige, der ihr wirklich helfen kann! Nun, vielleicht kommt sie noch zur richtigen Erkenntnis! Mölle hoffte das fast flehentlich. Er könnte sie schützen. Er könnte ihre seelische Freiheit zurückholen. Irgendwie muss mir das gelingen, bevor Zissel sich holprig in diese

Bahnen bewegt, dachte er gerade noch, bevor der Hauptkommissar zur Tür hereinkam.

Blitzartig hingen Zissels Augen auf Mölles Schreibtisch. Dann irrten sie ab. Denn Mölle hatte sich sofort geschützt und seine zuvor angefertigte Aufzeichnung eiligst im Schreibtisch verschlossen.

„Hallo, Mölle, diese Camper machen einfach nicht den Mund auf. Ich bin mir fast sicher, dass die mehr wissen, als sie zugeben."

Mölle zuckte mit den Schultern. Ach, also am Hohbergsee war Zissel die ganze Zeit über!

„Es ist schwierig, jemand aus der Reserve zu locken, besonders wenn er partout nichts sagen möchte!"

„Ich habe auch solch ein Problem", meinte Mölle und dachte an die Perlen.

Zissel huldigte ihm weiter: „Du hast aber immer noch den richtigen Ansatz gefunden. Könntest du dich nicht einmal ausgiebig mit dem Campingplatz beschäftigen?"

„Klar, ich kann es versuchen. Doch wenn du keinen Erfolg hattest, ist die Aussicht für mich auch gering!"

„Aber vielleicht doch nicht, Mölle, vielleicht sehen sie dich mehr als einer der Ihren an. Ich vermute, dass auch jener Angler mehr weiß, als er zugibt. Ich habe nicht einmal die Möglichkeit, ihn vorzuladen, weil kein Verdacht gegen ihn vorliegt. Er lässt sich auch nicht mehr blicken."

Mölle dachte: Wer weiß, wo der jetzt angelt?

„Übrigens Mölle, habe ich ganz vergessen zu sagen, Leni und Lars sind wieder in die Innenstadt zurückbe-

ordert. Sie werden bei den restlichen Tagen der Chrysanthema gebraucht." Er fügte noch hinzu: „Kontrollmäßig, das ist dringend nötig!".
Zissel verschwieg, dass er selbst die Rückkehr der beiden Polizisten ins Hauptamt veranlasst hatte.
Dass ihr Gespräch beendet war, zeigte der Hauptkommissar mit dem Ausziehen und dem korrekten Zusammenschieben seiner Schuhe.
Mölle stand auf. „Du Zissel, mich zieht es nochmals zur Glashalde. Die gesamte Einwohnerschaft lästert über uns. Wenn ich an diesen Mord denke, werde ich sehr unruhig. Eigentlich äußerst nervös."
„Ich bin eher wegen der Toten im See beunruhigt. Ich sehe kaum noch die Chance eines Erfolgs", mit diesen Worten schob Zissel an einer Schläfenseite seine Haare zurück. Mölle stützte sich mit einer Hand auf seinen Schreibtisch, mit der anderen Hand wischte er über die Platte, als wollte er abstauben.
„Also, Zissel, ich mache mich mal auf den Weg! Wünsche mir, dass ich dann ruhiger werden kann."
Aber Zissel wünschte nichts. Ob er überhaupt zugehört hatte? Kaum, dachte Mölle und sah, dass sein Chef gerade seine ausgezogenen Schuhe unter dem Schreibtisch betrachtete und sie mit einem Fuß unnötigerweise zurechtrückte.
Dann griff Zissel zum Telefon, gerade als Mölle zur Tür hinausging.
Mölle blieb dicht hinter der Tür stehen und vernahm das leise Geräusch der Wählscheibe.
„Guten Tag, Herr Fröhlich, ich möchte Sie, wenn mög-

lich, sofort aufs Revier bitten!"
Zissels Stimme war sehr bestimmend. Dann wurde sie sogar noch rauer: „Nein, Herr Fröhlich, Sie kommen jetzt, sonst lasse ich Sie mit dem Dienstwagen abholen! Ich erwarte Sie hier in der nächsten Viertelstunde, haben Sie verstanden?" Dann wurde der Hörer aufgelegt.

Mölle schlich davon. Verdammt! Er bekam Magenkrämpfe. Also, Zissel bestellte den Fröhlich ein! Und alles hinter seinem Rücken, obwohl dieses Verhör noch zu seinem Fall gehörte. Was wollte Zissel denn vom Fröhlich? Er kannte ihn doch kaum, oder doch? Mölle steckte eine Lutschtablette in seinen Mund.

Er setzte sich einige Zeit auf die kleine Bank, die am unteren Wegrand stand. Hier konnte ihn kaum jemand sehen. Vor allen Dingen Zissel nicht.

Allmählich erholte er sich von dem Schrecken. Waren seine Nachforschungen Zissel nicht mehr gut genug? Ahnte er, dass er nicht voll informiert wird? Das hätte Zissel ihm doch ehrlich sagen können! Aber er selbst würde nichts tun. Gar nichts! Er wollte Zissel nicht wissen lassen, dass er die Vorladung von Fröhlich mitbekommen hatte.

Mölle ging nun etwas schleppend Richtung Glashalde. Der Nachmittag war freundlich. Seine Gedanken waren es jedoch nicht. Zissel sah heute nicht so gut aus, dachte er und fragte sich: Bedrückt Zissel etwas?

Zissel hängt mir penetrant an den Absätzen. Natürlich ist es meine Pflicht, ihm meine Ermittlungen zu berichten. Das habe ich bisher ja noch nicht getan; und möchte es auch nicht tun! Noch nicht!

Mölle erörterte: Aber was könnte Zissel denn beim Fröhlich herausfinden? Er weiß doch von meinen Gesprächen mit Frau Mader, Frau Egger oder mit Herrn Fröhlich überhaupt nichts! Zumindest keine wichtigen Einzelheiten. Mölle war im Moment sehr schlecht gelaunt und er fragte sich jetzt, was er eigentlich hier oben wollte.

Die Wiese lag friedlich, die Sonne schien und er hatte schlechte Laune. Er ging noch weiter den Hang hinauf, bis er zu dem Hochstand kam. Er kletterte etwas mühsam hinauf. Sein Wintermantel gab dabei wenig Bewegungsfreiheit. Oben ließ er seine Augen über die Landschaft gleiten.

Vor den Hausdächern glitzerte unten die Schutter. Mölle nahm sie kaum wahr. Er gähnte ausgiebig und lehnte sich zurück. Obwohl das Holz hart gegen seinen Rücken drückte, fielen seine Augen zu. Weil die Sonne ihn zuvor geblendet hatte, tanzten nun Farbkleckse hinter seinen Augenlidern. Zuerst in knalligem Rot. Dann färbten sie sich langsam blau und grün. Es dauerte bis sie total verwischt waren. Mölles Atmung wurde ruhiger. Es war der Zustand zwischen Wachsein und Schlaf.

Mölles Körper zuckte plötzlich. Seine Wahrnehmung kehrte zurück. Oh, dachte er, fast wäre ich eingeschlafen! Als er langsam die Lider hob, erschrak er.

Da war plötzlich der junge Mann vom Campingplatz auf der Wiese. Er sucht etwas, schoss es Mölle durch den Kopf. Tatsächlich besah er sich die Wiese eingehend. Er ging mit gesenktem Kopf auf und ab.

Der Kommissar konnte nicht wissen, dass es diese Situation bereits schon einmal gab. Nur waren in jener Nacht die Plätze vertauscht!

Der junge Mann kam jetzt direkt auf den Hochsitz zu. Mölle verhielt sich ruhig. Es ergriff ihn wieder; dieses ihm fremde Unruhe bringende Gefühl! Nicht erklärbar durchzog es seinen Körper. Irgendwie spürte Mölle, dass ein Kribbeln von den Beinen kommend nach oben zog und sich in Magennähe verknotete.

Seine Beine waren dadurch wie gelähmt. Nur seine Augen blickten wach und sein Gehirn war äußerst aufmerksam. Und in diese Aufmerksamkeit schob sich wieder ein Gefühl, dass mit dem jungen Mann etwas nicht stimmte, nicht stimmen konnte. Da waren erneut seine glasklaren Gedanken, auf die er sich immer verlassen konnte.

Doch nur was stimmte nicht? Dazu brauche ich Zeit, dachte Mölle noch.

Dann sah der Fremde entgeistert nach oben. „Oh, Herr Kommissar, haben Sie mich erschreckt."

„Sie mich nicht weniger", musste Mölle nun zugeben. Wie schon einmal, aber das dachte Mölle nur. Er kennt mich, also hatte Zissel geplappert. Er wusste auch bereits auf dem Campingplatz, wer ich bin, überlegte Mölle.

„Kommen Sie vom Campingplatz?"

„Ja."

„Dann sind Sie öfters hier?" Eigentlich war das von Mölle eine Feststellung mit Fragecharakter.

„Nein, ab und zu, nun ja, doch eher selten", war der junge Mann vorsichtig und fuhr fort: „Die Enge des Wohnwagens, drängt mich manchmal zur Bewegung."
„Sie kennen sich hier aus. Wohnen Sie in näherer Umgegend?" Mölle ließ nicht locker.
„Nur zurzeit, Herr Kommissar. Seit ich den Hochsitz entdeckt habe, ist er das Ziel meines Spaziergangs."
„Ja, es ist schön hier oben. Wollen Sie hochsteigen?" Mölle dachte: Eventuell kann ich etwas erfahren.
„Oh nein! ...Oder doch, danke!"
Der junge Mann war flink. Schnell saß er oben. Das Gespräch stockte. Der Mann sah Mölle unverhohlen von der Seite an. Als Mölle seinen Kopf etwas dem jungen Mann zuwandte, lächelte dieser leicht.
Dann besahen beide lange ringsum die Landschaft. Mölles Wahrnehmung war auf Alarm gestellt, allerdings ohne einen für ihn erkennbaren Grund. Er schielte zu seinem Nebenmann.
Und er besah eingehend die fransigen Hosenbeine der Jeans, die der junge Mann trug. Wie alt mochte er wohl sein, sinnierte er. Irgendwie ist er sympathisch. Ich muss fragen, ich muss ihn fragen, dachte Mölle.
„Waren Sie auch schon einmal hier in dieser Gegend?"
„Ja, aber vor vielen, vielen Jahren. Ich kann mich jedoch nicht daran erinnern."
Dabei war sich der junge Mann keinesfalls einer Flunkerei bewusst. Das Gespräch amüsierte ihn. Er lächelte und sah dabei in die Ferne.
Mölle zeigte sich nun neugieriger: „Wie lange bleiben

Sie noch?"

„Vielleicht noch einige Tage. Ich weiß nicht genau, wann wir zurückfahren."

Wir? Mölle hätte gerne noch weiter gefragt, wer noch mit -wir- gemeint war.

Dann hatte er aber plötzlich diesen jungen Mann und Zissel vor den Augen.

Er war nun angespannt: „Sie haben doch nach dem Mord neulich Kommissar Zissel nach dem Verbleib des Autos gefragt."

Der junge Mann zuckte, sah Mölle in die Augen und schüttelte den Kopf.

„Ich? Wieso sollte ich nach einem Auto fragen? Nein, Sie müssen sich täuschen. Oder verwechseln Sie mich vielleicht?"

„Nie und nimmer", bohrte Mölle weiter. „Ich sah Sie doch deutlich. Sie haben sich eingehend mit Zissel unterhalten."

Es entstand eine kleine Pause, bevor der junge Mann antwortete: „Ach so, das meinen Sie!" Es entstand erneut eine Pause. Auch Mölle verhielt sich ruhig.

Dann: „Nein, Herr Kommissar, ich fragte damals wie ich zur Lessingstraße komme."

„Die gibt es bei uns nicht. Wenigstens kenne ich diesen Straßennamen nicht."

„Das hat mir Kommissar Zissel auch gesagt. Vielleicht weiß ich den Namen nicht mehr genau. Oder die Straße wurde umbenannt."

„Suchten Sie jemand bestimmtes?

Instinktiv erkannte Mölle, dass er darauf keine Antwort

bekommen würde. Deshalb schwieg er jetzt.
Sein Sitznachbar lehnte sich nun ebenfalls zurück und verschränkte beide Arme vor dem Körper. Er möchte nicht mehr reden, dachte Mölle.
Seine Schläfen pochten, seine Gedanken klebten und seine Gefühle spielten verrückt.
Die Stille breitete sich aus, als wollte sie den gegenüberliegenden Waldrand erreichen. Die beiden saßen nun in schweigsamer Zweisamkeit.
Der Himmel begann sich bereits glutrot zu färben. Vom Hochsitz konnte man gut über das Tal zur gegenüberliegenden Seite blicken.
Als die Sonne sich noch tiefer senkte, zogen hinter dem Bergrücken dunkelgraue Wolken auf, deren obiger Streifen noch hell angestrahlt wurde. Die beiden Männer blieben weiterhin stumm.
Bald darauf verzog sich die Sonne weiter westlich hinter dicken Tannenästen. Ein sehr kühlender Wind kam auf. Mölle verspürte den Temperaturwechsel.
„Ich muss leider gehen, mich fröstelt."
Der junge Mann lächelte darüber nur mild.
„Naja, Sie sind noch jung, da friert man nicht so schnell", klangen Mölles Worte wie eine Entschuldigung. „Zudem tragen Sie einen dicken Anorak!". Der Kommissar stieg die Sprossen hinunter.
Von unten rief er noch nach oben: „Ach so, ich vergaß zu fragen. Haben sie ein kariertes Sakko?"
Mölle nahm nur ein kurzes Kopfschütteln wahr. Diese Nichtantwort bestätigte Mölles Annahme. Schnell verabschiedete er sich noch nach oben winkend.

Der junge Mann hob seine Hand: „Tschüs, Herr Kommissar, wünsche Ihnen eine gute Zeit!"

Ordentlich erzogen ist er, dachte Mölle, der nicht wahrnahm, dass ihn noch eine weitere, ihm bestens bekannte Person vom dichten Niederwald aus aufmerksam beobachtete.

Mölle ging nachdenklich ins Büro zurück. Zissel war nicht da. Er setzte sich an seinen Arbeitsplatz, konnte aber seine Gedanken nicht ordnen.

Seine Gefühle waren noch turbulenter geworden. Er dachte an Zissel und sah zu seinem Schreibtisch. Jetzt hatte Mölle wieder einen seiner absonderlichen Gedankengänge.

Wenn ich auf Zissels Chefsessel säße, hätte ich ganz andere Überlegungen und andere Ansichten. Was würde ich folgern? Und würde ich mich auch anders benehmen?

Mölle lachte vor sich hin. Genau! Jeder Stuhl hat seine eigene Meinung, es kommt im Leben letztlich immer nur darauf an, auf welchem man sitzt. Das war für Mölle soeben unbestritten.

Zissel kam unerwartet doch noch, obwohl nun fast Feierabend war.

Mölle zweifelte. Sollte er ihn sofort wegen der Autofrage angehen? Dann entschloss er sich jedoch, noch kurz abzuwarten. Zissel war nicht sehr gesprächig.

Auch Mölle schwieg. Er vermutete, dass sich Zissels Gedanken noch sehr mit der Unterredung von Fröhlich beschäftigten. Weshalb er ihn wohl sprechen wollte?

Die Zeit verstrich. Zissels knetete mit einer Hand sein

Kinn. Irgendetwas macht ihn nervös, dachte Mölle und schlug dann zu.

„Du Zissel, ich habe den jungen Mann getroffen, der dich über das verschwundene Auto ausgefragt hatte."

„Ach, ja", mehr hatte Zissel nicht zu sagen. Er schob seine Unterlippe vor.

Mölle fuhr fort: „Es war komisch, ich war auf der Glashalde und er kam direkt auf mich zu. Fast so, als hätte ihn jemand geschickt. Ist doch ein eigenartiger Zufall, oder?"

Zissel wurde deutlich nervöser. „Hast du mit ihm gesprochen?" Seine Frage klang gepresst.

Mölle lief im Raum auf und ab. Er ließ sich Zeit, bis er antwortete: „Nur kurz wegen seiner Frage nach dem verschwundenen Auto."

Als Mölle jetzt sah, dass Zissel auf seinem Stuhl umher rutschte, als wolle er sein Gesäß in den Sitz hineingraben, hatte er plötzlich Mitleid mit seinem Chef.

„Zissel, ich mache Feierabend, ich bin müde", beendete Mölle das Gespräch.

Also, sein Chef hatte damals wegen des Autos gelogen, oder doch nicht? Doch einer musste gelogen haben! Es bringt nichts, wenn ich immer noch weiter darüber grüble, das war für Mölle sicher!

So sicher, wie er jetzt wusste, dass er sich noch im „Hopfen" mit einem kühlen Bier abreagieren musste.

Die Wirtschaft war gut besucht. Dementsprechend war der Geräuschpegel. Die Köpfe, die sich bei Mölles Eintritt zu ihm gedreht hatten, waren schnell wieder in ihre ursprüngliche Stellung zurückgegangen.

Mölle setzte sich an den noch einzigen freien Tisch und bestellte ein Bier.

Erst jetzt bemerkte er, dass am Nebentisch Lu Assul und Frau Doern saßen. Sie waren so ins Gespräch vertieft, dass sie Mölle nicht wahrnahmen. Er drehte ihnen den Rücken zu.

"Nun vorerst bin ich immer noch hier", sagte jetzt Frau Doern. Mölle lauschte.

Ihr Gespräch lag in der Vergangenheit. Die war wohl für beide nicht sehr erfreulich. Sie kannten sich von früher, das kapierte Mölle sofort.

Lu Assul erzählte nun von seinem schweren Ausbildungsweg zum Sänger. Und Frau Doern machte ihm dann Komplimente.

Mölle lauschte: „Du hast dich aber gut aus der Affäre gezogen", beschuldigte Frau Doern nun den Sänger.

„Bitte Isolde, was blieb mir denn anders übrig? Es war genau im rechten Augenblick!" Dann wurden die Stimmen so leise, dass Mölle nichts mehr verstehen konnte.

Später vernahm er plötzlich Frau Doerns seltsam lautstarken Sätze: „Er hat mich ständig belästigt, er war ordinär und hartnäckig. Ich habe stets abgewehrt. Seine Frau. hat mich böse schikaniert, als hätte ich Schuld. Sie hat mir nie geglaubt und ist öfters schier ausgerastet. Zuletzt hat sie mir sogar gedroht."

„Oh, deshalb bist du also hierhergekommen!"

„Ja, und glücklicherweise dank dir. Dein Anruf mit dieser Chance kam im richtigen Augenblick. Nach dem Mord auf der Wiese hatte ich zuerst heillose Angst, dass er mir nachgereist wäre und ihm hinterher seine bösartig tobende Frau!"

„Verstehe, du dachtest er wäre der Tote! Warst du schon mal verheiratet?"

„Nein, ich habe es bisher lieber gelassen! Obwohl..?

"Aha", verstand Lu Assul sofort, „das muss aber nicht so bleiben!"

„Nein, muss es nicht. Das hängt nur noch von einem ganz fraglichen Umstand ab. Genauer von einem bestimmten Bauchumfang!"

Lu Assul war geschockt. „Du bekommst ein Kind?"

"Nein, den dicken Bauch hat jemand, der keine Kinder bekommen kann", lachte nun Isolde Doern. Sie freute sich, über das Missverständnis.

Jetzt kapiert Lu. „Oh, dann wäre es möglich, dass wir uns öfters sehen! Ich würde mich freuen, wenn Ihr mal ins Moon-Café kommen würdet."

„Nun, vielleicht irgendwann einmal. Aber nur, wenn mein Bauchumfang mitkommt."

Mölle hatte soeben zum Trinken angesetzt. Das Gespräch reizte ihn zum Lachen, das er unbedingt unterdrücken wollte. Dadurch erfolgte von ihm dann ein Hustenanfall, so dass er die restlichen Sätze nicht mehr hörte.

Als Mölles Anfall sich verflüchtigt hatte, waren die beiden gegangen. Ach, dachte Mölle, es gibt doch noch erfreuliche Dinge auf dieser Welt! Die Doern hat ihr Nest gefunden!

Mölle bezahlte. Der Wirt: meinte loyal: „Herr Kommissar, Sie hatten vorhin gerade verdammt lange Ohren."

Mölle lachte: „Sie sehen aber auch wirklich alles!"

„Lernt man hier drinnen! Danke für den Besuch. Kommen Sie öfters, Sie sind immer willkommen! Auf Wiedersehen, Herr Kommissar!"

Als Mölle heimwärts schlenderte, sah er Isolde Doern noch einmal. Aber nun in Herrn Gommlers Begleitung.

Es ist hier äußerst interessant, dachte Mölle, und aufschlussreich; der kleine Ort lebt und liebt! Und das Bier schmeckt erstklassig. Warum bin ich nicht schon viel öfters in diesem aufschlussreichen Wirtshaus eingekehrt, grübelte Mölle.

Am nächsten Morgen blieb Mölle alleine in der Dienststelle. Er wunderte sich darüber, denn Zissel war meistens pünktlich; und wenn einmal nicht, dann erschien er aber spätestens nach einer halben Stunde. Doch heute war wesentlich mehr Zeit schon verstrichen. Mölle saß nach zwei Stunden noch alleine vor seiner Arbeit. Er wurde mehr und mehr unruhig, denn er konnte sich das Fernbleiben seines Chefs nicht erklären. Wusste er doch, dass Korrektheit eines von Zissels Aushängeschildern war.

Plötzlich klingelte das Telefon.

„Mölle!" Den Anrufer verstand er kaum. Er glaubte zwar, die Stimme zu kennen, doch deren Undeutlichkeit ließ ihn stark zweifeln. Der Anrufer wiederholte seinen Namen.

„Ach, du, Zissel, ich habe dich fast nicht erkannt. Was ist mir dir? Geht es dir nicht gut? Deine Stimme klingt so merkwürdig." Kurze Pause.

„Wie, du bist im Krankenhaus?" Mölle musste sich

lange gedulden, bis Zissel ausgesprochen hatte.
„Oh, das tut mir leid. Bist du schwer verletzt?" Erneut kamen Zissels undeutliche Worte an Mölles Ohr.
„Oh, nein!", war Mölle verwirrt und fuhr fort: „Aber ja, es ist alles klar. Recht gute Besserung und gedulde dich, bis du alles gut auskuriert hast und du wieder vollständig hergestellt bist."
Mölle bekam kurz Anweisungen. „Ja, sicher, ich habe verstanden, ich werde die nötigen Schritte unternehmen und melde mich, wenn es Neuigkeiten gibt. Komm` bald wieder auf die Füße, Zissel."
Mölle legte gedankenvoll den Hörer auf die Gabel.
Zissel hatte einen Unfall?
Seine Worte waren schlecht verständlich.
Eigentlich müsste Mölle sich freuen, dass er freie Hand hatte. Aber komischerweise passte ihm das überhaupt nicht. Er hatte sich die Ermittlung gemeinsam mit Zissel bis ins Detail ausgedacht. Doch nun hatte sich dummerweise sein Plan zerschlagen. Ganz so schnell würde Zissel sicher nicht genesen sein. Wenigstens klangen seine Angaben nicht danach, und seine Stimme hatte so einen grämenden Unterton.
Bei Mölle verminderte sich dadurch sein Arbeitseifer, denn er hatte vorerst keinen Konkurrenten.

Passend zu Mölles Stimmung regnete es am Vormittag kurze Zeit. Nachdem sich nachmittags die Sonne etwas zeigte, beschloss Mölle zur Glashalde zu gehen zumal er alle seine Schreibtischarbeit erledigt hatte. Diese Gelegenheit unbemerkt etwas nachzuforschen, das ihn schon lange gedanklich beschäftigte, war überraschend gekommen. Wenn seine Theorie richtig war, hätte er genügend Zeit sich eine Strategie zurechtzulegen, bis Zissel wieder zur Arbeit käme.

Die Glashalde war von Feuchtigkeit überzogen. Und das kleine Rinnsal schlängelte sich heute etwas schneller talwärts. Keine Schuhe, keine Socken, keine Spuren – wie war das nur erklärbar?

Mölle ging achtsam vom unteren Weg ein paar Schritte in die Wiese hinein, blieb jedoch seitlich des Fundorts.

Er beobachtete den Abdruck seiner Schuhe, der allmählich undeutlicher wurde, aber sehr lange nicht ganz verschwand. Die Wiese war doch damals auch nass! Mölle überlegte.

Hatte die Spurensicherung nicht ordentlich gearbeitet? Wohl kaum. Er ging ein paar Schritte weiter nach oben und ließ dabei seine Augen über das ganze Umfeld schweifen.

Er massierte seine Schläfen, erst an einer Seite, dann auch ausgiebig an der anderen Seite.

Das Rinnsal glitzerte! Unweit daneben lag damals die Leiche. Wäre das eine Möglichkeit? Mölle überlegte scharfsinnig. Er zog nur am linken Fuß Schuh und Socken aus. Dann stapfte er durch die kleine Wasserrinne nach oben, immer die gut sichtbaren Abdrücke beider Füße begutachtend. Er drehte und schritt seitlich des Rinnsals wieder ein Stück die Wiese hinunter. Leichte Eindrücke waren noch zu sehen. Aber je länger das Wasser nach unten rann, desto mehr verschwanden seine Fuß- und Schuhabdrücke, dann war

das Rinnsal spurenlos. Wusste ich es doch, dachte Mölle voll Freude. Natürlich, hier lag die Lösung direkt und klar vor ihm! Der Regen in der Nacht damals muss doch heftiger gewesen sein, als man angenommen hatte. Aber ich hatte heute eine gute Eingebung. Zissel wäre nie darauf gekommen! Auch die Identität des Toten ist für Zissel noch unklar, genauso wie die der toten Frau! Daran wollte Mölle nichts ändern!
Sein kalter Fuß mahnte. Er wollte gerade die Socke anziehen, als ein Hund bellte. Gommler?
Mölles Augen suchten flink ringsum die Gegend ab.
Verflixt! Da kam weit unten ein Hund aus dem Wald.
Mölles Herz klopfte. Wenn das Gommler ist und ihn sieht, würde er nachher wieder große Reden schwingen. Und nicht allein nur Zissel würde fähig sein, den Zusammenhang zu erkennen. Jetzt kam ausgerechnet der Hund genau ans untere Wiesenende und schnüffelnd näher zu Mölle. Es war Gommlers Hund. Der Gemüsehändler pfiff, aber der Hund folgte nicht.

Mölle humpelte so schnell er konnte davon, einen Fuß im Schuh, der andere Fuß quietschte durch das feuchte Gras. Doch er war nicht schnell genug, um ganz ungesehen Richtung Glasbrunnen im Wald zu verschwinden.

Wie eigenartig, dachte Gommler, der, als er Einsicht auf den gesamten Wiesenhang hatte, und in großer Entfernung noch ganz kurz eine humpelnde Gestalt erblickte, die plötzlich verschwunden war.
Gommler runzelte einer Eingebung folgend die Stirn. Schnell nahm er seinen Hund an die Leine.

Dieser durfte hier nicht frei laufen, das wusste er wohl. Die kurze Wahrnehmung der Person dort oben machte ihn nachdenklich. Das ist doch…. Nein, – nein, nicht Mölle, der humpelt nicht! Oder doch?

Eine gewisse Ähnlichkeit gab es! Die Person hatte etwas in der Hand, das nahm Gommler leider nicht deutlich wahr. Oder es ist jemand mit Hüftproblemen, dachte er.

Eine verheißungsvolle Neuigkeit witternd, eilte der Gemüsehändler nun Richtung Glashalde. Aber die Gestalt hinkte schon den kleinen Pfad hoch, um sich Richtung Glasbrunnen zu verstecken. Mölle hatte den Schmerz unterdrücken müssen, den Steine oder dürre Äste an seiner nackten Fußsohle verursachten. Kurz war jetzt die Zeit, um Socke und Schuh wieder anzuziehen. Die nackte Fußsohle war etwas beschädigt. Auf der Socke zeigte sich ein Blutfleck. Den Schmerz allerdings konnte Mölle aushalten. Er lief jetzt eiligst am Glasbrunnen vorbei, erreichte den steilen Bombachtalweg und bald danach den Langenhard. Mölle war sich sicher, dass Gommler ihm bis hier nicht folgen würde. Dazu war dieser viel zu träge.

Über die geteerte Langenharder Straße, kam der Kommissar nach ausgiebigem Fußmarsch vor dem Hohbergsee aus dem Wald. Nun musste er sich nur noch eine plausible Erklärung ausdenken, falls Gommler ihn doch wahrgenommen hatte und heikle Fragen stellte. Irgendwann würde er noch einmal den Test auf der Wiese wiederholen. In Ruhe, ohne Gommler und Co. Irgendwie hatte Mölle das Gefühl, dass er da nochmals einhaken müsste. Doch ab jetzt bewegten sich seine Gedanken wieder in der Vergangenheit.

Nun, das Auslegen des vergifteten Kekses war geklärt. Den Mord an ihrem Mann hatte Frau Mader zugegeben. Das Geständnis war eine Akte geworden.

Markus hatte seinen Alimentendiebstahl gestanden.

Und nun hatte er die handfeste Lösung betreffs der Spurlosigkeit auf der Glashalde. Mehr die fuß-feste, dachte Mölle belustigt.

Über seine bisherigen Erkenntnisse würde Mölle immer noch nicht sprechen. Denn Mölles ruhmsüchtigster Knackpunkt lag noch bei der Toten vom See. Das wird mein schwerster Teil werden, dachte er verzagt, ich muss unbedingt meinen Ermittlungsvorsprung halten. Und das auch noch, wenn mein Chef wieder weiter hinter mir her schnüffelt. Tatsächlich brauche ich einen gewissen Schutz vor Zissel, hoffentlich ist er noch einige Zeit arbeitsunfähig. Mir muss etwas einfallen, etwas ganz Einleuchtendes, ein absoluter Trumpf! Ich gehe aber lieber unterhalb des Campingplatzes durch, damit ich unbehelligt nach Hause komme. Falls Fragen aufkommen, habe ich ein Alibi, entschied Mölle ausgefuchst.

Bei den Campern fehlten bereits einige Wohnwagen. Doch der des kleinen Mannes war noch da.

Nun ja, dachte Mölle, die Herbststürme werden bald heftig sein, dann ist es hier nicht mehr angenehm. Es war auch seltsam still auf dem Platz. Kein Camper war zu sehen.

Nur unterm Grill war noch ein leichtes Glühen zu erkennen. Im Wald ging er über die kleine Schutterbrücke und gelangte dadurch zu den Breitmatten. Bald erreichte er den Ortskern.

Oh! Dem Kommissar wurde es ein bisschen mulmig. Gommler und Frau Doern standen vor der Bäckerei. Gommlers Gesten sahen wichtig aus. Als Mölle näherkam, winkte ihm Frau Doern. Er nickte freundlich. Er hatte die beiden fast erreicht, da drehte sich Gommler um. Dieser ließ den Unterkiefer hängen, wobei sich seine Nasenflügel leicht aufblähten; so starrte er Mölle an. Endlich war er fähig, zu sprechen.

„Oh, Herr Kommissar, wo kommen denn Sie her?" Gommler war forsch.

Mölle drehte etwas seinen Oberkörper und zeigte mit einer Hand nach Westen. „Von da!" Mehr sagte Mölle nicht. Frau Doern meinte: „Na, siehste!"

Mölle wusste, also die beiden sprachen über ihn!

Gommlers Hirn kurbelte. Sein Blick war immer noch fragend. Jetzt griff er an: „Ich glaube, ich habe Sie vor kurzer Zeit auf der Glashalde gesehen!"

„Mich?" Mölle zog unter Stirnrunzeln das Wort in eine zweistimmig schwingende Länge. Er konnte sich verblüffend gut verstellen.

„Ich bin mir fast sicher, dass ich Sie gesehen habe! Oben auf der Wiese!"

„Wo?" Mölle gab sich ahnungslos.

„Sie gingen die Glashalde hinauf", beharrte Gommler.

„Ach so! Ja! Gestern war ich dort. Ich habe Sie aber nicht gesehen."

„Mölle", wurde Gommler etwas lauter, „ich meine heute. Heute war`s, oder?"
„Nein, heute war ich nicht dort. Ich komme direkt vom Lahrer Amt. Sie suchen einen Hundebesitzer, der seinen Hund frei laufen ließ. Ein Jäger fand letzte Nacht ein gerissenes Reh."
Bei diesen Worten sah Mölle bohrend auf Gommlers Hund, der nun, angeleint, Platz genommen hatte.
Gommler rollte seine Zunge am Gaumen innen hoch, wobei sich seine wulstige Unterlippe etwas zur Oberlippe schob. „Mein Hund war das nicht", wurde Gommler kleinlaut.
„Hab` ich ja auch nicht behauptet. Doch falls Sie einmal einen Verdacht betreffs eines uneinsichtigen Hundehalters hegen, der seinen Hund frei laufen lässt, benachrichtigen Sie mich bitte. Schönen Nachmittag noch!"
Frau Doern lächelte: „Tschüs, Herr Kommissar."
Gommler verweigerte. Mölle musste noch etwas draufsetzen. Nach ein paar Metern kehrte er zurück.
„Ach, Frau Doern, ich hätte noch gerne ein Brot. Oder sind Sie noch in einer sehr wichtigen Besprechung?"
„Aber nein, bitte schön, Herr Kommissar, kommen Sie doch herein!" Mölle würdigte nun den Gemüsehändler mit keinem Blick. Er grinste nur.
Als der Kommissar mit seinem Brot aus der Bäckerei kam, war Gommler samt Hund bereits verschwunden.
Bis in die Abendstunden amüsierte sich Mölle noch einige Male über den Gemüsehändler.
Seine Zigarre hatte er sich heute tapfer verdient!

## Krankheitsfall(e)

Als Mölle seinen Chef im Krankenhaus anrufen wollte, war er nicht zu erreichen. Zissel hatte sich bereits zwei Tage lang nicht gemeldet. Mölle war immer noch alleine Herr der Dienststelle. Die beiden ungeklärten Mordfälle bestimmten, nun weniger gewichtig, seltener das Gespräch im Ort.

Mölle tat, was er konnte. Aber wenn er ehrlich zu sich war, tat er es nicht mit ganzem Einsatz. Zissel fehlte ihm.

Eine für Mölle problematische Sache war das damalige Gespräch mit dem kleinen Mann, in dessen Wohnwagen er jenen jungen Mann gesehen hatte. Mölle wollte unbedingt noch einmal mit diesem Camper sprechen. Als er auf den Wohnwagen zulief, hörte er Stimmen. Folglich waren beide da. Er klopfte an die Tür. Als der junge Mann öffnete, bat Mölle um ein Gespräch mit seinem Mitbewohner.

„Ach, Herr Kommissar, das tut mir leid", bekam er zur Antwort, „mein Onkel ist vorhin in die Stadt gegangen."

„Oh, ich dachte, ich hörte ihn sprechen." Mölle gab sich nicht zufrieden. Er zweifelte die Erklärung an. Der junge Mann lächelte freundlich. „Das war mein Radio, ich hatte eben Nachrichten gehört."

„Und jetzt haben Sie es abgestellt?"

„Ja, mache ich immer, wenn Besuch kommt." Mölle hatte unterschwellig ein quälendes Gefühl. Er hoffte, dass seine folgende Bitte „Darf ich reinkommen?" nicht abgelehnt wurde.

Doch jetzt wurde der junge Mann etwas verlegen.
„Tut mir Leid, Herr Kommissar, ich habe momentan Damenbesuch!"
Da Mölle nicht in den Wagen gebeten wurde, blieb ihm nichts anderes übrig, als sich zu verabschieden.
„Oh, dann entschuldigen Sie die Störung. Grüßen Sie Ihren…?" verzögerte Mölle, wobei forschend sein linkes Augenlid zitterte.
„Onkel meinen Sie, ja danke, mache ich. Oder meinten Sie meinen Damenbesuch?" fragte der junge Mann freundlich lächelnd. Dann schloss er die Wohnwagentür. Ziemlich forsch, wie Mölle fand und er ging. Aber ein Gefühl plagte ihn. Nach kurzer Zeit kehrte er um und schlich sich von der Rückseite nochmals an den Wohnwagen heran. Das vorherige Gespräch war ihm zu schleierhaft.
Die Stimmen waren wieder da. Mölle erschrak, hatte er schon Halluzinationen? Das war doch keine Damenstimme. Die hörte sich eher nach einem Mann an. Da erkannte er plötzlich die Stimme. Er war sich sicher. Das war doch der angeblich krankenhausreife Zissel, der sprach! Oh, verdammt, dachte Mölle, wenn das stimmt! Was wird denn gespielt. Ist Zissel wirklich so heimtückisch? Auf einmal wurde die Wohnwagentür erneut geöffnet.
Mölle rettete sich reaktionsschnell mit einem Sprung hinter eine der hohen dichten Hecken, die als Sichtschutz den Campingplatz von den dahinterliegenden Wohnhäusern trennten. Sein Körper vibrierte. Er fühlte seinen Herzschlag im Hals.

Es wäre ihm unangenehm, wenn man ihn sehen würde! Als er hörte, dass die Tür wieder geschlossen wurde, spähte er vorsichtig, konnte aber niemand erblicken. Und leider konnte er aus der Entfernung auch keine Stimmen mehr wahrnehmen. Einige Zeit stand er noch regungslos. Irgendwann ging er schnellstens den Weg zurück, den er auch wegen Gommler vor drei Tagen gegangen war.

Mölle fühlte sich äußerst schlecht. Er wusste, dass er sich ablenken musste, um auf andere Gedanken zu kommen. Was passierte gerade in ihm? So hatte es ihm den Boden unter den Füßen noch nie weggerissen. Zumindest nicht in dem Ausmaß wie eben.

Er musste unter Leute, um nicht weiter grübeln zu können. Daher beschloss er ins Wirtshaus zu gehen.

Dort wurde er heute nicht unbedingt freundlich empfangen, aber das war ihm gleichgültig. Er kannte die Menschen, sein Auftauchen erfreute sie nur zuweilen. Als er jedoch ohne sich umzusehen auf einen Tisch zusteuerte, der in einer Ecke stand, wurde ihm eine durchaus freundliche Begrüßung zuteil. Mölle war total verdutzt Hier saß Ole Fröhlich und grinste ihn, heute seinem Namen gerecht werdend, an.

„Oh, Herr Kommissar, schön Sie zu sehen", schwafelte Fröhlich in merkwürdiger Weise. Ob er getrunken hatte, war Mölles erster Gedanke, es wird jetzt bestimmt interessant.

„Das ist auch das erste Mal, Herr Fröhlich, dass ich Sie hier im Wirtshaus sehe."

„Das bin ich heute auch!"

„Wie, Sie sind überhaupt das erste Mal hier? Darüber freut sich der Wirt sicher, Herr Fröhlich!"

Mölle wusste nun, seine Ahnung, dass dieser Mann seine Garstigkeit und sein Menschenfeindliches immer nur spielte, war genau richtig gewesen.

Sicher früher nur wegen Liana Mader, es konnte nicht anders sein. Sonst würde er heute nicht hier sitzen. Fröhlich war leicht unruhig, beobachtete Mölle. Er konnte nicht ruhig sitzen, kratzte sich am Ohr, bewegte seine Lippen, fuhr mit der Zunge darüber, wobei er noch fortwährend an seinen Jackenärmeln zog. Dabei sah er ständig zur Tür. Irgendetwas ist ihm doch peinlich, dachte Mölle.

„Herr Kommissar", fing Ole Fröhlich stockend an, „bitte entschuldigen Sie, aber ich erwarte..."

„Bin schon weg", versicherte Mölle, als er plötzlich erfasste, dass er der Störfaktor war. Er spreizte seine Finger, hob seine Handfläche entschuldigend Richtung Fröhlich, sah sich um und ging zu einem freien Platz an der Theke.

Bald darauf öffnete sich auch schon die Tür. Eine schick zurechtgemachte Frau Rosi Egger trat ein und steuerte strahlend auf Ole Fröhlich zu.

Den Kommissar übersah sie dabei. Ach, sieh mal an, dachte Mölle. Selbst aus den allerschrecklichsten Ereignissen keimt manchmal zart eine hoffnungsvolle Zukunft auf! Warum, fragte sich Mölle mit düsteren Gedanken, glückt mir das nie? Er bestellte noch ein Bier. Bis er nach Hause ging, belegte er trübsinnig seinen einsamen Platz an der Theke.

Mölle saß im Büro über seiner Schreibtischarbeit. Er hatte die Elektroheizung auf Hochtouren gestellt, weil der heutige Morgen die bisher tiefste Temperatur des Herbstes gezeigt hatte. Der Boden war hartgefroren gewesen. Als Mölle am Wegrand auf einen Grasbüschel getreten war, hatte es laut unter seinen Schuhen geknirscht. Aber die Kälte und der starke Wind hatten ihn nicht gestört. Er war so restlos in seinen Problemen verhangen gewesen und hatte wenig Notiz von seiner Umgebung genommen.

Aber jetzt war draußen so ein lautes Geräusch, dass Mölle erschrocken aufsah. Jemand schlug gegen die alte Holztreppe und trampelte dann auf den Stufen! Mölle überlegte, ob er zur Tür gehen sollte. In diesem Moment hörte er Zissels Stimme.

„Mölle, mach` mir bitte mal auf!"

Als Mölle geöffnet hatte, versuchte er sein Erschrecken nicht zu deutlich zu zeigen. Zissel sah furchterregend aus. Über seinem Kopf lag ein dicker Verband, der an einer Seite leichte Blutflecke an die Außenseite durchließ. Und der linke Arm hing in einer dunklen Schlinge, die hinter Zissels Nacken zusammengeknotet war. Mit dem rechten Arm stütze er sich auf eine Krücke. Sein Hochsteigen war mühsam gewesen.

Mölle half Zissel auf der restlichen Strecke zum Schreibtisch, wo sich Zissel stöhnend niederließ, ohne sein rechtes Bein zu beugen.

„Mölle, jetzt bin ich der Verunglückte!" Zissel lacht dabei unnatürlich. Mölles Augen flackerten.

„Dich hat es wohl schwer erwischt! Mensch Zissel, das

tut mir leid, aber wieso bist du überhaupt hier?"
„Man hat mich entlassen. Ich bin mit dem Taxi gekommen. Ich wollte mal bei dir vorbeischauen. Vielleicht kann ich dir bei irgendeinem Problem helfen."
Mölle war wie gelähmt. Wie, Zissel wollte ihm helfen? Das würde ihm gerade noch fehlen! Sein Chef würde ihn den ganzen Tag beobachten und er selbst müsste ständig auf der Hut sein.
Deshalb mahnte Mölle nun: „Nein, du gehörst doch nach Hause. Du brauchst Ruhe. Du musst dich und deine Knochen schonen!"
„Tja, Mölle", begann Zissel schnell, ehe Mölle etwas fragen konnte. „Ich bin ja so doof gewesen. Ich wollte, die durch Blätter verstopfte Ablaufrinne des Garagendachs reinigen. Die Leiter kippte, weil ich eine Sprosse verfehlt habe und abgerutscht bin. Ich bin das Resultat! Ich dachte, ich wäre noch fit wie früher, das war sträflich!" Zissel machte ein naiv-verzweifeltes Gesicht.
Mölle dachte: Er hat eventuell Nachwirkungen eines Schocks und spricht deshalb so viel. Aber ich möchte mich nicht mit ihm befassen! Nicht heute!
Darum betonte er: „Du überschätzt dich schon wieder, Zissel! Du willst hier den ganzen Tag auf dem Stuhl sitzen? Du musst liegen und dich ausruhen!"
Mölle und Zissel sahen sich jetzt tiefgründig an. Es lag eine unbeschreibliche Schwingung in der Luft.
„Mölle, und ich dachte du freust dich, mich zu sehen", murrte Zissel dann scheinbar enttäuscht und zog seine Augenbrauen hoch.

„Natürlich freue ich mich, ich mache mir bloß Sorgen, dass du dich nicht richtig ausheilst. Du hast doch nichts gewonnen, wenn Spätschäden zurückbleiben!"
„Spätschäden? Ich weiß ja, dass du Recht hast, Mölle. Aber zu Hause ist es einsam. Allerdings soll ich ab morgen eine Helferin bekommen, die den Haushalt erledigt und für mich kocht."
„Na, also", gab sich Mölle vage zufrieden, „hoffentlich ist sie hübsch! Also, dann werde ich jetzt versuchen, dich sicher nach Hause zu bringen." „Per Taxi", fügte er noch schnell hinzu und wählte schon.

Mölle gab Zissel während der Fahrt noch eine gestraffte Übersicht über die letzten Tage. Ganz besonders ausgiebig erwähnte er allerdings, dass Gommler ihn angeblich auf der Glashalde gesehen hätte. Mölle wusste, dass sein Chef das sicher erfährt. Er hoffte, nur, dass er nicht bei der Lahrer Dienststelle nachfragen wird. Dann berichtete Mölle noch eingehend von Fröhlich und Rosi Egger. Doch daran war Zissel offensichtlich kaum interessiert.

„Na ja, wenigstens tut sich etwas Erfreuliches", sagte Zissel endlich wie abwesend und sah auf die Straße.
Dann wurde er jäh wieder bestimmt: „Mölle, wir bleiben telefonisch in Verbindung. Vielleicht bin ich doch wieder schneller einsatzfähig!"
Mölle brachte mit einem kurz geschlossenen Augenlid ein Lachen zustande. „Willst du mir drohen, Zissel?"
Jetzt lachte Zissel auch. So heftig und laut, dass ihm plötzlich ungewollt ein „Autsch!" über die Lippen huschte und er seine Hand gegen die Rippen drückte.

Dann schwieg er die restliche Fahrt über.
Er hat schon noch Schmerzen, dachte Mölle. Seine vielen Verletzungen zeigen, dass er unglücklich gestürzt sein muss. Auf dem Campingplatz habe ich mich wohl geirrt. Sicher war eine Frau im Wohnwagen, die eine sehr dunkle Stimme hatte. Ich bin einfach zu nervös, das sollte mir nicht passieren, das ist gar nicht gut! Das Taxi hielt.
Sehr früh am nächsten Morgen rief Zissel an. Mölle hatte sich kaum richtig gesetzt, als das Telefon bereits läutete.
„Kontrollierst du meine Pünktlichkeit?" Mölle konnte sich die Frage nicht verkneifen.
„Nein", lachte Zissel, "ich wollte dich nur fragen, ob ich dir nochmals Lars oder Leni bereitstellen soll."
„Nee, nein, wieso auch! Ich glaube, ich schaffe alles alleine. Aber vielen Dank, Zissel, für das Angebot."
„Ja, bitte!"
"Einen guten Tag. Tschüs Zissel, gib auf dich Acht."
Mölle hatte keine Lust, sich noch länger mit seinem Chef zu unterhalten. Der wollte ihn sicher ausfragen! Und zudem noch zwei Beobachter schicken, die ihm alle Details genau berichten würden!
Zissel ist wirklich ein Fuchs, dachte Mölle. Über sich selbst dachte er nicht nach!
Er ging wieder an seine Arbeit. Es lief alles nicht so gut an diesem Vormittag. Irgendwie war der Kommissar aus dem Konzept gebracht.
Mölle dachte nach: Was lähmt mich denn zurzeit so? Liegt es an den Mitmenschen oder ist es meine ange-

schlagene Gedankenwelt, die manchmal schlecht auszuhalten ist? Stehe ich mir selbst im Weg?
Natürlich musste er noch in verschiedene Richtungen ermitteln. Der Fall Mader lag noch nicht abgeschlossen in der Schublade. Ganz zu schweigen von den beiden ersten Todesfällen, über die er gerade heftig und sorgenvoll nachdachte. Ich glaube, es ist gut, wenn ich diese jetzt weit weg schiebe, entschied Mölle schließlich. Er fühlte plötzlich ein Kribbeln im Bauch.

Als er Ende des Vormittags noch in die Bäckerei trat, traf er dort Lu Assul an, der lächelnd spöttisch fragte:
"Ach, der Herr Kommissar. Schön, dass ich Sie wiedersehe. Ist Ihr Husten abgeheilt? Sie Armer, Sie haben sicher viel, viel Arbeit!"
Mölle wusste, Assul war ein Schmeichler; darin wahrscheinlich sogar ein Naturtalent. Und er begriff, die beiden hatten ihn damals im „Hopfen" doch noch bemerkt.
Isolde Doern war augenblicklich still. Sie beschäftigte sich ausgiebig mit ihrer Kasse.
„Lieber Herr Sänger Assul, schmeckt Ihnen das Brot von hier auch besser? Bedient von der weltbesten Verkäuferin!", krittelte Mölle.
Er war so sehr gereizt, wie zum aus der Haut fahren, wusste aber nicht weshalb. Und auch nicht warum er die beiden so sinnlos attackierte. Zudem noch mit so einer doofen Frage! Die Atmosphäre störte ihn. Seine Nerven bekämpften sich gegenseitig.
Frau Doern wurde verlegen.
Aber Lu Assul war gelassen: „Soll das ein Verhör

sein", lachte er, „was meinst du, Isolde?" Frau Doern klapperte mit Münzen. Sie gab keine Antwort.

Mölle wurde süffisant: „Ich bitte Sie um ein kleines Brot, liebe Frau Doern, wenn Ihre Kleingeldkontrolle abgeschlossen ist!"

Frau Doern bediente, wahrscheinlich das erste Mal in ihrem Leben, wortlos. Dann suchte Mölle alle Münzen in seinem Geldbeutel zusammen und legte sie einzeln und klirrend auf den Zahlteller.

Er betonte: „Stimmt!"

Als Mölle die Bäckerei verließ, atmete Frau Doern auf. „Lu, heute ist er ein Ekel!" Mölle hatte gute Ohren. Diese Worte hatte er noch vernommen. Und er musste Frau Doerns Meinung beipflichten.

Am nächsten Tag war Mölle auf Erkundungstour. Nachdem er sich vormittags intensiv mit Schreibarbeiten beschäftigt hatte, war seine üble Stimmung vom Vortag verflogen.

Heute wollte er am Nachmittag in den Ort.

Ach, Gommlers Laden war noch geschlossen. Seltsam, der war doch sonst so pflichtbewusst.

Gerade als Mölle weitergehen wollte, fuhr Gommler vor. „Guten Tag, Herr Kommissar!", rief er hämisch. „Ich komme direkt von Ihrer Lahrer Dienststelle."

„Wieso? Was wollten Sie denn da?"

„Ich wollte melden, dass ich gestern Abend meinen Hund auf der Glashalde frei laufen ließ!"

Mölle hatte keine Zeit zu reagieren, denn plötzlich kam Lars angefahren und sprang aus dem Auto und grüßte: „Hallo, Mölle!"

Herr Gommler drehte sich blitzartig weg und lief zu seinem Laden. Aber Lars rief ihm nach.

„Halt, Herr Gommler, sie vergaßen ihre Ausweismappe mitzunehmen. Sie lag noch auf der Dienststelle."

So hatte Mölle den Gemüsehändler noch nie gesehen. Er wurde hektisch in seinen Bewegungen. Seine Wangen bekamen zwei kreisrunde Rötungen und seine Atmung kam so stoßweise, dass sie sich für Mölle schon gefährlich anhörte. Und Gommlers Hand zitterte, als er den Ausweis entgegennahm.

„Gruß von Zissel", ließ Lars noch verlauten. Ohne ein Dankeswort, nur mit einem Kopfnicken zu Lars, schloss Gommler seine Ladentür auf und verschwand in Sekundenschnelle. Lars sah ihm erstaunt nach.

„Tschüs, Mölle", war nun sein weiterer kurzer Gruß, dann stieg er wieder ins Auto und ließ gesetzwidrig den Motor aufheulen. Lars fühlte, irgendetwas Seltsames geht hier vor. Sein Gespür war zutreffend, denn Mölle war fassungslos über das Gehörte. Wieso war Gommler im Lahrer Kommissariat? War Zissel auch dort, oder hatte Lars nur mit ihm telefoniert?

Wie könnte ich jetzt den Sachverhalt erfahren. Mölle fühlte die aufsteigende Übelkeit. Es war einfach zu viel für ihn. Hatte Gommler seinen Chef über die Begegnung bei der Glashalde informiert?

Was wusste Zissel? Was genau? Das zu wissen wäre für Mölle von tragender Bedeutung. Seine Gedanken steckten in einem beängstigend dunklen Sumpf.

Bis zum späten Nachmittag verkroch er sich zu Hause. Er musste unbedingt seine beklemmenden Gedanken ordnen.

Irgendwann hatte er den Drang nochmals zur Glashalde zu gehen. Vielleicht gab es doch noch eine verwertbare Spur! Trotz der einsetzenden Dämmerung lief er die noch etwas sumpfige Wiese Stück für Stück ab und ließ seine Augen angestrengt über das Gras gleiten.

Er fand nicht ein einziges Indiz, das ihm genutzt hätte. Er schaltete die Stirnlampe ein. Heute war es ihm gleichgültig, ob ihn jemand sah. Mölle versetzte sich in den Täter. Zweifellos wäre ich den dunklen Pfad zum Glasbrunnen gegangen, dachte Mölle.

Der Gang zu dem ominösen Glasbrunnen blieb ebenfalls ergebnislos. Auf dem Weg zum Bombachtal konnte er die Stirnlampe ausschalten. Der Mond leuchtete. Eine links liegende Lichtung gab den Blick auf die unten liegende Glashalde frei.

Plötzlich entdeckte Mölle dort ein Blitzen. Da ist doch jemand dort unten, dachte er. Vorsichtig schlich er in die Lichtung und stellte sich hinter einen dicken Baumstamm. Wer mochte um diese Zeit noch auf der Wiese sein? Mölle wagte kaum zu atmen.

Ein Mann war da unten. Seine Bewegungen kamen Mölle bekannt vor!

Er fühlte sich abscheulich. Die Luft war plötzlich drückend und sein Herz begann gefährlich zu rasen. In seinem Kopf legten sich Hunderte Gedanken kreuz und quer.

Der Zissel! Das war doch Zissel, den er eindeutig da unten sah. Mölle war erschüttert. War noch jemand bei seinem Chef? Mölle konnte sonst niemand entdecken. Nur eine einzige, nur Zissels Taschenlampe, leuchtete auf. Aber er war doch verletzt und ging zumindest an einer Krücke. Das konnte doch nicht sein!

Es dauerte noch einige Sekunden, bis Mölle begriff. Sein Chef bewegte sich ganz normal.

Mölle wurde furchtbar wütend! Wo waren Krücke und Armschlinge? Zudem zeigte Zissels Gang deutlich, dass keinerlei Stützen nötig waren. Die Schlinge, die Krücke, der blutige Kopf, das dicke Knie.... alles Finte! Mölle rastete innerlich aus, nicht zuletzt, weil er auf den simplen Trick hereingefallen war. Also Zissel, das Gefecht beginnt!

Eigentlich könnte man von seinem Chef eine vorbildliche Ehrlichkeit verlangen. Wie schäbig von ihm, dachte Mölle, besann sich jedoch gleichzeitig darauf, dass er ja auch nicht ehrlich gewesen war – und auch nicht ist!

Sollte er Zissel morgen darauf ansprechen? Nein, es ist besser, ich schweige, stellte Mölle für sich fest. Ich lasse alles auf mich zukommen. Denn irgendwann wird Zissel mit ihm über die wichtigen, sogar grundlegendsten Dinge sprechen müssen. Oder aber, er sagt überhaupt nichts. Allerdings ginge das total gegen Zissels berufliche Pflichten.

Als Mölle zu Hause ankam, hatte sein Zeigefinger wieder eine Haarsträhne total festgezurrt.

**Aller noch schlimmeren Dinge sind vier!**
Nach Tagen war Zissel wieder wohlauf. Er hatte sich von seinem imaginären Sturz erholt.
Mölle musste höllisch aufpassen, dass er nicht aus Versehen irgendetwas von seinem Wissen über Zissels Anwesenheit auf der Glashalde preisgab.
Es strengte Mölle an, ständig auf der Hut zu sein; zumal er schwerwiegendere Gedanken klären musste.
Zissel saß am Schreibtisch und war am Überlegen. Mölle sah, als er in die Dienststelle kam, ganz deutlich Zissels Stirnfalten, die einmal breiter und einmal schmäler wurden.
„Geht es wieder, Zissel?"
„Ja, danke ich bin einigermaßen einsatzbereit!"
„Gibt`s etwas Neues?" Mölle fragte dies so beiläufig wie möglich. Bloß keine direkte Neugier zeigen, dachte er und rückte sich seinen Stuhl zurecht.
„Nicht viel", Zissel sprach bedächtig. Und schwieg.
„Bist du wirklich wieder ganz und gar hergestellt?", zwang sich Mölle höflicherweise zur Frage und dachte blöde Floskel, hoffentlich klingt meine Stimme ehrlich.
Zissel nickte, entschied sich dann doch zum Sprechen und betonte: „So ganz in Ordnung bin ich noch nicht. Vielleicht sollte ich mal Urlaub machen, um mich vollständig zu erholen."
„Schön! Oh, hätte ich auch gerne", klopfte Mölle an. Sein Chef sah aus dem Fenster.
„Mensch Mölle, kannst du haben!" Mölle war erstaunt. Zissel war heute auffallend leutselig. Danach war es jedoch lange Zeit sehr still im Raum.

Die inhaltlich sehr verschiedene Schreibarbeit nahm nun schnell gedeihende Formen an. Es dauerte.

Bis Zissel plötzlich fragte: „Mölle, hast du am Wochenende etwas Besonders vor?"

Es muss einen Grund für seine Frage geben, dachte Mölle. Er will etwas aus mir herauslocken! Natürlich, würde ich es als Chef genauso tun. Eventuell sogar noch hartnäckiger. Ich antworte jetzt einfach nicht!

„Mölle", erinnerte Zissel, und wiederholte die Frage, weil er dachte, sein Kollege hätte ihn nicht verstanden.

„Nö, Zissel, ich werde noch am Samstag zur Chrysanthema gehen, bevor sie am Sonntag endet."

„Ja, Samstag ist gut. Es soll in der Nacht zum Sonntag frostig werden. Ich weiß nicht, ob die Pflanzen das unbeschadet überstehen. Und schaue die Stadt auch noch bei Tageslicht an", meinte Zissel.

Mölle ärgert sich. Er will wieder bevormunden! Das hört wohl erst auf, wenn…!

Weiter ging Mölle mit seinem Denken nicht, er musste antworten.

„Gut, Zissel, ich werde früh genug aufbrechen."

Jetzt schwieg Zissel wieder, aber er nickte langsam.

„Na dann, also bis morgen, Endspurt für diese Woche", damit erhob sich Mölle und ging zur Tür.

„Ja, bis morgen, mach`s gut", rief ihm Zissel nach.

Mölle hatte jedoch bereits die Außentür geschlossen.

Zissel blieb am Schreibtisch sitzen, als wären seine beiden Unterarme auf dem Schreibtisch festgeklebt.

Er neigte seinen Kopf, so dass seine grauen Seitenhaare wieder wild nach unten fielen. Was denkt sich

Mölle eigentlich? Wieso zeigte er mir nicht den kleinsten Anhaltspunkt für sein weiteres Verhalten, für sein Vorhaben?

Ich bin doch hier der Chef! Fehlt Mölle sein Vertrauen zu mir. Von wegen Chef, bemängelte Zissel nun sich selbst.

Ich bin wie ein eingesperrter Hund! Ein Hund, dem der Auslauf fehlt, gefangen in einem Gitterstall. Vor mir liegt ein Igel, daneben liegt ein Häufchen Glassplitter. Und in eines muss ich hineinbeißen. Egal wie ich mich entscheide, am Ende habe ich eine blutige Nase!

Zissels Gedankengang machte eine Pause, bevor er den roten Faden wieder aufnahm. Aber ich muss mich entscheiden, wusste er, obwohl das gewiss wehtun könnte. Wie im richtigen Leben! Sein nachfolgender Gedanke brachte wieder einen kleinen Funken von Zissels verstecktem Humor zum Vorschein. Denn er dachte abschließend: Morgen mach` ich blau!

Mölle war am Freitagmorgen tatsächlich alleine im Büro. Er empfand dies seltsam, weil Zissel besonders freitags sehr pünktlich war. Vielleicht hatte er verschlafen, argwöhnte Mölle. Oder, dachte er nach einiger Zeit, als sein Chef immer noch nicht da war: Ist es Absicht von ihm? War es vielleicht sogar Berechnung? Das Telefon klingelte.

„Mölle", die Stimme klang heiser, „ich muss heute auf der Hauptstelle arbeiten. Und ausgerechnet ab heute Morgen geht es meiner Stimme nicht gut. Du musst diesen Tag wieder alleine zurechtkommen, ich bin hier aber jederzeit telefonisch erreichbar. Wenn alles erledigt ist, kannst du gerne früher Schluss machen."

„Kein Problem, Zissel, sieh zu, dass du bald wieder o.k. bist! Gute Besserung! Schone deine Stimme. Du weißt, sie wird gebraucht!"

„Danke, Mölle, mach` es gut!"

Mölle legt auf und war sehr nachdenklich. Hatte er gestern etwas nicht mitbekommen? Zissel in Lahr? Komisch?

Mölle lehnte sich zurück. Er überlegte weiter: Und Zissel soll gesundheitlich angeschlagen sein? Der war doch all die Jahre gesund wie ein Ziegenbock! Ziegenbock? Ja, und genau so stur, liefen Mölles Gedanken einfach ungewollt weiter. Ist dies nochmals eine Finte von seinem Chef und er forscht erneut alleine nach der Wahrheit? Ahnt er möglicherweise etwas?

Mein Schreibtisch ist nach wie vor fest verschlossen. Es gibt keinen zweiten Schlüssel, oder doch? Nein, Mölle verwarf den Gedanken wieder. Zissel hätte ihn sonst schon längst angesprochen, so ehrlich ist er.

Mölles Herz klopfte. Er war sehr unruhig. Vielleicht sollte er heute noch in die Stadt, überlegte er. Nein, doch lieber erst morgen!

Der Entschluss reifte. Ja, Samstag ist für mich der bessere Tag! Hoffentlich sind die Blüten und Blumenwagen noch schön!

Der Samstag war hell und klar. Es war etwas kälter geworden. Mölle hatte sehr früh ausgeschlafen. Er genoss das schöne Wetter. Er wollte sich überzeugen, dass Zissel heute nicht da war, denn er hatte sehr Wichtiges zu erledigen. Noch lag es fest verschlossen in seinem Schreibtisch.

Aber bald schon schrieb er hochgradig konzentriert. Bis nachmittags war er noch in der Dienststelle beschäftigt, um alles in Ordnung zu bringen.

Nun machte er Schluss und ging seine gewohnte Route am Waldrand entlang. Heute ging er direkt nach dem Schänkenbrünnle zum Schutterufer hinunter. Dort kam er auf einen engen Pfad, der fast auf gleicher Höhe mit dem Wasserstand lag.

Kurz vor dem Hohbergsee zeigte eine Stelle noch einen Bombentrichter aus Kriegszeiten. Er bildete an der Oberfläche einen ständig kräuselnden Wellenkreis, der alles verschluckte, was in seinen Wirbel kam. Früher haben Bomben Menschen zugrunde gerichtet, heute rafft ein Relikt davon Äste und Blätter dahin, sinnierte Mölle. Irgendwann, irgendwie und irgendwo findet immer eine gewisse Vernichtung statt.

Es störte Mölle nicht, dass durch den feuchten Pfad nun Erdklumpen an seinen Schuhen klebten. Bald war er am Fischerknab wieder auf dem breiten Waldweg und kam zum Hohbergsee. Dort blieb er zeitverschwendend stehen. Der See lag immer noch so finster vor ihm, dass er sich fast nicht vorstellen konnte, wie er, selbst mit klarem Wasser, früher einladender gewesen sein sollte.

Es ist fatal. Alles wird einmal zu Morast! Sein Magen drückte. Und auf seinen Schultern saß eine fast unerträglich schwere Last.

Ob Zissel ohne ihn überhaupt die Lösung findet? Nur, wenn er meine Aufzeichnung liest, dachte Mölle.

Und er war jetzt fast bereit, Zissel den Erfolg zu gönnen, zwar etwas wehmütig und mit kribbelndem Magen. Diese Einsicht erschreckte Mölle plötzlich.
Er war doch sonst immer der stärkere Kämpfer!
Nun dachte er gründlich nach. Er hatte das Gefühl, bei Bewegung bessere Entscheidungen treffen zu können. Er wollte jetzt einfach nur gehen. Gehen, gehen und nachdenken!
Mölles Gedankenfülle hatte bald ihr Ziel gefunden. Er sinnierte, weshalb Zissel plötzlich in Lahr war. Er hatte bestimmt nur wenige Bruchstücke entdeckt. Die letzten Beweise fehlten ihm wohl noch. Es hatte sich also zwischen ihnen leider doch dieser fast voraussehbare Duell-Schlund entwickelt. Mölle hätte es gerne vermieden. Einem kleinen Anflug von Zweifel, dass er vielleicht Zissel unterschätzen würde, ließ Mölle keinen Raum. Ich muss schneller sein, dachte er. Eventuell ahnt er etwas, es wäre möglich. Aber ich werde ihm den Trumpf nicht lassen. Er wird mir nicht zuvorkommen. Dieser Gedanke verströmte in Mölle gerade eine tiefe Zufriedenheit.
Er spürte, die frische Luft tat gut. Sie ordnet meinen Gedankengang.
Über den matschigen Pfad, vorbei an der Marienquelle, kam er zum Försterhaus. Die Tannenluft war erfrischend kühl. Und so gesund, lachte er vor sich hin.
Er sollte noch etwas im Wald bleiben, fiel ihm ein und gelangte auf dem rot-sandigen steilen Weg, an verdorrten Heidelbeersträuchern vorbei, auf den Burghardrückenweg. Dabei musste er heftiger atmen.

Heute bin ich nicht gut drauf, nörgelte er.

Von der Höhe zeigte sich die Stadt durch die niederstehende Nachmittagssonne brillant.

Aus Fenstern und von Dächern flimmerten die Strahlen herüber. Wie schön Lahr da unten liegt! So märchenhaft. Ein ermutigender Anblick! Mölle presste seine Lippen zusammen.

Bei den „Sieben Eichen", waren sieben Stämme alle aus einer Wurzel herausgewachsen. Hier blieb er lange stehen. Sieben? Das siebte Jahr haben wir gut überstanden, hatte seine Frau einmal gesagt. Warum sagte sie nicht, glücklich! Komisch, das Wort „glücklich" hatte sie nie in den Mund genommen.

Aber Sonja war auch nicht glücklich. Warum nur schaltete sein Hirn bei Gedanken an seine Frau stets auf Sonja um? Wegen Ähnlichkeiten? Kaum!

Die große Wurzel berührte ihn. Wie alt mögen ihre Stämme wohl sein? Viel älter als ein Menschenleben, warum? Weil sie mit der Erde tief verwurzelt sind? Bäume verlieren den Boden nicht. Sie heben nicht ab! Hatte er abgehoben? Darüber dachte Mölle nun intensiv nach.

Später, am Grünen Platz, verharrte er wieder mit den brennenden Fragen. Zissel kann sich gut verstellen, dachte Mölle. Er kann schauspielern. Wieviel er wohl weiß? Er hat mir nicht den geringsten Hinweis gegeben! In solchen Fällen ist er tatsächlich besonders gefährlich, wusste Mölle aus der langjährigen Zusammenarbeit. Er bog in die Nadlergasse ein.

Die Sonne hing bereits weit im Westen, deshalb beeilte er sich.

Rasch ging er am dunklen Heidengraben entlang.
Hier wird bald wieder Schlitten gefahren, dachte er.
Bei der Heidenburgstraße verließ er den Wald.
Er ging noch schneller.
Die Chrysanthemen müssen mich von meinem sinnlosen Grübeln abhalten. Ich möchte alles noch weit wegschieben, dachte er.
Er setzte seinen Weg über die Schützenstraße fort. Die Alleestraße verließ er nach kurzer Strecke und suchte links durch eine Nebengasse seinen Weg, um ein Vorbeikommen an der Lahrer Polizeidienststelle zu vermeiden. Er gelangte zum Urteilsplatz. Hier waren ein Riesenrad und Verpflegungsstände aufgebaut.
Mölle trank gierig ein großes Glas Glühwein. Dieser Platz erinnerte ihn erneut an Sonja. Sie wäre sicher mit Vergnügen Riesenrad gefahren! Ich werde nochmals hierher zurückkommen, beschloss er.
Vor ihm leuchtete jetzt eine kunstvoll geschmückte Fassade. Sie gehörte dem Alten Rathaus. Zwischenzeitlich waren an seinen Sandsteinwänden schon farblich wechselnde Motive zu sehen. In den Straßen standen von Vereinen und Schulen angefertigte Kunstwerke. Bei der Lammstraße bog er ab und gelangte durch das Altstadtquartier zum Schlossplatz.
Dieser Platz hatte ausgeklügelte reizvolle Licht- und Schattenspiele, die er durch Dreh- oder Neigebewegungen des Kopfes ständig filigran verändern konnte. Schwankte er?
Wegen dieses einen Glases Glühwein?
Jetzt hielt er seinen Kopf lieber ruhig.

Das Signal des Riesenrades war hier noch hörbar.
Plötzlich erschrak er. Denn er glaubte, den jungen Mann vom Zeltplatz zu sehen! Aber der war doch längst abgereist; überlegte Mölle.
Oh, wenn er wirklich da war, weshalb? Oh, jetzt hatte der Besucherstrom ihn schon verschluckt!
Mölle bog in die von Menschen überflutete Marktstraße ein. Er schloss sich einer Stadtführung an, fühlte sich aber in der Gruppe schnell überflüssig.
Deshalb blieb er vor dicken Sandsteinquadern, die Vergangenheit ausstrahlten, stehen. Der geschichtsträchtige Storchenturm zeigte durch die Chrysanthemen einen mystischen Touch. Ach, du altes bulliges Gemäuer mit deinen schönen Blütenkaskaden brummte er leise, was willst du mir nur erzählen?
Wie war wohl das Leben damals? Sicher gnadenlos kärglich. Und der Galgen?! Wieviel Blut hatte er in Wallung gebracht? Und wie viele Menschen verhungerten früher qualvoll im dunklen Verlies? Vielleicht direkt dort hinter dem rostigen Gitter an der Unterseite der Mauer.
Oje! Mölle drehte sich weg. Nein, das wollte er nicht weiter überdenken. Wie so vieles andere auch nicht. Und doch ließ ihn das mittelalterträchtige Mauerwerk nicht los. Es war das Gefühl der Vergangenheit, das ihn hier festhielt. Sonja war auch Vergangenheit. Und jetzt? Jede Sekunde, jeder Lidschlag, jeder Atemzug war auch sofort Vergangenheit. Nicht rückholbar, sinnierte nun Mölle.
Blöde Gedanken, schalt er sich, meine Frau ist schuld!

Hinsichtlich der damals verpatzten Zukunft mit Sonja. Er stand noch einige Zeit und sang leise vor sich hin. „Meine Liebe habe ich verspielt, die treuen Augen gehören einem andern."

Mölle fühlte sich von den belustigten Blicken der Menschen nicht gestört. Eine Frau klopfte ihm lachend auf die Schulter. Da hielt er abrupt inne, trödelte zum Marktplatz und blieb dort vor einer Bühne stehen. Eine Sängerin mit ausgeprägt dunkler Stimme verzauberte. Ohne den Kommissar zu beachten, stellte sich plötzlich ein großgewachsener junger Mann direkt vor ihn. Es war, als hätte dieser eine Lawine losgetreten. Viele Hinzukommenden folgten diesem Beispiel.

Mölle fand dies äußerst rücksichtslos. Bald stand er in hinterster Reihe. Er wurde wütend, weil niemandem einfiel, dass ihm die Sicht genommen wurde. Ich hatte eine andere Erziehung war sein Gedanke.

Kurz danach gesellte er sich auch hier an einen Weinstand. Mit einem erneuten heißen Glühweinglas in der Hand begutachtete er das große Blumenrondell am Sonnenplatz. Hier war es amüsant. Er wunderte sich über die vielen Menschen. Dann wunderte er sich über sich selbst: Er hatte auch dieses Glas schon wieder fast geleert.

Ein Mann kam daher und gab vor dem Hotel Sonne Post schamlos seinem krummbeinigen Dackel über das groß angelegte Blumenbeet Auslauf. Mölle schmunzelte, als eine Frau lauthals einen Schrei ausstieß und den Mann zum sofortigen Einziehen der Leine aufforderte. Dieser war über die Lautstärke so

erschrocken, dass er blitzartig an der Leine zog. Der Dackel wollte indessen etwas loswerden. Er ruckelte fast seinen Kopf aus dem Halsband und hatte seine kurzen Läufe gegen die Zugrichtung von der nun ganz straffen Leine gestellt. Seinem Pinkeldrang konnte der Hund trotzdem, aber erst außerhalb des Blumenbeets nachgeben und hinterließ durch das anhaltende Ziehen seines Herrchens eine langgestreckte nasse Spur. Die Frau wütete immer noch.
Mölle amüsierte sich. Er blieb. Seine Beine wollten sowieso stehen bleiben. Am Glühweinstand!
Der nächste rote heiße Rebensaft lief verdammt wohltuend durch den Körper.
Der pinkelnde Dackel war ihm gleichgültig.

Dann stand die Frau plötzlich, ebenfalls mit einem Glühweinglas in der Hand, neben Mölle und beschwatzte ihn wegen verschiedener Unarten der Menschen. Ihr Tonfall blieb in einer so schrillen Lautstärke, dass sie verdutzte Blicke von Passanten auf sich zog.
Mölle rückte etwas von ihr weg. Sie kam nach. Ihre Stimme wurde ruhiger, ihre Augen waren erwartungsvoll auf den Kommissar gerichtet.
„Jeden Tag derselbe Ärger. Ich mag Hunde durchaus, aber manche Besitzer nicht. Für den Auslauf der Vierbeiner gibt es doch genügend Plätze außerhalb der Innenstadt. Haben Sie auch einen Hund?"
Mölle schüttelte den Kopf und sah die Frau an. Dunkle lange Haare fielen auf ihre Schultern und sie hatte ein feingeschnittenes, gepflegtes Gesicht. Ihre Kleidung war elegant. Mölles Blicke suchten noch schnell ihre

wohlgeformten Beine, die unterhalb eines engen Rockes sichtbar waren. Dann glitt sein Blick wieder nach oben direkt in die von Eyeliner umrahmten funkelnden Augen. Diese hielten seinem Blick beharrlich stand.
Wie lange lagen die Zeiten zurück, in denen er von hübschen Frauen angesprochen worden war. Weshalb hatte sie sich an ihn gewandt, suchte sie für den Abend einen Gesprächspartner?
„Die können ihren Vierbeiner doch auf ihren eigenen Rasen pinkeln lassen. Nicht wahr?"
Die bedrängende Frage stellte sie an Mölle und plapperte weiter: „Im Wald. Oder Schutterlindenberg!"
Eigentlich hatte der Kommissar keine Lust zu reden. Wenn aber schon, dann reizte ihn höchstens eine Gegenrede.
„Diese Wege liegen doch viel zu weit weg. Manche Menschen sind nicht gut zu Fuß."
„Von wegen, haben Sie keine Augen im Kopf? Das war doch ein junger Schnösel. Jeden Tag erlebe ich hier dasselbe. Trotz gut bewegbarer Beine suchen die Leute für ihre Lieblinge die nächste Hausecke der Innenstadt und zurzeit die Blumenbeete!"
Die Frau holte Luft. „Die Chrysanthema soll Menschen erfreuen und nicht die vierbeinigen Hausgenossen einiger schamloser Hundebesitzer. Die Pflanzen gehen kaputt. Und wer macht größere Hinterlassenschaften weg? Bestimmt nicht diese Tierhalter, das ist doch eine maßlose Unverschämtheit!"
Mölles Kopf war mit anderem beschäftigt.
„Stört Sie das? Melden Sie es doch der Polizei."

Er wusste wohl, er gab eine dummdreiste Antwort. Kurz kam noch von der Frau: „Sie Blödmann, Sie blöder!" Dann verschwand sie rasch mit dem Glühweinglas in der Hand in dem Gedränge.
Der Glühweinverkäufer grinste Mölle an. „Jetzt haben wir beide eine Gelegenheit verpasst! Ich das Zurückverlangen des Glases und Sie einen bestimmt außerordentlich spannenden Abend mit einer tollen Frau."
„Geben Sie mir lieber noch einen Glühwein", war Mölles erneutes Verlangen. Er hatte die Augenbrauen hochgezogen. Als er sich dann irgendwann von dem Glühweinstand loseisen konnte, funkelten alle Lichter schon in hellstem Glanz. Doch die Straßen waren noch nicht menschenleer, denn die Stadt bekam gerade jetzt einen besonderen Charme. Es sah aus, als läge ein samtartiger Schimmer auf den Blüten. Die nicht angestrahlten Stellen standen in rätselhaftem Dunkel dazwischen.
Schließlich drehte sich Mölle wieder Richtung Altes Rathaus. Seine Schritte waren nicht mehr perfekt.
Am Urteilsplatz blitzte ihm ständig flackerndes und ein an Spektrum reiches Licht des Riesenrads entgegen. In regelmäßigen Abständen liefen verschiedene Farben aufgefächert nach außen zu den Gondeln und wieder zurück zum Zentrum. Mölle blinzelte schnell mit den Augenlidern, um den Effekt noch zu verstärken. Das Farbenspiel verirrte sich immer für kurze Momente in beliebig-abweichender Form in den Schaufensterscheiben. Ein Wechselspiel, dachte Mölle, genau wie mein Leben! Allerdings hier mit glühenden bunten Farben!

Nicht mit trostlosen Schicksalen oder mit Kriminellen, wie sie in seinem Arbeitsfeld lagen. Mölles Augenlider blieben nun ruhig. Er hatte sie jedoch verengt. Er legte erneut die Stirn in Falten und schürzte seine Lippen.

Wie lange er die Lippen so starr hielt, erfasste er nicht. Schließlich gesellte sich Mölle hier nochmals an einen Weinstand, der als Einziger noch geöffnet hatte.

Einige Leute unterhielten sich lachend. Gerne hätte Mölle auch mitgelacht. Aber es war jammerschade! Von ihm nahm niemand Notiz. Warum auch, dachte er, es ist mir gleichgültig. Mögen die doch alle sein, wie sie wollen.

Sein Körper kam ihm plötzlich sehr leicht vor.

Glühwein, dachte er, es war etwas zu viel des Guten. Wenn Mölle die Augen schloss, sah er bunte Karos und Kreise hinter seinen Augenlidern, die sich unruhig, je nach Bewegung der Augen verschoben. Mein Zustand ist lustig, ich habe keinen richtigen Halt mehr. Mölle schloss ein Auge und das andere Auge ließ er kreisen. Dann kam die Gegenseite dran. Mölle fand dies drollig. Er wiederholte und hatte immer mehr Spaß daran. Bis er merkte, dass er nicht nur leicht schwankte. Hoppla, dachte Mölle, indessen er einen Zeigefinger auf seine immer noch geschürzten Lippen drückte, ich muss auf der Hut sein, dass ich mich nicht noch mehr betrinke! Hui, wenn Zissel mich jetzt so sehen könnte! Scheu blickte er sich um.

Seine Augen blinzelten nun so stark, dass er ohnehin nicht fähig war, jemand zu erkennen.

Sonja würde sicher lachen. Aber anders seine Frau!

Oje! Dann summte er wieder, wie so oft damals in jungen Jahren abends im Sessel sitzend: „Nur der andere Blick, brachte mir Glück..."

Hartmut! Hör` mit dem Quatsch auf, hatte seine Frau ihn ständig beschimpft, wobei sie seine erste Namenssilbe stets so hart und eisig ausgesprochen hatte, als wären Eiswürfel klirrend aneinander gestoßen.

Hör` mit dem Quatsch auf, holte er sich ihren Tonfall in die Erinnerung zurück und lallte ihn so gut er noch konnte. Mölle lachte, denn er fand, seine Stimme hatte wie die seiner Frau geklungen. Gut nachgemacht, lobte er sich. Dann überlegte er, jedoch ohne Erfolg, wer dieses Lied gesungen hatte, damals!

Als später fast schon alle Verkaufsstände geschlossen hatten und die Lichter am Riesenrad erloschen waren, überredete Mölle den Weinstandbesitzer ihm doch noch schnell eine Flasche Rotwein zu verkaufen. Er kramte in seiner Jackentasche nach Kleingeld und fühlte auch etwas Papierartiges darin.

Ach, mein Geschreibsel ist noch da, war noch sein kurzer Gedanke. Dann torkelte er davon und murmelte abgerissen: „Prost, Zissel! - Wetten, du alter Ganove? Ich schaffe es doch! - Vor dir und ohne deine Schnüffelnase. -- Mit hundertprozentiger Sicherheit! - Sonja!"

Dann hörte er plötzlich Geigen. Ich mag kein Geigenspiel! Hört auf! Das ist ja fürchterlich!

Ich mag nur Sonja, Ja, Sonja, dachte er noch und es kam ihm vor, als wäre sein Hirn ausgeschaltet und es würde nur noch sein Herz denken.

## Wirklich vier schlimme Dinge

Ganz früh am Sonntagmorgen, es war noch dunkel, wurde im Riesenrad eine Weinflasche, zwei leere Tablettenröhrchen und ein toter Mann gefunden.

Er lag zusammengekauert auf dem Boden der unten stehenden Gondel. Unter dem starren Körper lag ein Briefumschlag mit einem vollgeschriebenen Zettel als Inhalt.

Recht unleserlich, wie Zissel fand.

Zissel hatte eine sehr unruhige Nacht hinter sich gebracht. Er hatte wüste Albträume gehabt und war einige Male davon wach geworden. Er war so nervös gewesen, dass er keinen erholsamen Schlaf hatte finden können.

Dann war er so früh aufgestanden als hätte er darauf gewartet, dass sein Telefon klingelte. Er hatte geahnt, dass er an diesem Morgen sehr schnell sein müsste. Es hatte funktioniert. Lange vor der Spurensicherung, die nie einen Hinweis von Mölle finden sollte, war er eingetroffen. Zissel hatte diesmal eine Schnelligkeit und Solidarität entwickelt, die ihm niemand zugetraut hätte.

Der Umschlag samt Zettel war in seiner Jackentasche verschwunden. Zissel hatte kurz die ersten Worte überflogen. Es war ihm vorgekommen, als würde Mölle ein letztes Mal zu ihm sprechen: „Warum ist sie zurückgekommen? Dass sie eine Perücke trug, wusste ich nicht."

Auf dem Umschlag stand Zissels Telefonnummer und ein zweimal dick unterstrichener Hinweis.

<u>Bitte nur persönlich!!!</u>

Zissel war vom Weinverkäufer verständigt worden. Er hatte in aller Frühe seinen Verkaufsstand zu bestücken und wollte den Platz etwas säubern. Dabei hatte er gesehen, dass in der unteren Gondel – wie er zuerst dachte – ein Kleidungsstück lag. Entsetzt hatte er bei näherer Betrachtung seinen späten Kunden vom vorigen Abend erkannt. Instinktiv, um keine Spuren zu hinterlassen nahm er seine leere Weinflasche und die beiden leeren Tablettenröhrchen vorsichtig mit einem Tuch hoch und hatte alles in seinen Weinstand gebracht. Dem Verkäufer war sofort bewusst gewesen, wem er die Röhrchen mitgeben musste.

Zissels Befragung war nur kurz. Der Weinhändler wollte mit dieser Tragödie nichts zu tun haben. Das ließ er Zissel wissen, verschloss dann seinen Weinstand und ging nochmals nach Hause. Etliche Zeit später rief Zissel die Spurensicherung und betonte, dass er einen anonymen Anruf bekommen hätte.

Als das Team der Spurensicherung seine Arbeit aufnahm, ging der Hauptkommissar schon gedankenverloren zu Fuß Richtung Oststadt. Die Beamten mussten ohne ihn arbeiten; das konnten sie auch. Zissel wollte mit niemanden sprechen, er konnte kaum einen klaren Gedanken fassen. Seine Beine waren bleiern schwer und seine Schritte mühevoll.

## Doch wahre Freundschaft?

Zissel hatte glücklicherweise nun Zeit. In seiner Jackentasche lagen der Brief und die beiden leeren Tablettenröhrchen. Er kam an den Waldrand und sah zum zwielichtigen Hohbergsee, der jäh zu einer schmerzenden Erinnerung geworden war, zu einer Erinnerung, die ihm stets im Gedächtnis bleiben wird.

„Mölle", Zissels kurzes Wort blieb unter den dunklen Tannen hängen. Dann grübelte er: Mölle, was war dein Schicksal? Der See, die Frau oder beide?

Der Campingplatz war nun total leergeräumt. Der Hauptkommissar warf einen kurzen Blick hinunter. Dort hatte er im Wohnwagen gesessen, als Mölle unbedingt in den Wagen wollte.

Zissel ging jetzt, ohne sonderlich auf den Weg zu achten, weiter entlang der Schutter. Vielleicht war Mölle die Strecke gestern Abend auch gegangen; nur in entgegengesetzter Richtung, fiel Zissel ein.

Dann dachte er: Habe ich Mölle durch meinen fiktiven Unfall zu dieser Lösung getrieben? Oder durch meinen Aufenthalt in der Lahrer Dienststelle?

Solch einen Ausgang wollte ich nicht, aber ich weiß nicht was, oder ob ich überhaupt schon einen Abschluss der Tragödie angedacht hatte. Ich glaube noch keinen, ja, sicher noch keinen! Auf jeden Fall keinen derartigen!

Hatte ich nicht doch, wenn ich ehrlich bin, einen Anflug von Vorahnung?

Hätte ich Mölle bloß gestern Abend noch in der Stadt gesucht?

Aber, wie hätte ich Mölle schützen können? Hätte er meine Hilfe angenommen? Wahrscheinlich nicht! Mensch Meier, Mölle! Schade um dich, du alte liebe Spürnase!

Beim Schänkenbrünnle holte er Mölles Brief hervor. Zissel blieb in der Kälte stehen, bis er Mölles Zeilen vollständig gelesen hatte.

- Zissel, ich bin ausgerastet, als ich meine ehemalige Frau auf der Glashalde erkannte. Ich habe nach ihr geforscht, sie auch gefunden und zur Rede gestellt.
Sie drohte, mich bei dir bloßzustellen, wenn ich sie wegen des Mordes auf der Glaswiese verhafte. Dann hat sie mich verhöhnt, weil sie es geschafft hatte, mich von Sonja zu trennen. Außer mir vor Wut habe ich sie am Hals gepackt und geschüttelt. Sie hat um sich geboxt und mir einen Zahn kaputt geschlagen. Da wurde mir mein Handeln bewusst. Ich habe sie weggestoßen. Wahrscheinlich hatte dieser Stoß noch den nötigen Druck auf ihren Kehlkopf ausgeübt.
Sie hatte mich lange Jahre, bereits bevor sie mich verließ, mit Herrn Egger betrogen. Da sie ihn nicht geheiratet hatte, musste ich monatlich Geld auf ihr Bankkonto überweisen. Ich war chancenlos. -
Zissel wendete den Brief mit seinen klammen Fingern und las auf der Rückseite weiter.

- Ich habe immer stillschweigend bezahlt.
Herr Egger wollte neulich zu Rosi zurück, das war sein Verhängnis. Meine Frau konnte sehr barbarisch sein. Sie war bei dem Mord äußerst geschickt vorgegan-

gen. Ehrlich, so eine Gräueltat hätte ich ihr aber niemals zugetraut.

Übrigens: Rosi Egger hatte ihren Mann sofort auf dem Fahndungsbild erkannt. Ihr einziges Vergehen war, dass sie die schwarze Micky-Maus-Ecke auf dem Plakat in seine Stirn und seitliche Backenbärte gemalt hatte, um sein Gesicht etwas zu verändern. Ich wollte aber nicht handeln, wem hätte die Aufklärung genützt? Das Leben dieser Frau ist sicherlich schwierig genug gewesen, ist es noch und wird es wahrscheinlich immerwährend sein. Zissel, bitte lass` sie in Ruhe.

Nun, für mich gab es keine andere Wahl mehr. Du hast sicher schon einige Dinge zumindest geahnt…..oder sogar gewusst? Auf jeden Fall kann nun niemand mehr angeklagt werden. Meine gesamten persönlichen Unterlagen habe ich vernichtet. Alle anderen wichtigen Dinge liegen in meinem Schreibtischfach; die Tür ist offen.

Tschüs, Zissel. Ich wünsche dir ein schönes Leben. Hätte es die blöde Perücke nicht gegeben, wäre ich wahrscheinlich immer noch dein „großer" Konkurrent. Bleib dir treu, und Danke für alles. Ich bewundere dich sehr! Mölle. -

Zissel las das Datum auf dem Brief. Er war am Vormittag des gestrigen Tages geschrieben. Sogar die Uhrzeit war angegeben. Zissel schluckte. In seinem Rachen hing ein Kloß mit bitterem Nachgeschmack. Ach, wäre ich doch gestern nur ins Büro gegangen, dachte er reuig. Vielleicht wäre alles anders gekommen. Ich hätte reden sollen, Mölle, mit dir reden, reden, reden!

## Verlässlicher Gefährte

Heute war ein besonders kalter Morgen. Von der Glashalde zog der eisige Wind durch das Tal. Dieser fühlte sich, der Umgebung entsprechend, für Zissel wie harte Polarluft an. Er fröstelte. Abwechselnd hatte er sich mit seinen starren Fingern über seinen Oberlippenbart und dann wieder durch seine feucht-grauen Haare gestrichen. Sein Gesicht war fahl geworden. Lediglich seine Nase hatte durch die Kälte eine ständig dunkler werdende Blau-Rot-Tönung bekommen. Und auf seinen Bart hatten sich durch die Feuchtigkeit des Atems kleine Eiskristalle gesetzt.

Jetzt spürte Zissel die Kälte nicht nur von außen. Sein Körper schien durchgängig ein einziger Eisklotz zu sein, der ihm fast schon die Möglichkeit zu einem Fortbewegen nahm.

Zissel wusste, dass er jetzt weitergehen musste. Zwingend! Vom Schänkenbrünnle bis zur Dienststelle war es nicht mehr sehr weit.

Als er endlich mit schleppenden Schritten und durchgefroren im Büro angekommen war, machte er in dem vorsintflutlichen Ofen Feuer.

Er verharrte, nicht nur minutenlang, starr an seinem Schreibtisch sitzend und ließ gedanklich die Zeit zurücklaufen. Ab und zu schüttelte er leicht seinen Kopf und bewegte schnell seine Augenlider. Er würde, gegen seine Berufsehre, nur den letzten Wohnort der beiden Toten über ihr Verbleiben und erfolgloser Ermittlung verständigen. Er wusste, dass er an jenem Ort einen gleichgesinnten Helfer haben würde. Dann resümierte er: Was für ein bitterer Ausgang! Drei Morde, eine Vergiftung und ein Selbstmord! Leider konnte ich Mölle nicht schützen, ich hätte es gerne getan, dachte Zissel. Ich kann nur noch die Erinnerung an einen erfolgreichen Kriminalbeamten retten. Ich werde das Gedenken an ihn vor den gierigen „Alles-Wissen-Woller" schützen.

Eigentlich müsste mein Beruf mich daran hindern. Wird mich mein Gewissen plagen? Nein! Denn es ist noch eine andere Person stark daran interessiert, das Schreckliche auszublenden und in seinem Einsatzgebiet die rechtlichen Schritte zu unternehmen. Und nicht zuletzt möchte auch Rosi Egger alles vergessen! Dann hatte Zissel Mölle vor den Augen und sinnierte: Gefühle benötigen nicht unbedingt ein Bekenntnis. Sie wechseln von oberflächlich bis tiefergehend.

Nun entnahm er Mölles Schreibtisch alle wichtigen Hinterlassenschaften. Sicher werden einige Aufzeichnungen für das Archiv wichtig sein!

Zissel schloss jetzt abrupt seine Schreibtischschublade auf und entnahm eine seit langer Zeit angelegte Akte. Sie enthielt Aufzeichnungen. In Zissels Handschrift stand lediglich ein Name auf dem Umschlag: MÖLLE !!!

Einzelne Schriftstücke enthielten Vermutungen, andere Kenntnisse. Alles, was der Hauptkommissar seit langer Zeit über Mölle zusammengetragen hatte.

Zissel entnahm davon Blatt für Blatt und riss jedes in kleine Teile. Zuletzt auch den Umschlag. Dann warf er die Papierfetzen – mitsamt seiner letzten Notiz von der vergangenen Nacht – in die lodernden Flammen des Ofens, den Mölle nie gemocht hatte.

Der Hauptkommissar schluckte. Hier schloss sich also der Kreis! Der Kreis ihrer gemeinsamen Arbeit, ihrer Verbundenheit und auch, trotz Rivalität, ihrer gegenseitigen Achtung. Eigentlich auch ein Kreis einer verschwiegenen Freundschaft.

Sollen doch alle Leute über mich denken was sie wollen, ich werde jedenfalls nichts sagen, grübelte Zissel patzig und wischte sich über seine feuchten Wimpern.

Heute Morgen hatte er sogar vergessen, seine Schuhe auszuziehen!

**Nur ein Brief**

Lieber Herr Hauptkommissar Zissel, sehr dankbar bin ich Ihnen, dass mein Vater von der Schmach einer Verhaftung verschont blieb. Es war auch sehr großherzig von Ihnen, die Bekanntgabe zu verhindern.
Mein Vater hatte nie erfahren, dass ich sein Sohn bin. Meine Mutter war schwanger, als sie ihn verließ.
Den Mord an Herrn Egger konnte ich leider nicht verhindern. Er war schon tot, als ich an diese Wiese kam. Meine Mutter schritt gerade in dem Rinnsal nach oben zum Querweg. Sie wusste nicht, dass ich vor Ort war. Ich quäle mich, weil ich gezögert hatte, zu handeln.
Als meine Mutter an einem Abend nach dem Auffinden des Toten an der Glashalde stand, wurde sie von Herrn Gommler beobachtet. Frau Egger war auch da.
Auch mein Vater hatte abends auf der Glashalde die Frauen gesehen. Er hatte meine Mutter sofort erkannt. Den Mord an ihr habe ich leider nicht voraussehen können. Aber als ich im See die Perücke sah, ahnte ich, was geschehen war. Durch Ihr menschliches Handeln konnte sowohl meine Mutter, als auch mein Vater, deren beider Tod ich ganz verzweifelt bedauere, ihr Ansehen behalten. Der anonyme Hinweis auf die Tote im See kam von mir.
Das Auto hatte ich längst zu einem Freund gebracht.
Übrigens, Sie waren der Einzige, dem meine Ähnlichkeit zwischen meinem Vater und mir aufgefallen war und der mich deshalb angesprochen hatte. Allerdings war da die Kollegin von Frau Egger, die mich auch stets sehr nachdenklich betrachtete.

Mit Rosi Egger hatte ich Kontakt aufgenommen, das war gut so. Sie wollte keinesfalls, dass die Wahrheit ans Licht käme, da sie sowieso geschieden war. Sie war tapfer. Ich hätte ihr die Stärke nicht zugetraut.
Tja, das Leben ist manchmal chaotisch und viel grausamer, als man sich vorstellen kann. Ich fühle mich zurzeit, als wäre ich von lauter Schicksalsfäden umwickelt und mein Innerstes würde nach außen drängen. Ein seltsames Gefühl. Es kann jedoch nur besser werden. Vielleicht sehen wir uns einmal wieder, jedoch hoffe ich, nicht auf berufsmäßiger Ebene.
Falls Sie noch Perlen von der Kette meiner Mutter finden, wäre ich Ihnen sehr dankbar, wenn Sie mir diese zusenden.
Lieber Herr Zissel, lieber Herr Kollege, nochmals Danke, ich wünsche Ihnen alles Gute!

Die Unterschrift konnte Zissel wegen zu viel Feuchtigkeit in den Augen kaum noch lesen. Auch dieses Schreiben diente später den im Ofen auflodernden Flammen.

Ab diesem Tag dachte ein trauriger Zissel oft an Mölle und an seinen Sohn.

Und die nun durch Gommler sesshaft gebliebene Isolde Doern fragte sich ständig, wieso ihr flotter junger Mann mit den schönen braunen Augen genau so plötzlich wie er aufgetaucht war dann wieder verschwand.

Verschiedene Gespräche im Ort waren bemerkenswert lange anhaltend.

| Seite | Kapitel |
|---|---|
| 03 | Wissenswertes |
| 04 | Damals |
| 05 | Rache |
| 08 | Bäckerei- und weitere Gespräche |
| 16 | Wichtig- und Heimlichtuer |
| 34 | Etwa Spuren? |
| 54 | Nummer zwei! |
| 62 | Zissel in Not |
| 73 | Ausgerechnet Halloween |
| 91 | Düstere Spur? |
| 99 | Spielball Kripo-Arbeit |
| 125 | Aufregende Verhältnisse |
| 141 | Abendflimmern |
| 157 | Verkettungen |
| 173 | Angriffe |
| 190 | Sind alle schlimmen Dinge drei? |
| 213 | Abschiedszeiten |
| 226 | Aussichtslos mit Aussichten |
| 249 | Krankheitsfall(e) |
| 262 | Aller noch schlimmeren Dinge sind vier! |
| 277 | Wirklich vier schlimme Dinge |
| 279 | Doch wahre Freundschaft |
| 282 | Verlässlicher Gefährte |
| 285 | Nur ein Brief |

Gerlinde Marquardt geb. 1948 in Lahr

Mein herzlicher Dank
geht an alle meine Familienmitglieder,
die Korrektur lasen und somit meine Schreibarbeit
enorm unterstützten.

Mein ebenso herzliches Dankeschön geht wieder an
Elke Obenland und Jasmin Reinhardt für die schöne
Covergestaltung und für die Hilfe im EDV-Bereich.

Der Roman „Die andere Seite der Perlen" ist nach
„Dem einfarbigen Regenbogen" mein zweites Buch.

„Es ist ein Brief gekommen"
ähnelt einem sehr alten Gedicht aus Familienbestand.

Liebe Leserinnen und Leser, vielleicht treffe ich Sie
einmal in Lahr bei unserer Chrysanthema, im unserem
Stadtpark oder in unserer sehr schönen idyllischen
Umgebung zwischen Rheinebene und Schwarzwald.
Oder vielleicht begegne ich Ihnen am Schauplatz der
Geschichte zwischen den beiden östlichen Lahrer
Stadtteilen.

Ich würde mich sehr darüber freuen.